# LAS COSAS QUE NO NOS DIJIMOS

# MARC LEVY

# LAS COSAS QUE NO NOS DIJIMOS

Editado por HarperCollins Ibérica, S.A.
Núñez de Balboa, 56
28001 Madrid

Las cosas que no nos dijimos
Título original: Toutes ces choses qu'on ne s'est pas dites
© 2008 Marc Levy / Susanna Lea Associates
www.marclevy.com
© 2022, para esta edición HarperCollins Ibérica, S.A.
Publicado por HarperCollins Ibérica, S.A., Madrid, España.
© De la traducción del francés: Isabel González-Gallarza, cedida por EDITORIAL PLANETA S.A.

Diseño de cubierta: CalderónStudio
Imágenes de cubieta: Shutterstock y Dreamstime.com

ISBN: 978-84-18623-47-9
Depósito legal: M-4796-2022

A *Pauline y a Louis*

Hay solo dos maneras de ver la vida:
una como si nada fuera un milagro
y la otra como si todo fuera milagroso.

ALBERT EINSTEIN

## 1

—Bueno, ¿qué te parece?

—Vuélvete y deja que te mire.

—Stanley, llevas media hora examinándome de pies a cabeza, ya no aguanto ni un minuto más subida a este estrado.

—Yo lo acortaría un poco: ¡sería un sacrilegio esconder unas piernas como las tuyas!

—¡Stanley!

—Cariño, ¿quieres mi opinión, sí o no? Vuélvete otra vez para que te vea de frente. Lo que yo pensaba, no veo diferencia entre el escote de delante y el de la espalda; así, si te manchas, no tienes más que darle la vuelta al vestido... ¡Delante y detrás, lo mismo da!

—¡Stanley!

—Esta idea tuya de comprar un vestido de novia de rebajas me horripila. Ya puestos, ¿por qué no lo compras por Internet? Querías mi opinión, ¿no?, pues ya la tienes.

—Tendrás que perdonarme que no pueda permitirme nada mejor con mi sueldo de infografista.

—¡Dibujante, princesa! Señor, cómo me horroriza el vocabulario del siglo XXI.

—¡Trabajo con un ordenador, Stanley, no con lápices de colores!

—Mi mejor amiga dibuja y anima maravillosos personajes, de modo que, con ordenador o sin él, es dibujante y no infografista; ¡parece mentira, todo tienes que discutirlo!

—¿Lo acortamos o lo dejamos tal cual?

—¡Cinco centímetros! Y ese hombro hay que rehacerlo, y el vestido hay que meterlo también de cintura.

—Vale, que sí, que lo he entendido: odias este vestido.

—¡Yo no he dicho eso!

—Pero es lo que piensas.

—Déjame participar en los gastos, y vámonos corriendo al taller de Anna Maier; ¡te lo suplico, escúchame por una vez!

—¿Diez mil dólares por un vestido? ¡Estás loco! Tú tampoco te lo puedes permitir, y además no es más que una boda, Stanley.

—¡Tu boda!

—Ya lo sé —suspiró Julia.

—Con toda su fortuna, tu padre podría haber...

—La última vez que vi a mi padre yo estaba en un semáforo, y él, en un coche bajando la Quinta Avenida... Hace seis meses de eso. ¡Fin de la discusión!

Julia se encogió de hombros y bajó del estrado en el que estaba subida. Stanley la tomó de la mano y la abrazó.

—Cariño, todos los vestidos del mundo te quedarían divinos, yo solo quiero que el tuyo sea perfecto. ¿Por qué no le pides a tu futuro marido que te lo regale él?

—Porque los padres de Adam ya van a pagar la ceremonia, y yo preferiría que no se comentara en su familia que se va a casar con poco menos que una pordiosera.

Con paso ligero, Stanley cruzó la tienda y se dirigió a unas perchas junto al escaparate. Acodados en el mostrador de caja, los vendedores, enfrascados en su conversación, no le hicieron el menor caso. Cogió un vestido ceñido de satén blanco y dio media vuelta.

—Pruébate este, ¡y no quiero oír una sola palabra más!

—¡Es una talla 36, Stanley, ¿cómo quieres que me quepa?!

—¿Qué acabo de decirte?

Julia hizo un gesto de exasperación y se dirigió al probador que Stanley le señalaba con el dedo.

—¡Es una 36, Stanley! —protestó mientras ya se alejaba.

Unos minutos más tarde, la cortina se abrió tan bruscamente como se había cerrado.

—Vaya, esto ya empieza a parecerse al vestido de novia de Julia —exclamó Stanley—. Vuelve a subirte en seguida al estrado.

—¿Tienes una polea para izarme hasta ahí arriba? Porque como doble la rodilla...

—¡Te está divino!

—Y si me tomo un canapé, revientan las costuras.

—¡La novia no come el día de su boda! Basta con sacarle un pelín del pecho, ¡y parecerás una reina! ¿Tú crees que conseguiremos que algún vendedor se digne atendernos? ¡Es que, vamos, esta tienda es increíble!

—¡Yo soy quien debería estar nerviosa, no tú!

—No estoy nervioso, lo que estoy es patidifuso por que, a cuatro días de la ceremonia, ¡tenga yo que arrastrarte para ir a comprar tu vestido!

—¡Pero si es que últimamente no he hecho más que trabajar! Y nunca le hablaremos a Adam de este día, hace un mes que le juro que lo tengo todo listo.

Stanley se apoderó de un acerico con alfileres abandonado sobre el reposabrazos de un sillón y se arrodilló a los pies de Julia.

—Tu marido no es consciente de la suerte que tiene, estás espléndida.

13

—Para ya con tus pullitas sobre Adam. ¿Se puede saber qué tienes que reprocharle?

—Se parece a tu padre...

—Qué tonterías dices. Adam no tiene nada que ver con mi padre; de hecho, no lo puede ni ver.

—¿Adam no puede ni ver a tu padre? Hombre, eso le da puntos.

—No, es mi padre el que no puede ni ver a Adam.

—Tu padre siempre ha odiado a todo el que se acercara a ti. Si hubieras tenido un perro, lo habría mordido.

—En eso tienes razón, si hubiera tenido un perro, seguro que habría mordido a mi padre —dijo Julia riendo.

—¡Tu padre habría mordido al perro, no al revés!

Stanley se puso en pie y retrocedió unos pasos para contemplar su trabajo. Asintió con la cabeza e inspiró profundamente.

—Bueno, ¿y ahora qué pasa? —quiso saber Julia.

—Es perfecto, bueno, no, tú eres perfecta, no el vestido. Deja que te ajuste la cintura y por fin podrás invitarme a comer.

—¡En el restaurante que tú elijas, querido!

—Con este sol, en la primera terraza por la que pasemos; con la única condición de que esté a la sombra y de que dejes de moverte para que pueda terminar con este vestido... casi perfecto.

—¿Por qué casi?

—¡Porque es de rebajas, cariño!

Una vendedora que pasaba por allí les preguntó si necesitaban ayuda. Stanley la ahuyentó con un gesto.

—¿Tú crees que vendrá?

—¿Quién? —preguntó Julia.

—¡Pues tu padre, tonta, ¿quién va a ser?!

—Para ya de hablarme de él. Te he dicho que hace seis meses que no tengo noticias suyas.

—Eso no quiere decir que...

—¡No vendrá!

—¿Y tú, acaso le has dado tú noticias tuyas?

—Hace tiempo que renuncié a contarle mi vida al secretario personal de mi padre porque papá está de viaje, o en una reunión, y no tiene tiempo de hablar con su hija.

—Pero le habrás enviado una invitación, espero.

—Bueno, ¡ya está bien, ¿no?!

—¡Casi! Sois como un viejo matrimonio: se siente celoso. ¡Todos los padres se sienten celosos! Ya se le pasará.

—Es la primera vez que lo defiendes. Y si somos un viejo matrimonio, entonces hace años que nos divorciamos.

Desde el interior del bolso de Julia se oyó la melodía de *I Will Survive*. Stanley la interrogó con la mirada.

—¿Quieres que te pase el teléfono?

—Seguro que es Adam, o alguien del trabajo...

—No te muevas, vas a echar a perder todo mi esfuerzo. Ahora te lo traigo.

Stanley metió la mano en el bolso lleno de cosas de su amiga, extrajo el móvil y se lo tendió. Gloria Gaynor calló al instante.

—¡Demasiado tarde! —murmuró Julia mirando el número que aparecía en la pantalla.

—¿Quién era entonces? ¿Adam o el trabajo?

—Ni uno ni otro —contestó ella con el ceño fruncido.

Stanley se la quedó mirando fijamente.

—¿Qué es esto, una adivinanza?

—Era la oficina de mi padre.

—¡Pues corre, llámalo tú!

—¡Ni hablar! Que me llame él, no te digo.

—Es lo que acaba de hacer, ¿no?

—Es lo que acaba de hacer su secretario, era su número.

—Esperas esta llamada desde que echaste al correo la invitación, deja de comportarte como una niña. A cuatro días de la boda, agobios, los justos... ¿O es que quieres que te salga una calentura enorme en el labio o un sarpullido espantoso en el cuello? Venga, llámalo inmediatamente.

—¿Para que Wallace me explique que mi padre lo siente en el alma pero que estará en el extranjero y que, por desgracia, no le es posible anular un viaje previsto desde hace meses? ¿O que, desgraciadamente, ese día tiene un asunto importantísimo y no sé qué más excusas?

—¡O que está encantado de asistir a la boda de su hija y quiere asegurarse de que, pese a sus diferencias, esta lo sentará en la mesa de honor!

—A mi padre le traen sin cuidado los honores; si viniera, preferiría que lo sentara junto al guardarropa, ¡siempre y cuando la muchacha encargada tuviera buen tipo!

—Deja de odiarlo y llámalo, Julia. Y si no, mira, haz lo que quieras, al final te pasarás la boda entera pendiente de si viene o no, en lugar de disfrutarla.

—¡Bueno, así al menos no pensaré en que no puedo ni oler los canapés si no quiero que reviente el vestido que me has elegido!

—¡*Touché*, cariño! —silbó Stanley, dirigiéndose a la puerta de la tienda—. Ya comeremos juntos un día que estés de mejor humor.

Julia estuvo a punto de tropezar al bajar del estrado y corrió hacia él. Lo agarró del hombro y, esta vez, fue ella quien lo abrazó.

—Perdóname, Stanley, no quería decir eso, lo siento.

—¿A qué te refieres, a lo de tu padre o a lo del vestido que tan mal he elegido y ajustado? No sé si te habrás fijado, ¡pero no me ha parecido que ni tu bajada catastrófica del estrado ni tu carrerita por esta porquería de tienda hayan reventado la más mínima costura!

—Tu vestido es perfecto, eres mi mejor amigo, sin ti no podría ni pensar siquiera en presentarme ante el altar.

Stanley miró a Julia, se sacó un pañuelo de seda del bolsillo y enjugó los ojos húmedos de su amiga.

—¿De verdad quieres cruzar la iglesia del brazo de una loca como yo, o tu última jugarreta consistiría en hacerme pasar por el malnacido de tu padre?

—No te hagas ilusiones, no tienes arrugas suficientes para resultar creíble en ese papel.

—Tonta, el cumplido te lo hacía yo a ti quitándote más años de la cuenta.

—¡Stanley, quiero ir de tu brazo al altar! ¿Quién sino tú podría conducirme hasta mi marido?

Él sonrió, señaló el móvil de Julia y dijo con voz tierna:

—¡Llama a tu padre! Voy a darle instrucciones a la cretina de la vendedora, que no tiene pinta de saber lo que es un cliente, para que tu vestido esté listo pasado mañana, y por fin podremos irnos a almorzar. ¡Llama ahora mismo, Julia, que me muero de hambre!

Stanley dio media vuelta y se dirigió a la caja. De camino, le lanzó una ojeada a su amiga, la vio dudar un momento y decidirse por fin a llamar. Entonces aprovechó para sacar discretamente su talonario, pagó el vestido, los arreglos de la modista, y añadió un suplemento para que todo estuviera listo en cuarenta y ocho horas. Se metió el resguardo en el bolsillo y volvió junto a Julia, que justo acababa de colgar.

—¿Y bien? —preguntó, impaciente—. ¿Viene a la boda?

Julia negó con la cabeza.

—¿Y esta vez qué pretexto ha esgrimido para justificar su ausencia?

Julia inspiró profundamente y miró con fijeza a Stanley.

—¡Ha muerto!

Los dos amigos se quedaron un momento mirándose, sin decir una palabra.

—¡Vaya, tengo que decir que esta vez la excusa es irreprochable! —susurró Stanley.

—¡Eres un idiota!

—Estoy confundido, no es eso lo que quería decir, no sé ni cómo se me ha podido ocurrir decir algo así. Perdóname, cariño.

—No siento nada, Stanley, ni el más mínimo dolor en el pecho, ni la más mínima lágrima.

—Eso ya vendrá, no te preocupes, es que todavía no has asimilado la noticia.

—Que sí, que sí, te aseguro que la he asimilado perfectamente.

—¿Quieres llamar a Adam?

—No, ahora no, más tarde.

Stanley miró a su amiga, inquieto.

—¿No quieres decirle a tu futuro marido que tu padre acaba de morir?

—Murió anoche, en París; repatriarán su cuerpo por avión, el entierro será dentro de cuatro días —añadió Julia con una voz apenas audible.

Stanley se puso a contar con los dedos.

—¿Este sábado? —dijo abriendo unos ojos como platos.

—La misma tarde de mi boda... —murmuró Julia.

Stanley se dirigió en seguida hacia la cajera, recuperó su talón y arrastró a Julia a la calle.

—¡Te invito yo a comer!

\* \* \*

La luz dorada de junio bañaba Nueva York. Los dos amigos cruzaron la Novena Avenida y se dirigieron a Pastis, una cervecería francesa, verdadera institución en ese barrio en plena transformación. Durante los últimos años, los viejos almacenes del distrito de los mataderos habían cedido paso a los rótulos de lujo y a los creadores de moda más conocidos de la ciudad. Como por arte de magia, habían surgido numerosos comercios y hoteles de prestigio. La antigua vía de ferrocarril a cielo abierto se había transformado en un paseo que subía hasta la calle 10. Allí, una antigua fábrica reconvertida albergaba ahora un mercado biológico en la planta baja, mientras que las demás plantas se las repartían productoras y agencias publicitarias. En la quinta, Julia tenía su propia oficina. Allí también, las orillas del río Hudson, acondicionadas, acogían ahora un paseo para ciclistas, adeptos del *jogging* y enamorados de los bancos típicos de las películas de Woody Allen. Desde el jueves por la noche, el barrio estaba abarrotado de visitantes procedentes de Nueva Jersey que cruzaban el río para pasear y distraerse en los numerosos bares y restaurantes de moda.

Instalado en la terraza de Pastis, Stanley pidió dos tés.

—Ya debería haber llamado a Adam —reconoció Julia con aire de culpabilidad.

—Si es para decirle que tu padre acaba de morir, sí, ya deberías haberle informado de ello, no cabe duda. Ahora, si es para anunciarle que tenéis que aplazar la boda, que hay que avisar al cura, al *catering*, a los invitados y, por consiguiente, a sus padres, entonces digamos que la cosa aún puede esperar un poquito. Hace un tiempo fantástico, dale una horita más antes de estropearle el día. Además, estás de luto, eso te da todo el derecho del mundo a hacer lo que te dé la gana, ¡así que aprovecha!

—¿Cómo voy a anunciarle algo así?

—Cariño, no debería costarle comprender que es bastante difícil enterrar a un padre y casarse, todo en la misma tarde; y aunque adivine que tal idea podría tentarte pese a todo, deja que te diga que no sería muy apropiada. Pero ¿cómo ha podido pasar algo así? ¡Dios santo!

—Créeme, Stanley, Dios no tiene nada que ver en esto; mi padre, y nadie más que él, ha elegido esta fecha.

—¡No creo que decidiera morir anoche en París sin más fin que el de comprometer tu boda! Si bien le concedo cierto refinamiento en lo que a la elección del lugar se refiere.

—¡No lo conoces, es capaz de cualquier cosa con tal de fastidiarme!

—¡Tómate el té, disfrutemos del sol y, después, llamaremos a tu ex futuro marido!

# 2

Las ruedas del Cargo 747 de Air France chirriaron sobre la pista del aeropuerto John Fitzgerald Kennedy. Desde los grandes ventanales de la terminal, Julia contemplaba el largo ataúd de madera de caoba bajar por la cinta transportadora que lo trasladaba de la bodega del avión al coche fúnebre aparcado sobre el asfalto. Un agente de la policía aeroportuaria fue a buscarla a la sala de espera. Acompañada por el secretario de su padre, su prometido y su mejor amigo, subió a una furgoneta que la llevó hasta el avión. Un responsable de las aduanas estadounidenses la esperaba al pie de la cabina para entregarle un sobre. Contenía unos papeles administrativos, un reloj y un pasaporte.

Julia lo hojeó. Unos cuantos visados daban fe de los últimos meses de vida de Anthony Walsh. San Petersburgo, Berlín, Hong Kong, Bombay, Saigón, Sídney, todas estas ciudades que le eran desconocidas, países que le hubiera gustado visitar con él.

Mientras cuatro hombres se atareaban alrededor del féretro, Julia pensaba en los largos viajes que emprendía su padre cuando ella no era aún más que una niña pequeña que se peleaba por cualquier cosa en el patio del colegio.

Tantas noches pasadas acechando su vuelta, tantas mañanas en que, en la acera, camino del colegio, saltaba de adoquín en adoquín, inventando una rayuela imaginaria y jurándose que si la respetaba al milímetro se aseguraría el regreso de su padre. Y, a veces, perdido en esas noches de súplicas, un deseo cumplido hacía que se abriera la puerta de su habitación, dibujando sobre el parqué un rayo de luz mágica en el que se perfilaba la sombra de Anthony Walsh. Este se sentaba entonces al pie de su cama y dejaba sobre las mantas un pequeño objeto que Julia descubría al despertarse. Así se iluminaba su infancia, un padre traía a su hija de cada escala el objeto único que relataría parte del viaje realizado. Una muñeca de México, un pincel de China, una estatuilla de madera de Hungría o una pulsera de Guatemala constituían verdaderos tesoros.

Y después había venido el tiempo de los primeros síntomas de su madre. Primer recuerdo, la confusión que había experimentado un domingo en un cine, cuando, en mitad de la película, su madre le había preguntado por qué habían apagado la luz. Mente de colador en la que ya no dejarían de abrirse otros agujeros en la memoria, pequeños, y después cada vez más grandes; los que le hacían confundir la cocina con la sala de música y provocaban gritos insoportables porque el piano de cola había desaparecido... Desaparición de materia gris, que le hacía olvidar el nombre de sus allegados. Un abismo, el día en que había exclamado mirando a Julia: «¿Qué hace esta niña tan guapa en mi casa?». Un vacío infinito el de aquel mes de diciembre, tanto tiempo atrás, en que una ambulancia había ido a buscarla, después de que le hubo prendido fuego a su bata, inmóvil, maravillada aún por el poder descubierto al encender un cigarrillo, ella, que no fumaba.

Una madre que murió unos años más tarde en una clínica de Nueva Jersey sin haber reconocido nunca a su hija. Su adolescencia había nacido del duelo, una adolescencia plagada de tantas tardes repasando los deberes con el secretario personal de su padre, mientras este proseguía sus viajes, cada vez más frecuentes, cada vez más largos. El instituto, la universidad, terminar los estudios para entregarse por fin a su única pasión: inventar personajes, darles forma con tintas de colores, darles vida en la pantalla de un ordenador. Animales que ya eran casi humanos, compañeros y fieles cómplices dispuestos a sonreírle con un simple trazo de lápiz, cuyas lágrimas secaba a golpe de goma con su paleta gráfica.

—Señorita, ¿puede confirmar que este documento de identidad pertenece a su padre?

La voz del agente de aduanas devolvió a Julia a la realidad. Ella asintió con un simple gesto. El hombre firmó un formulario y aplicó un sello sobre la fotografía de Anthony Walsh. Última estampilla sobre un pasaporte en el que los nombres de las ciudades no tenían ya más historia que contar que la de la ausencia.

Metieron el ataúd en un largo coche fúnebre de color negro. Stanley se instaló al lado del conductor, Adam le abrió la portezuela a Julia, solícito con la joven con la que debería haberse casado esa misma tarde. En cuanto al secretario personal de Anthony Walsh, se acomodó en un asiento plegable atrás del todo, muy cerca de los restos mortales. El coche puso el motor en marcha y abandonó la zona aeroportuaria tomando la autopista 678.

El furgón se dirigía al norte. En el interior, nadie hablaba. Wallace no apartaba los ojos de la caja que encerraba el cuerpo de su antiguo patrono. En cuanto a Stanley, se observaba las manos, Adam miraba a Julia, y esta contemplaba el paisaje gris de la periferia de Nueva York.

—¿Qué itinerario piensa tomar? —le preguntó al conductor, al surgir en la autopista la salida hacia Long Island.

23

—El Whitestone Bridge, señora —contestó este.

—¿Le importaría ir por el puente de Brooklyn?

El conductor puso el intermitente y cambió en seguida de carril.

—Es un rodeo inmenso —susurró Adam—, el camino que había elegido él era más corto.

—El día ya está perdido de todas maneras, así que bien podemos darle ese capricho.

—¿A quién? —quiso saber Adam.

—A mi padre. Démosle el gusto de atravesar por última vez Wall Street, TriBeCa, SoHo y, ¿por qué no?, también Central Park.

—Pues sí, en eso tienes razón, el día ya está perdido, así que si quieres darle el capricho, tú misma —añadió Adam—. Pero habrá que avisar al cura de que vamos a llegar tarde.

—¿Te gustan los perros, Adam? —quiso saber Stanley.

—Sí, bueno, creo que sí, pero yo no les gusto mucho a ellos, ¿por qué?

—No, por nada, por nada... —contestó Stanley, bajando mucho su ventanilla.

El coche fúnebre cruzó la isla de Manhattan de sur a norte y llegó una hora más tarde a la calle 233.

En la puerta principal del cementerio de Woodlawn, la barrera se levantó. El coche tomó por una estrecha carretera, giró en una rotonda, pasó por delante de una serie de mausoleos, cruzó un vado sobre un lago y se detuvo ante el camino en el que una tumba, recién excavada, pronto acogería a su futuro ocupante.

Un sacerdote los estaba esperando. Colocaron el féretro sobre dos caballetes encima de la fosa. Adam fue al encuentro del cura para zanjar los últimos detalles de la ceremonia. Stanley rodeó a Julia con el brazo.

—¿En qué piensas? —le preguntó.

—¿En qué pienso en el preciso momento en que voy a enterrar a mi padre, con quien hace años que no hablo? Desde luego, Stanley, siempre haces preguntas desconcertantes.

—Por una vez, hablo en serio; ¿en qué piensas en este preciso instante? Es importante que te acuerdes. ¡Este momento siempre formará parte de tu vida, créeme!

—Pensaba en mi madre. Me preguntaba si lo reconocería allá arriba, o si sigue sumida sin rumbo en su olvido, entre las nubes.

—¿Ahora crees en Dios?

—No, pero uno siempre está listo para recibir una buena noticia.

—Tengo que confesarte algo, mi querida Julia, y prométeme que no te vas a burlar, pero cuanto más pasan los años, más creo en Dios.

Julia esbozó una sonrisa triste.

—A decir verdad, en lo que a mi padre respecta, no estoy segura de que la existencia de Dios sea una buena noticia.

—Pregunta el cura que si estamos todos, quiere saber si podemos empezar ya —preguntó Adam reuniéndose con ellos.

—Solo estamos nosotros cuatro —contestó Julia, indicándole al secretario de su padre que se acercara—. Es el mal de los grandes viajeros, de los filibusteros solitarios. La familia y los amigos no son más que unos pocos conocidos dispersos por los rincones del mundo... Y no es frecuente que los conocidos vengan de lejos para asistir a las exequias; es un momento de la vida en el que apenas se puede ya hacer un favor ni otorgar nada a nadie. Uno nace solo y muere solo.

—Eso lo dijo Buda, y tu padre era un irlandés decididamente católico, cariño —objetó Adam.

—¡Un dóberman, lo que tú necesitas es un enorme dóberman, Adam! —suspiró Stanley.

—Pero ¿por qué te empeñas en que tenga perro?

—¡Nada, nada, olvídalo!

El sacerdote se acercó a Julia para decirle cuánto sentía tener que oficiar ese tipo de ceremonia, cuando le hubiera gustado tanto poder celebrar su boda.

—¿Y no podría usted matar dos pájaros de un tiro? —le preguntó ella—. Porque, al fin y al cabo, los invitados nos dan un poco igual. Para su Jefe lo que cuenta es la intención, ¿no?

Stanley no pudo reprimir una sincera carcajada, pero el cura se indignó.

—¡Pero bueno, señorita, ¿cómo dice eso?!

—Le aseguro que no es tan mala idea, ¡así, al menos mi padre habría asistido a mi boda!

—¡Julia! —la reprendió esta vez Adam.

—Bueno, vale, entonces parece que todos concuerdan en que no es una buena idea —concedió.

—¿Quiere pronunciar algunas palabras? —le preguntó el sacerdote.

—Me gustaría mucho —dijo mirando fijamente el féretro—. ¿Usted quizá, Wallace? —le propuso al secretario personal de su padre—. Después de todo, era usted su amigo más fiel.

—Creo que yo tampoco sería capaz, señorita —respondió el secretario—, y, además, su padre y yo teníamos la costumbre de entendernos en silencio. Quizá una palabra, si me lo permite, no a él, sino a usted. Pese a todos los defectos que le atribuía, sepa que era un hombre a veces duro, a menudo divertido, incluso estrafalario, pero un hombre bueno, sin duda alguna; y la quería.

—Bueno, pues si no me he equivocado al calcular, eso suma más de una palabra —carraspeó Stanley al ver que a Julia se le había empañado la mirada.

El sacerdote recitó una oración y cerró su breviario. Lentamente, el ataúd de Anthony Walsh descendió a su tumba. Julia le tendió una rosa al secretario de su padre. Este sonrió y le devolvió la flor.

—Usted primero, señorita.

Los pétalos se esparcieron al contacto con la madera, otras tres rosas cayeron a su vez, y los cuatro últimos visitantes del día se alejaron del lugar.

En el otro extremo del camino, el coche fúnebre había dejado paso a dos berlinas. Adam tomó a su prometida de la mano y la llevó hacia los coches. Julia levantó la mirada al cielo.

—Ni una sola nube, un cielo entero azul, azul, azul; no hace ni demasiado calor ni demasiado frío, una temperatura perfecta: era un día maravilloso para casarse.

—Habrá otros, no te preocupes —la tranquilizó Adam.

—¿Como este? —exclamó Julia, abriendo mucho los brazos—. ¿Con un cielo así? ¿Con una temperatura como esta? ¿Con árboles que van a reventar de puro verdes? ¿Con patos en el lago? ¡No lo creo, a menos que esperemos a la próxima primavera!

—El otoño será tanto o más bonito, confía en mí, y ¿desde cuándo te gustan los patos?

—¡Yo les gusto a ellos! ¿Has visto cuántos había antes, junto a la tumba de mi padre?

—No, no me he fijado —contestó Adam, un poco inquieto por la repentina efervescencia de su prometida.

—Había docenas; docenas de patos salvajes, con sus corbatas de pajarita, habían venido a posarse justo ahí, y han levantado el vuelo nada más terminar la ceremonia. ¡Eran patos que habían decidido venir a MI boda, y que me han acompañado en el entierro de mi padre!

—Julia, no quiero llevarte la contraria hoy, pero no creo que los patos lleven corbatas de pajarita.

—¿Y tú qué sabes? ¿Acaso tú dibujas patos? ¡Yo sí! De modo que si te digo que esos se habían puesto su traje de gala, ¡haz el favor de creerme! —gritó.

—De acuerdo, mi amor, tus patos iban de esmoquin, y ahora regresemos ya.

Stanley y el secretario personal los aguardaban junto a los coches. Adam arrastró a Julia, pero esta se detuvo junto a una lápida en mitad de la gran superficie de césped. Leyó el nombre de aquella que descansaba bajo sus pies y su fecha de nacimiento, que se remontaba al siglo anterior.

—¿La conocías? —quiso saber Adam.

—Es la tumba de mi abuela. Ahora mi familia al completo descansa ya en este cementerio. Soy la última del linaje de los Walsh. Bueno, exceptuando a varios centenares de tíos, tías, primos y primas desconocidos que viven repartidos entre Irlanda, Brooklyn y Chicago. Perdóname por lo de antes, creo que me he puesto un poco nerviosa.

—No tiene importancia; íbamos a casarnos, y entierras a tu padre, es normal que estés afectada.

Recorrieron el camino. Los dos Lincoln estaban ya a tan solo unos pocos metros.

—Tienes razón —dijo Adam, contemplando a su vez el cielo—, es un día magnífico; hasta en las últimas horas de su vida tenía tu padre que fastidiarnos.

Julia se detuvo al instante y retiró bruscamente la mano de la de su prometido.

—¡No me mires así! —suplicó Adam—. Si tú misma lo has dicho al menos veinte veces desde que te anunciaron su muerte.

—¡Sí, yo puedo decirlo tantas veces como quiera, pero tú no! Sube en el primer coche con Stanley, yo iré en el otro.

—¡Julia! Lo siento mucho...

—Pues no lo sientas, me apetece estar sola en mi casa esta noche y guardar las cosas de este padre que nos habrá fastidiado hasta las últimas horas de su vida, como tú mismo has dicho.

—¡Pero que no lo digo yo, maldita sea, lo dices tú! —gritó Adam mientras Julia subía a la primera berlina.

—Una última cosa, Adam, el día que nos casemos, ¡quiero patos, patos salvajes, docenas de patos salvajes! —añadió antes de cerrar con un portazo.

El Lincoln desapareció tras la verja del cementerio. Contrariado, Adam fue hasta la otra berlina y se instaló en el asiento trasero, a la derecha del secretario personal del difunto.

—¡O quizá un fox terrier! Es un perro pequeño pero muerde bien... —concluyó Stanley, sentado junto al conductor, a quien indicó con un gesto que ya podían marcharse.

# 3

La berlina en la que viajaba Julia recorría despacio la Quinta Avenida bajo un repentino chaparrón. Parada desde hacía largos minutos, bloqueada en los atascos, Julia contemplaba fijamente el escaparate de una gran juguetería en la esquina con la calle 58. Reconoció en la vitrina la inmensa nutria de peluche gris azulado.

Tilly había nacido un sábado por la tarde similar a ese, en que llovía tan fuerte que la lluvia había terminado por formar pequeños riachuelos que resbalaban por las ventanas del despacho de Julia. Absorta en sus pensamientos, en su cabeza pronto se transformaron en ríos, los marcos de madera de la ventana se convirtieron en las orillas de un estuario de la Amazonia, y el montón de hojas que la lluvia empujaba, en la casita de un pequeño mamífero al que el diluvio iba a arrastrar consigo, sumiendo a la comunidad de las nutrias en el más profundo desasosiego.

La noche siguiente fue tan lluviosa como la anterior. Sola en la gran sala de ordenadores del estudio de animación en el que trabajaba, Julia había esbozado entonces los primeros trazos de su personaje. Imposible contar los miles de horas que había pasado ante la pantalla de su ordenador, dibujando, coloreando, animando, inventando cada expresión y cada gesto que daría vida a la nutria azul. Imposible recordar la multitud de reuniones a última hora, el número de fines de semana dedicados a contar la historia de Tilly y los suyos. El éxito que habrían de obtener los dibujos animados recompensarían los dos años de trabajo de Julia y de los cincuenta colaboradores que se habían puesto manos a la obra bajo su dirección.

—Me bajo aquí, volveré a pie —le dijo Julia al conductor.

Este llamó su atención sobre la violencia de la tormenta.

—Le aseguro que es lo único de este día que merece la pena —prometió Julia cuando ya se cerraba la puerta de la berlina.

El conductor apenas tuvo tiempo de verla correr hacia la juguetería. Qué más daba el chaparrón: al otro lado del escaparate, Tilly parecía sonreírle, contenta con su visita. Julia no pudo evitar hacerle un gesto de saludo; para su sorpresa, una niña que estaba junto al peluche le contestó. Su madre la tomó bruscamente de la mano y trató de arrastrarla hacia la salida, pero la niña se resistía y saltó a los brazos bien abiertos de la nutria. Julia espiaba la escena. La niña se agarraba con fuerza a Tilly, y la madre le daba palmadas en los dedos para obligarla a soltarla. Julia entró en la tienda y avanzó hacia ellas.

—¿Sabía que Tilly tiene poderes mágicos? —le dijo a la madre.

—Si necesito una vendedora, señorita, ya se lo indicaré —contestó la mujer, lanzándole a la niña una mirada reprobadora.

—No soy una vendedora, soy su madre.

—¡¿Cómo dice?! —preguntó la madre, alzando la voz—. ¡Hasta que se demuestre lo contrario, su madre soy yo!

—Me refería a Tilly, el peluche que tanto cariño parece haberle tomado a su hija. Yo la traje al mundo. ¿Me permite que se la regale? Me entristece verla tan solita en este escaparate tan iluminado. Las luces tan fuertes de los focos terminarán por desteñir su pelaje, y Tilly está tan orgullosa de su manto gris azulado... No se imagina las horas que pasamos hasta encontrarle los colores adecuados de la nuca, el cuello, la barriguita y el hocico, los que le devolverían la sonrisa después de que el río se tragara su casa.

—¡Su Tilly se quedará en la tienda, y mi hija aprenderá a no separarse de mí cuando vamos de paseo por el centro! —contestó la madre, tirando tan fuerte del brazo de su hija que esta no tuvo más remedio que soltar la pata del enorme peluche.

—A Tilly le gustaría mucho tener una amiga —insistió Julia.

—¿Quiere complacer a un peluche? —preguntó la madre, desconcertada.

—Hoy es un día un poco especial, a Tilly y a mí nos alegraría mucho, y a su hija también, me parece. Con un solo sí, nos haría felices a las tres, vale la pena pensarlo, ¿verdad?

—¡Pues mi respuesta es no! Alice no tendrá regalo, y menos de una desconocida. ¡Buenas tardes, señorita! —dijo alejándose.

—Alice tiene mucho mérito, todavía es una niña encantadora pero si la sigue tratando así, ¡no vaya a quejarse dentro de diez años! —le espetó Julia, pugnando por contener su rabia.

La madre se volvió y la miró con altivez.

—Usted ha traído al mundo un peluche, señorita, y yo una niña, ¡así que haga el favor de guardarse sus lecciones sobre la vida!

—Tiene razón, las niñas no son como los peluches, ¡no se les pueden coser con aguja e hilo las heridas que se les hacen!

La mujer salió de la tienda, indignadísima. Madre e hija se alejaron por la acera de la Quinta Avenida, sin volverse.

—Perdona, Tilly, querida, me parece que no he actuado con mucha diplomacia. Ya me conoces, no es mi punto fuerte precisamente. No te preocupes, ya lo verás, te encontraremos una buena familia solo para ti.

El director, que había seguido toda la escena, se acercó.

—Qué alegría verla, señorita Walsh, hacía por lo menos un mes que no venía usted por aquí.

—Es que estas últimas semanas he tenido mucho trabajo.

—Su creación está teniendo muchísimo éxito, ya hemos encargado diez ejemplares. Cuatro días en el escaparate, y, ¡hala!, desaparecen en seguida —aseguró el director de la juguetería, volviendo a colocar el peluche en su sitio—. Aunque esta, si no me equivoco, lleva ya dos semanas, pero claro, con el tiempo que está haciendo...

—No es culpa del tiempo —respondió Julia—. Esta Tilly es la de verdad, así que es más difícil, tiene que elegir ella misma a su familia de acogida.

—Señorita Walsh, me dice lo mismo cada vez que se pasa por aquí a visitarnos —replicó el director, divertido.

—Son todas originales —afirmó Julia despidiéndose de él.

Había dejado de llover, salió de la juguetería y se dirigió a pie hacia el sur de Manhattan. Su silueta se perdió entre la multitud.


Los árboles de Horatio Street se doblaban bajo el peso de las hojas empapadas. A última hora de la tarde, el sol volvía a aparecer por fin, para tenderse en el lecho del río Hudson. Una suave luz púrpura irradiaba las callejuelas del West Village. Julia saludó al dueño del pequeño restaurante griego situado delante de su casa. El hombre, ocupado en preparar las mesas de la terraza, le devolvió el saludo y le preguntó si debía reservarle una para esa noche. Julia rechazó la propuesta educadamente y le prometió que al día siguiente, domingo, iría a tomar un *brunch* a su restaurante.

Giró la llave en la cerradura de la puerta de entrada al pequeño edificio en el que vivía y subió la escalera hasta el primer piso. Stanley la estaba esperando allí, sentado en el último escalón.

—¿Cómo has entrado?

—Zimoure, el dueño de la tienda de abajo; estaba llevando unas cajas de cartón al sótano, le he echado una mano, y hemos hablado de su última colección de zapatos, una maravilla, por cierto. Pero ¿quién puede ya permitirse esas obras de arte con los tiempos que corren?

—Pues mucha gente, créeme, no hay más que ver la multitud que entra y sale de su tienda sin parar los fines de semana, cargada de bolsas —le contestó Julia—. ¿Necesitas algo? —le preguntó abriendo la puerta de su apartamento.

—No, pero sin duda alguna, tú necesitas compañía.

—Con esa pinta de perro apaleado que tienes, me pregunto quién de los dos sufre un ataque de soledad.

—Bueno, pues que sepas que tu amor propio está a salvo: ¡la responsabilidad de plantarme aquí sin haber sido invitado es toda mía!

Julia se quitó la gabardina y la lanzó sobre la butaca que había junto a la chimenea. Flotaba en la habitación un agradable aroma a glicina, la planta que trepaba por la fachada de ladrillos rojos.

—Tienes una casa divina —exclamó Stanley, dejándose caer sobre el sofá.

—Al menos una cosa sí me habrá salido bien este año —dijo Julia abriendo la nevera.

—¿Qué cosa?

—Arreglar la planta de arriba de esta vieja casa. ¿Quieres una cerveza?

—¡Pésima para guardar la línea! ¿No tendrías una copita de vino tinto?

Julia preparó rápidamente dos cubiertos sobre la mesa de madera; colocó una tabla de quesos, descorchó una botella, puso un disco de Count Basie y le indicó a Stanley que se sentara frente a ella. Su amigo miró la etiqueta del cabernet y dejó escapar un silbido de admiración.

—Una auténtica cena de fiesta —replicó Julia sentándose a la mesa—. Si no fuera porque faltan doscientos invitados y unos cuantos canapés, cerrando los ojos uno creería estar en mi banquete de bodas.

—¿Quieres bailar, querida? —preguntó Stanley.

Y antes de que ella pudiera contestarle, la obligó a levantarse y la arrastró a unos pasos de *swing*.

—Has visto que, pese a todo, es una noche de fiesta —dijo riéndose.

Julia apoyó la cabeza en su hombro.

—¿Qué sería de mí sin ti, mi querido Stanley?

—Nada, pero eso hace tiempo que lo sé.

La pieza terminó, y Stanley volvió a sentarse a la mesa.

—Al menos habrás llamado a Adam, ¿no?

Julia había aprovechado su larga caminata para disculparse con su futuro marido. Adam comprendía su necesidad de estar sola. Era él quien se sentía mal por haber sido tan torpe durante el entierro. Su madre, con la que había hablado al volver del cementerio, le había reprochado su falta de tacto. Se marchaba esa noche a la casa de campo de sus padres para pasar con ellos el resto del fin de semana.

—Hay momentos en que llego a preguntarme si, a fin de cuentas, no te habrá hecho un favor tu padre al celebrar hoy su entierro —murmuró Stanley sirviéndose otra copa de vino.

—¡No te gusta nada Adam!

—¡Yo nunca he dicho eso!

—He estado tres años sola en una ciudad con dos millones de solteros. Adam es galante, generoso, atento y solícito. Acepta mis horribles horarios de trabajo. Se esfuerza por hacerme feliz y, sobre todo, Stanley, me quiere. Así que, anda, hazme el favor de ser más tolerante con él.

—¡Pero si yo no tengo nada en contra de tu prometido, es perfecto! Es solo que preferiría ver en tu vida a un hombre que te arrastrara con él, aunque tuviera mil defectos, que a uno que te retiene a su lado solo porque posee ciertas cualidades.

—Es muy fácil dar lecciones, ¿quieres decirme por qué estás solo tú?

—Yo no estoy solo, Julia, querida, soy viudo, que no es lo mismo. Y que el hombre al que amaba haya muerto no quiere decir que me haya dejado. Tendrías que haber visto lo guapo que era todavía Edward en su cama de hospital. La enfermedad no había mermado en nada su aplomo. Conservó su sentido del humor hasta su última frase.

—¿Cuál fue esa frase? —preguntó Julia tomando la mano de Stanley entre las suyas.

—¡Te quiero!

Los dos amigos se miraron en silencio. Stanley se levantó, se puso la chaqueta y besó a Julia en la frente.

—Me voy a la cama. Esta noche, tú ganas, el ataque de soledad me ha dado a mí.

—Espera un poco. ¿De verdad sus últimas palabras fueron para decirte que te quería?

—Era lo mínimo que podía hacer, teniendo en cuenta que la enfermedad que le mataba la cogió por haberme engañado —dijo Stanley sonriendo.

\* \* \*

A la mañana siguiente, Julia, que se había quedado dormida en el sofá, abrió los ojos y descubrió la manta con la que la había tapado Stanley. Unos segundos después, encontró la notita que le había dejado debajo de su tazón de desayuno. Leyó: «Por muchas burradas que nos soltemos, eres mi mejor amiga, y yo también te quiero. Stanley».

# 4

A las diez, Julia salió de su apartamento, decidida a pasar el día en la oficina. Tenía trabajo atrasado, y de nada servía quedarse en casa como un león enjaulado o, peor aún, ordenando lo que volvería a estar en desorden unos días después. De nada servía tampoco llamar a Stanley, que a esas horas seguiría aún durmiendo; los domingos, a no ser que lo sacaran a rastras de la cama para llevarlo a un *brunch* o le prometieran tortitas con canela, no se levantaba hasta bien entrada la tarde.

Horatio Street seguía desierta. Julia saludó a unos vecinos instalados en la terraza del Pastis y apretó el paso. Mientras subía por la Novena Avenida, le mandó a Adam un mensajito tierno, y dos calles más arriba, entró en el edificio del Chelsea Farmer's Market. El ascensorista la llevó hasta el último piso. Deslizó su tarjeta de identificación sobre el lector que controlaba el acceso a las oficinas y cerró la pesada puerta metálica.

Había tres infografistas en sus puestos de trabajo. Por la cara que tenían, y visto el número de vasitos de café amontonados en la papelera, Julia comprendió que habían pasado la noche allí. El problema que ocupaba a su equipo desde hacía varios días no debía, pues, de haberse resuelto todavía. Nadie conseguía establecer el complicado algoritmo que permitiría dar vida a un grupo de libélulas cuya tarea era la de defender un castillo de la invasión inminente de un ejército de mantis religiosas. El horario colgado de la pared indicaba que el ataque estaba previsto para el lunes. Si de ahí a entonces el escuadrón no estaba listo, o bien la ciudadela caería sin resistencia en manos enemigas, o el nuevo dibujo animado se retrasaría mucho; tanto una opción como la otra eran inconcebibles.

Julia empujó su sillón con ruedas y se instaló entre sus colaboradores. Tras consultar sus progresos, decidió activar el procedimiento de urgencia. Descolgó el teléfono y llamó, uno tras otro, a todos los miembros de su equipo. Disculpándose cada vez por estropearles la tarde del domingo, los convocó en la sala de reuniones una hora más tarde. Aunque tuvieran que repasar todos los datos, la noche entera, no llegaría la mañana del lunes sin que sus libélulas invadieran el cielo de Enowkry.

Y mientras el primer equipo se declaraba vencido, Julia bajó corriendo hacia los diferentes puestos del mercado para llenar dos cajas de pasteles y sándwiches de todo tipo con los que alimentar a las tropas.

A mediodía, treinta y siete personas habían respondido a su convocatoria. La atmósfera tranquila que había reinado en la oficina por la mañana cedió paso a la ebullición propia de una colmena, en la que dibujantes, infografistas, iluminadores, programadores y expertos en animación intercambiaban informes, análisis y las ideas más estrafalarias.

A las cinco, una pista descubierta por una reciente incorporación al equipo suscitó una gran efervescencia y una asamblea en la sala de reuniones. Charles, el joven informático recientemente contratado como refuerzo, apenas llevaba ocho días en activo en la compañía. Cuando Julia le pidió que tomara la palabra para exponer su teoría, le temblaba la voz y solo acertaba a balbucear. El jefe de equipo no le facilitó la tarea burlándose de su manera de hablar. Al menos, hasta que el joven se decidió a concentrarse largos segundos sobre el teclado de su ordenador mientras aún se oían las burlas a su espalda; burlas que cesaron definitivamente cuando una libélula empezó a agitar las alas en mitad de la pantalla y levantó el vuelo describiendo un círculo perfecto en el cielo de Enowkry.

Julia fue la primera en felicitarlo, y sus treinta y cinco colegas aplaudieron. Ya solo quedaba conseguir que otras setecientas cuarenta libélulas con sus armaduras levantaran a su vez el vuelo. El joven informático mostró algo más de aplomo y expuso el método gracias al cual se podía multiplicar su fórmula. Mientras detallaba su proyecto, sonó el timbre del teléfono. El colaborador que descolgó le hizo una seña a Julia: la llamada era para ella y parecía urgente. Esta le murmuró a su vecino de mesa que se fijara bien en lo que estaba explicando Charles y salió de la sala para responder a la llamada en su despacho.


Julia reconoció en seguida la voz del señor Zimoure, el dueño de la tienda situada en la planta baja de su casa, en Horatio Street. Seguro que, una vez más, las cañerías de su apartamento habían exhalado su último suspiro. El agua debía de caer a chorros por el techo sobre las colecciones de zapatos del señor Zimoure, aquellos que, en período de rebajas, costaban el equivalente de la mitad de su sueldo. Julia conocía ese dato, pues era precisamente lo que le había indicado su agente de seguros, que el año anterior le había entregado un cheque considerable al señor Zimoure para compensar los daños que le había causado. A Julia se le había olvidado cerrar la llave del agua de su antigua lavadora antes de salir de casa, pero ¿a quién no se le olvidan ese tipo de detalles?

Ese día, su agente de seguros le dijo que era la última vez que pensaba asumir un siniestro de ese tipo. Si había sido tan amable de convencer a su compañía para no suspender pura y simplemente su póliza, era solo porque Tilly era el personaje preferido de sus hijos y la salvadora de sus domingos por la mañana desde que les había comprado los dibujos animados en DVD.

En lo que a las relaciones de Julia con el señor Zimoure se refería, la cuestión había requerido muchos más esfuerzos. Una invitación a la fiesta de Acción de Gracias que Stanley había organizado en su casa, un recuerdo de la tregua en Navidad y otras múltiples atenciones habían sido necesarias para que el clima entre vecinos volviera a ser normal. El personaje en cuestión no era especialmente agradable, tenía teorías sobre todo y en general solo se reía de sus propios chistes. Conteniendo el aliento, Julia esperó a que su interlocutor le anunciara la magnitud de la catástrofe.

—Señorita Walsh...

—Señor Zimoure, sea lo que sea lo que haya ocurrido, sepa usted que lo siento en el alma.

—No tanto como yo, señorita Walsh. Tengo la tienda abarrotada de gente y cosas más importantes que hacer que ocuparme en su ausencia de sus problemas de entrega a domicilio.

Julia trató de apaciguar los latidos de su corazón y comprender de qué se trataba esta vez.

—¿Qué entrega?

—¡Eso debería decírmelo usted, señorita!

—Lo siento mucho, yo no he encargado nada y, de todas maneras, siempre pido que lo entreguen todo en mi oficina.

—Pues bien, parece que esta vez no ha sido así. Hay un enorme camión aparcado delante de mi tienda. El domingo es el día más importante para mí, por lo que me causa un perjuicio considerable. Los dos gigantes que acaban de descargar esa caja a su nombre se niegan a marcharse mientras nadie acuse recibo de la mercancía. A ver, según usted, ¿qué tenemos que hacer?

—¿Una caja?

—Eso es exactamente lo que acabo de decirle, ¿es que tengo que repetírselo todo dos veces mientras mi clientela se impacienta?

—Estoy confundida, señor Zimoure —prosiguió Julia—, no sé qué decirle.

—Pues dígame, por ejemplo, cuándo podrá venir, para que pueda informar a esos señores del tiempo que vamos a perder todos gracias a usted.

—Pero ahora me es del todo imposible ir, estoy en pleno trabajo...

—¿Y qué se cree que estoy haciendo yo, señorita Walsh? ¿Crucigramas?

—¡Señor Zimoure, yo no estoy esperando ninguna entrega, ni un paquete ni un sobre, y mucho menos una caja! Como le digo, solo puede tratarse de un error.

—En el albarán que puedo leer sin gafas desde el escaparate de mi tienda, puesto que su caja está colocada en la acera delante de mí, figura su nombre en grandes letras de molde justo encima de nuestra dirección común y bajo la palabra «Frágil»; ¡sin duda se trata de un olvido por su parte! No sería la primera vez que su memoria le juega una mala pasada, ¿verdad?

¿Quién podía ser el remitente? ¿Quizá se tratara de un regalo de Adam, de un encargo que ya no recordara, algún equipamiento destinado a la oficina y que, por error, hubiera pedido que le entregaran en su domicilio? Fuera como fuere, Julia no podía abandonar de ninguna manera a sus colaboradores, a los que había hecho acudir al trabajo en domingo. El tono del señor Zimoure dejaba bien claro que tenía que ocurrírsele algo lo antes posible o, más bien, inmediatamente.

—Creo que he encontrado la solución a nuestro problema, señor Zimoure. Con su ayuda, podríamos salir de este apuro.

—Permítame de nuevo apreciar su espíritu matemático. Me habría sorprendido mucho, señorita Walsh, que me dijera que podía resolver lo que por el momento a todas luces es un problema exclusivamente suyo, y no mío. La escucho, pues, con suma atención.

Julia le confió que escondía un duplicado de la llave de su apartamento bajo la alfombrilla de la escalera, a la altura del sexto escalón. No tenía más que contarlos. Si no era el sexto, debía ser el séptimo o el octavo. El señor Zimoure podría entonces abrirles la puerta a los dos gigantes, y estaba segura de que, si lo hacía, estos no tardarían en alejar de allí ese camión enorme que obstruía su escaparate.

—E imagino que lo ideal para usted sería que esperara a que se hubieran marchado para cerrar la puerta de su apartamento, ¿verdad?

—Desde luego, sería lo ideal, no habría acertado a encontrar un término mejor, señor Zimoure...

—Si se trata de algún electrodoméstico, señorita Walsh, le agradecería mucho que tuviera usted a bien encargarle la instalación a algún técnico experimentado. ¡Supongo que imagina por qué lo digo!

Julia quiso tranquilizarlo, no había encargado nada parecido, pero su vecino ya había colgado. Se encogió de hombros, reflexionó unos segundos y volvió a enfrascarse en la tarea que monopolizaba su pensamiento.


Al caer la noche, todo el mundo se congregó ante la pantalla de la gran sala de reuniones. Charles estaba al ordenador, y los resultados que obtenía parecían prometedores. Unas horas más de trabajo y la «batalla de las libélulas» podría desarrollarse en el horario previsto. Los informáticos repasaban sus cálculos, los dibujantes perfilaban los últimos detalles del decorado, y Julia empezaba a sentirse inútil. Fue a la cocina, donde se encontró con Dray, un dibujante y amigo con el que había hecho gran parte de sus estudios.

Al verla desperezarse, él adivinó que empezaba a dolerle la espalda y le aconsejó que se fuera a casa. Tenía la suerte de vivir a unas manzanas de allí, así que debía aprovecharlo. La llamaría en cuanto hubieran terminado las pruebas. Julia era sensible a su amabilidad, pero su deber era no abandonar a sus tropas; Dray replicó que verla ir de despacho en despacho añadía una tensión inútil al cansancio general.

—¿Y desde cuándo mi presencia es una carga aquí? —quiso saber ella.

—Venga, no exageres, todo el mundo está agotado. Llevamos seis semanas sin tomarnos un solo día de descanso.

Julia debería haber estado de vacaciones hasta el domingo siguiente, y Dray confesó que el personal esperaba aprovechar para tomarse un respiro.

—Todos pensábamos que estarías de viaje de novios... No te lo tomes a mal, Julia. Yo no soy más que su portavoz —continuó Dray con aire incómodo—. Es el precio que tienes que pagar por las responsabilidades que has asumido. Desde que te nombraron directora del departamento de creación, ya no eres una simple compañera de trabajo, representas cierta autoridad... ¡No tienes más que ver la cantidad de gente que has logrado movilizar con unas simples llamadas telefónicas, y encima en domingo!

—Me parece que era necesario, ¿no? Pero creo que he entendido la cuestión —contestó Julia—. Puesto que mi autoridad parece pesar sobre la creatividad de unos y otros, me marcho. No dejes de llamarme cuando hayáis terminado, no porque sea la jefa, ¡sino porque soy parte del equipo!

Julia cogió su gabardina, abandonada sobre el respaldo de una silla, comprobó que sus llaves estaban en el fondo del bolsillo de sus vaqueros y se dirigió a paso rápido hacia el ascensor.

Al salir del edificio, marcó el número de Adam, pero le respondió el contestador.

—Soy yo —dijo—, solo quería oír tu voz. Ha sido un sábado siniestro y un domingo también muy triste. Al final, no sé si ha sido muy buena idea quedarme sola. Bueno, sí, al menos te habré ahorrado mi mal humor. Mis compañeros de trabajo casi me echan de la oficina. Voy a caminar un poco, a lo mejor ya has vuelto del campo y estás en la cama. Estoy segura de que estarás agotado después de un fin de semana entero con tu madre. Podrías haberme dejado algún mensaje... Bueno, un beso. Iba a decirte que me devolvieras la llamada, pero es una tontería porque imagino que ya estarás durmiendo. De todas maneras, me parece que todo lo que acabo de decir es una tontería. Hasta mañana. Llámame cuando te despiertes.

Julia se guardó el móvil en el bolso y fue a caminar por los muelles. Media hora más tarde, volvió a su casa y descubrió un sobre pegado con celo en la puerta de entrada, con su nombre garabateado. Intrigada, lo abrió. «He perdido una clienta por ocuparme de su entrega. He vuelto a dejar la llave en su sitio. P. S.: ¡Bajo el undécimo escalón, y no el sexto, el séptimo o el octavo! ¡Que pase un buen domingo!». El mensaje no iba firmado.

—¡Ya de paso solo tenía que marcar con flechas el itinerario para los ladrones! —rezongó Julia mientras subía la escalera.

Y, conforme subía, se sentía devorada de impaciencia por descubrir lo que podía contener ese paquete que la esperaba en su casa. Aceleró el paso, recuperó la llave bajo la alfombrilla de la escalera, decidida a encontrarle un nuevo escondite, y encendió la luz al entrar.

Una enorme caja colocada en vertical ocupaba el centro del salón.

—Pero ¿qué será esto? —dijo dejando sus cosas sobre la mesa baja.

En efecto, en la etiqueta pegada en un lado de la caja, justo debajo de la inscripción que rezaba «Frágil», ponía su nombre. Julia empezó por rodear la voluminosa caja de madera clara. Era demasiado pesada como para pensar siquiera en moverla de ahí, aunque solo fuera unos metros. Y a no ser que tuviera un martillo y un destornillador, tampoco veía cómo iba a poder abrirla.

Adam no contestaba al teléfono, de modo que le quedaba su recurso habitual: marcó el número de Stanley.

—¿Te molesto?

—¿Un domingo por la noche, a estas horas? Estaba esperando que me llamaras para salir.

—Anda, tranquilízame, ¿no serás tú el que me ha enviado a casa una estúpida caja de casi dos metros de alto?

—¿De qué estás hablando, Julia?

—¡Vale, era lo que me imaginaba! Siguiente pregunta: ¿cómo se abre una estúpida caja de dos metros de alto?

—¿De qué es?

—¡De madera!

—Pues no sé, ¿con una sierra?

—Gracias por tu ayuda, Stanley, seguro que tengo una sierra en mi bolso o en el botiquín —contestó Julia.

—Sin ánimo de ser indiscreto, ¿qué contiene?

—¡Pues eso es lo que me gustaría saber! Y si tanta curiosidad tienes, Stanley, cógete ahora mismo un taxi y ven a echarme una mano.

—¡Estoy en pijama, querida!

—Pensaba que habías dicho que ibas a salir.

—¡Sí, pero de la cama!

—Bueno, pues nada, me las apañaré yo sola.

—Espera, deja que piense. ¿La caja no tiene un pomo, un tirador o algo así?

—¡No!

—¿Y bisagras?

—No veo ninguna.

—A lo mejor es arte moderno, una caja que no se abre, firmada por un gran artista, ¿qué me dices? —añadió Stanley riéndose.

El silencio de Julia le indicó que la cosa no estaba en absoluto para bromas.

—¿Has probado a darle un empujoncito, un golpe seco, como para abrir las puertas de algunos armarios? Empujas un poquito, y ¡zas!, se abre...

Y mientras su amigo seguía explicándole cómo hacerlo, Julia apoyó la mano en la madera. Apretó como acababa de sugerirle Stanley, y una de las caras de la caja se abrió lentamente.

—¿Hola? ¿Hola? —se desgañitaba Stanley al teléfono—. Julia, ¿estás ahí?

Se le había caído el teléfono de la mano. Pasmada, Julia contemplaba el contenido de la caja y apenas acertaba a dar crédito a lo que veía.

La voz de Stanley seguía zumbando en el aparato, tirado a sus pies. Julia se inclinó despacio para recoger el teléfono, sin apartar la mirada de la caja.

—¿Stanley?

—Menudo susto me has dado, ¿estás bien?

—Por así decirlo.

—¿Quieres que me vista y vaya corriendo?

—No —dijo ella con voz átona—, no es necesario.

—¿Has conseguido abrir la caja?

—Sí —contestó con aire ausente—. Mañana te llamo.

—¡Me estás preocupando!

—Vuelve a acostarte, Stanley. Un beso.

Y Julia colgó.

—¿Quién habrá podido mandarme algo así? —se preguntó en voz alta, sola en mitad de su apartamento.


En el interior de la caja, de pie frente a ella, había una especie de estatua de cera de tamaño natural, una réplica perfecta de Anthony Walsh. El parecido era pasmoso; habría bastado que abriera los ojos para cobrar vida. A Julia le costó recuperar el aliento. Por su nuca resbalaban gotitas de sudor frío. Se acercó despacio. La reproducción en tamaño natural de su padre era prodigiosa, el color y el aspecto de la piel mostraban una autenticidad asombrosa. Zapatos, traje gris oscuro, camisa blanca de algodón, todas esas prendas eran idénticas a las que solía llevar Anthony Walsh. Le hubiera gustado tocarle la mejilla, arrancarle un pelo para asegurarse de que no era él, pero hacía tiempo que Julia y su padre le habían perdido el gusto al menor contacto físico. Ni el más mínimo abrazo, ni un beso, ni siquiera una leve caricia en la mano, nada que hubiera podido parecerse a un gesto de ternura. La grieta que los años habían cavado ya no podía colmarse, y mucho menos con un duplicado.

Ya no quedaba más remedio que aceptar lo impensable. A alguien se le había ocurrido la idea terrible de encargar una réplica de Anthony Walsh, una figura como las que se encontraban en los museos de cera, en Quebec, en París o en Londres, un personaje de un realismo aún más asombroso que todo lo que Julia había podido ver hasta entonces. Y, justamente, si no hubiera estado tan asombrada, Julia habría gritado.

Observando con atención la escultura, descubrió en la cara interior de la manga una notita prendida con un alfiler, con una flecha trazada con tinta azul que señalaba hacia el bolsillo superior de la chaqueta. Julia cogió la nota y leyó la palabra que alguien había garabateado en el reverso: «Enciéndeme». Reconoció al instante la singular caligrafía de su padre.

Del bolsillo que la flecha indicaba, y en el que Anthony Walsh solía guardar un pañuelo de seda, asomaba el borde de lo que a todas luces parecía un mando a distancia. Julia se apoderó de él. Presentaba un único botón, una tecla rectangular de color blanco.

Julia pensó que iba a desmayarse. Era una pesadilla, se despertaría unos momentos después, empapada en sudor, burlándose de sí misma por haber dado crédito a algo tan increíble. Ella que, sin embargo, se había jurado, al ver el féretro de su padre descender bajo tierra, que hacía tiempo que había concluido el duelo por su padre, que no podría sufrir por su ausencia cuando esta estaba consumada desde hacía casi veinte años. Ella, que casi se había enorgullecido de haber madurado, caer de esa manera en la trampa de su inconsciente, rayaba en lo absurdo y lo ridículo. Su padre había abandonado las noches de su infancia, pero de ninguna manera pensaba permitir Julia que su recuerdo viniera a poblar las de su vida adulta.

El ruido del contenedor de basura trastabillando sobre la acera no tenía nada de irreal. Julia estaba despierta y, delante de ella, una extraña estatua de ojos cerrados parecía aguardar a que se decidiera, de una vez, a pulsar el botón de un simple mando a distancia.

El camión de la basura se alejó por la calle. Julia hubiera preferido que no se fuera; se habría precipitado hasta la ventana, habría suplicado a los basureros que se llevaran de su casa esa pesadilla imposible. Pero la calle estaba otra vez sumida en el silencio.

Rozó la tecla con el dedo, muy despacio, sin encontrar aún la fuerza de aplicar sobre ella la más mínima presión.

Ya estaba bien. Lo más sensato sería cerrar la caja, buscar en la etiqueta los datos de la empresa de transporte, llamarlos al día siguiente a primera hora, darles la orden de que acudieran a llevarse ese siniestro muñeco y, por último, hallar la identidad del autor de esa broma de mal gusto. ¿Quién había podido imaginar una mascarada como esa, quién de su entorno era capaz de una crueldad así?

Julia abrió la ventana de par en par y respiró profundamente el aire templado de la noche.

Fuera, el mundo seguía tal y como lo había dejado al franquear la puerta de su casa. Las mesas del restaurante griego estaban apiladas unas sobre otras, las luces del rótulo, apagadas, una mujer cruzaba la calle, paseando a su perro. Su labrador color chocolate avanzaba en zigzag, tirando de su correa, para olisquear primero el pie de una farola y luego la pared bajo una ventana.

Julia contuvo el aliento, sujetando bien fuerte el mando a distancia con la mano. Por mucho que repasara mentalmente la lista de sus conocidos, un solo nombre volvía a su cabeza una y otra vez, una sola persona susceptible de haber imaginado una historia así, una puesta en escena como esa. Movida por la rabia, dio media vuelta y cruzó la habitación, decidida ahora a comprobar que el presentimiento que la embargaba era acertado.

Pulsó la tecla, se oyó un clic, y los párpados de lo que ya no era una mera estatua se abrieron; el rostro esbozó una sonrisa y la voz de su padre preguntó:

—¿Ya me echas un poquito de menos?

# 5

—¡Me voy a despertar! ¡Nada de lo que me está pasando esta noche pertenece al universo de lo posible! Dímelo antes de que me convenza de que me he vuelto loca.

—Vamos, vamos, cálmate, Julia —contestó la voz de su padre.

Dio un paso al frente para salir de la caja y, haciendo una mueca, se desperezó. La exactitud de los movimientos, incluso los de los rasgos de su rostro, apenas un poco inexpresivo, resultaba pasmosa.

—No, hombre, no, no te has vuelto loca —prosiguió—; solo estás sorprendida, y, te lo concedo, en estas circunstancias, es lo más normal del mundo.

—Nada es normal, no puedes estar aquí —murmuró Julia negando con la cabeza—, ¡es estrictamente imposible!

—Es cierto, pero el que está delante de ti no soy yo del todo.

Julia se llevó la mano a la boca y, bruscamente, se echó a reír.

—¡El cerebro es de verdad una máquina increíble! He estado a punto de creerlo. Estoy dormida, he bebido algo al volver a casa que no me ha sentado bien. ¿Vino blanco? ¡Eso es, no soporto el vino blanco! Seré tonta, he caído en la trampa de mi propia imaginación —prosiguió, recorriendo la habitación de un extremo a otro—. ¡Concédeme al menos que, de todos mis sueños, este es con diferencia el más loco!

—Basta, Julia —le pidió delicadamente su padre—. Estás perfectamente despierta y del todo lúcida.

—¡No, eso lo dudo mucho, porque te veo, porque te hablo y porque estás muerto!

Anthony Walsh la observó unos segundos, en silencio, y contestó amablemente:

—¡Claro que sí, Julia, estoy muerto!

Y, al ver que ella se quedaba allí parada, mirándolo petrificada, le puso la mano en el hombro y señaló el sofá.

—¿Quieres sentarte un momento y escucharme?

—¡No! —exclamó ella, zafándose de su mano.

—Julia, es de verdad necesario que escuches lo que tengo que decirte.

—¿Y si no quiero? ¿Por qué tendrían que ser las cosas siempre como tú decides?

—Ya no. Basta con que pulses de nuevo la tecla de ese mando a distancia, y volveré a estar inmóvil. Pero entonces no tendrás jamás la explicación de lo que está ocurriendo.

Julia observó el objeto que sostenía aún en la mano, reflexionó un instante, apretó las mandíbulas y se sentó de mala gana, obedeciendo a ese extraño mecanismo que se parecía tanto a su padre.

—¡Te escucho! —murmuró.

—Sé que todo esto es un poco desconcertante. Sé también que hace mucho que no hemos tenido noticias el uno del otro.

—¡Un año y cinco meses!

—¿Tanto?

—¡Y veintidós días!

—¿Tan precisa es tu memoria?

—Todavía recuerdo bien mi fecha de cumpleaños. ¡Le pediste a tu secretario que me llamara para decir que no te esperara para cenar, se suponía que te unirías más tarde, pero no apareciste!

—No lo recuerdo.

—¡Pues yo sí!

—De todas formas, no es esa la pregunta importante.

—No te he hecho ninguna pregunta —respondió Julia con la misma sequedad.

—No sé muy bien por dónde empezar.

—Todo tiene siempre un principio, es una de tus eternas réplicas, así que empieza por explicarme lo que está ocurriendo.

—Hace algunos años, me hice accionista de una compañía de alta tecnología, así es como las llaman. Conforme pasaban los meses, sus necesidades financieras aumentaron, por lo que mi parte del capital también, tanto que al final terminé ocupando un puesto en el consejo de administración.

—¿Otra empresa más absorbida por tu grupo?

—No, esta vez la inversión era solo a título personal; no pasé de ser un accionista más, pero vamos, se puede decir que era un inversor importante.

—¿Y qué desarrolla esa compañía en la que invertiste tanto dinero?

—¡Androides!

—¿Qué? —exclamó Julia.

—Me has oído perfectamente. Humanoides, si lo prefieres.

—¿Para qué?

—No somos los primeros en haber tenido la idea de crear máquinas o robots de apariencia humana para librarnos de todas las tareas que no queremos hacer.

—¿Has vuelto a la Tierra para pasar la aspiradora por mi casa?

—Hacer la compra, vigilar la casa, contestar al teléfono, proporcionar respuestas a todo tipo de preguntas...; en efecto, esas son solo algunas de las aplicaciones posibles. Pero digamos que la compañía de la que te hablo ha desarrollado un proyecto más elaborado, más ambicioso, por así decirlo.

—¿Lo que significa?

—Lo que significa dar la posibilidad de ofrecer a los tuyos unos días más de presencia.

Julia lo miraba desconcertada, sin comprender del todo lo que su padre le explicaba. Entonces Anthony Walsh añadió:

—Unos días más, ¡después de haber muerto!

—¿Es una broma? —preguntó Julia.

—Pues considerando la cara que has puesto al abrir la caja, tengo que decir que lo que tú llamas una broma desde luego es muy lograda —contestó Anthony Walsh, mirándose en el espejo colgado de la pared—. Hay que reconocer que rozo la perfección. Aunque no creo haber tenido nunca estas arrugas en la frente. Se les ha ido un poco la mano.

—Ya las tenías cuando yo era pequeña, de modo que, a no ser que te hayas hecho un *lifting*, no creo que hayan desaparecido solas.

—¡Gracias! —respondió él, todo sonrisas.

Julia se levantó para observarlo desde más cerca. Si lo que tenía delante era una máquina, había que reconocer que el trabajo era sobresaliente.

—¡Es imposible, es tecnológicamente imposible!

—¿Qué lograste ayer en la pantalla de tu ordenador que hace tan solo un año te habría parecido del todo imposible?

Julia fue a sentarse a la mesa de la cocina y se tapó la cabeza con las manos.

—Hemos invertido muchísimo dinero para llegar a este resultado, y te diré incluso que yo no soy más que un prototipo. Eres nuestra primera cliente, aunque para ti, por supuesto, el servicio sea gratuito. ¡Es un regalo! —añadió Anthony Walsh, afable.

—¿Un regalo? ¿Y quién en su sano juicio querría un regalo así?

—¿Sabes cuántas personas se dicen en los últimos instantes de su vida: «Si lo hubiera sabido, si hubiera podido comprenderlo o darme cuenta, si hubiera podido decirles, si supieran...» —Como Julia parecía haberse quedado sin voz, Anthony Walsh prosiguió—: ¡El mercado es inmenso!

—Esta cosa a la que le estoy hablando, ¿eres tú de verdad?

—¡Casi! Digamos que esta máquina contiene mi memoria, gran parte de mi córtex cerebral, un dispositivo implacable compuesto por millones de procesadores, dotado de una tecnología que reproduce el color y la textura de la piel, y capaz de una movilidad que se acerca a la perfección de la mecánica humana.

—¿Por qué? ¿Para qué? —preguntó Julia, estupefacta.

—Para que podamos disfrutar de estos últimos días que nunca tuvimos, unas horas más robadas a la eternidad, solo para que tú y yo podamos al fin decirnos todas las cosas que no nos dijimos.


Julia se había levantado del sofá. Recorría el salón de un extremo a otro, admitiendo la situación a la que se enfrentaba para acto seguido rechazarla. Fue a la cocina a servirse un vaso de agua, se lo bebió de un tirón y regresó junto a Anthony Walsh.

—¡Nadie me creerá! —dijo rompiendo el silencio.

—¿No es eso lo que te dices cada vez que te imaginas una de tus historias? ¿No es esa la cuestión que te absorbe por completo, mientras tu pluma se anima para dar vida a tus personajes? ¿Acaso no me dijiste, cuando me negaba a creer en tu trabajo, que era un ignorante que no entendía nada del poder de los sueños? ¿Acaso no me has dicho miles de veces que los niños arrastran a sus padres a los mundos imaginarios que tus amigos y tú inventáis en vuestras pantallas? ¿Acaso no me has recordado que no había querido creer en tu carrera, y eso que tu profesión te entregó un premio? Trajiste al mundo a una nutria de absurdos colores y creíste en ella. ¿Me vas a decir ahora, porque un personaje improbable se anima ante tus ojos, que te negarías a creer en él solo porque dicho personaje, en lugar de tener el aspecto de un animal extraño, reviste el de tu padre? Si tu respuesta es sí, entonces ya te lo he dicho, ¡no tienes más que pulsar esa tecla! —concluyó Anthony Walsh, señalando el mando a distancia que Julia había abandonado sobre la mesa.

Ella aplaudió.

—¡Haz el favor de no aprovechar que estoy muerto para mostrarte insolente conmigo!

—¡Si de verdad me basta con pulsar este botón para cerrarte por fin la boca, me va a faltar tiempo!

Y justo cuando en el rostro de su padre se dibujaba esa expresión tan familiar que ponía cuando estaba enfadado, los interrumpieron dos golpecitos de claxon que provenían de la calle.

El corazón de Julia volvió a latir a toda velocidad. Habría reconocido entre miles el crujido de la caja de cambios cada vez que Adam daba marcha atrás. No había duda, estaba aparcando en la puerta de su casa.

—¡Mierda! —murmuró precipitándose a la ventana.

—¿Quién es? —quiso saber su padre.

56

—¡Adam!

—¿Quién?

—El hombre con el que debería haberme casado el sábado.

—¿Cómo que deberías?

—¡El sábado estaba en tu entierro!

—¡Ah, sí!

—¡Ah, sí...! ¡Ya hablaremos de eso más tarde! ¡Mientras tanto, vuelve ahora mismo a tu caja!

—¿Cómo?

—En cuanto Adam termine de aparcar, lo que nos deja aún unos minutos, subirá. He anulado nuestra boda para asistir a tu funeral, ¡preferiría evitar que te encontrara en mi casa!

—No veo el motivo de mantener secretos innecesarios. Si él es la persona con quien querías compartir tu vida, ¡confía en él! Perfectamente puedo explicarle la situación como acabo de hacer contigo.

—Para empezar, no hables en pasado, ¡no he anulado la boda, solo la he aplazado! En cuanto a tus explicaciones, ese es el problema precisamente, ya me cuesta a mí creerlas, conque no le pidas a él lo imposible.

—Quizá sea más abierto de mente que tú...

—Adam no sabe utilizar una cámara de vídeo, así que, en materia de androides, tengo dudas de que se sintiera en su salsa en presencia de uno. ¡Vuelve a meterte en tu caja, maldita sea!

—¡Permíteme que te diga que es una idea estúpida!

Exasperada, Julia miró a su padre.

—Bueno, no hace falta que pongas esa cara —dijo él en seguida—. No tienes más que reflexionar un momento. Una caja de dos metros de alto, cerrada en mitad de tu salón, ¿no crees que querrá saber lo que hay dentro?

Al ver que Julia no contestaba, Anthony añadió, satisfecho:

—¡Lo que yo pensaba!

—Date prisa —suplicó ella asomándose a la ventana—, ve a esconderte en algún sitio, acaba de apagar el motor.

—Qué pequeña es tu casa —dijo Anthony mirando a su alrededor.

—¡Lo que corresponde a mis necesidades y a lo que puedo permitirme!

—No me lo parece. Si hubiera, qué sé yo, un saloncito, una biblioteca, una sala de billar, aunque solo fuera un lavadero, al menos podría meterme ahí mientras te espero. Estos apartamentos que solo tienen una habitación grande... ¡Vaya una manera de vivir! ¿Cómo quieres tener la más mínima intimidad aquí?

—La mayoría de la gente no tiene biblioteca ni sala de billar en su casa.

—¡Eso serán tus amigos, querida!

Julia se volvió hacia él y le lanzó una mirada furiosa.

—Me has amargado la vida mientras vivías, ¿y ahora has mandado construir esta máquina de tres mil millones de dólares para seguir fastidiándome después de muerto? ¿Es eso?

—Aunque solo sea un prototipo, esta máquina, como tú dices, está muy lejos de costar una suma tan descabellada; de ser así, nadie podría permitírsela, ¿o qué te crees?

—¿Tus amigos, quizá? —replicó ella con ironía.

—Desde luego, Julia, qué mal carácter tienes. Bueno, dejemos de discutir, parece que es urgente que tu padre desaparezca, cuando acaba de reaparecer. ¿Qué hay en el piso de arriba? ¿Un desván, una buhardilla?

—¡Otro apartamento!

—¿Habitado por una vecina a la que conoces lo suficiente para que vaya a llamar a su puerta a pedirle sal o mantequilla, por ejemplo, mientras te las apañas para librarnos de tu prometido?

Julia se precipitó a los cajones de la cocina, que abrió uno tras otro.

—¿Qué buscas?

—La llave —susurró mientras ya oía la voz de Adam, llamándola desde la calle.

—¿Tienes la llave del apartamento de arriba? Te advierto que si me mandas al desván, lo más probable es que me cruce con tu prometido en la escalera.

—¡Soy yo la dueña del apartamento de arriba! Lo compré el año pasado con una prima que me dieron en el trabajo, pero todavía no tengo dinero para reformarlo, ¡así que está hecho una leonera!

—Ah, porque, según tú, ¿este apartamento de abajo está ordenado?

—¡Te voy a matar si sigues dándome la tabarra!

—Aun a riesgo de contradecirte, ya es demasiado tarde. Y si de verdad estuviera ordenada tu casa, ya habrías encontrado las llaves que veo colgadas de ese clavo junto a los fogones.

Julia levantó la cabeza y se precipitó hacia el manojo de llaves. Lo cogió y se lo dio en seguida a su padre.

—Sube y no hagas ruido. ¡Sabe que allí no vive nadie!

—Más valdría que fueras a hablar con él en lugar de regañarme: como siga gritando tu nombre en la calle, terminará por despertar a todo el vecindario.

Julia corrió a la ventana y se inclinó por encima del alféizar.

—¡Habré llamado al menos diez veces! —dijo Adam retrocediendo un paso en la acera.

—Lo siento, no funciona el telefonillo —contestó Julia.

—¿No me has oído llegar?

—Sí, bueno, o sea, justo ahora. Estaba viendo la tele.

—¿Me abres?

—Sí, claro —respondió ella, dudosa, sin moverse de la ventana, mientras la puerta del apartamento de arriba se cerraba.

—¡Vaya, parece que mi visita sorpresa te da una alegría loca!

—¡Pues claro que sí! ¿Por qué dices eso?

—Porque sigo aquí en la calle. He creído comprender al escuchar tu mensaje que no estabas muy bien, o sea, me ha parecido..., por eso me he acercado a verte según volvía del campo, pero si prefieres que me vaya...

—¡Que no, que no, ahora mismo te abro!

Se dirigió al telefonillo y pulsó el botón que abría la puerta de entrada. Esta zumbó, y Julia oyó los pasos de Adam en la escalera. Apenas le dio tiempo a precipitarse a la cocina, coger un mando a distancia, soltarlo al instante asustada —este no tendría efecto alguno sobre el televisor—, abrir el cajón de la mesa, encontrar el mando adecuado y rezar por que aún funcionaran las pilas. El aparato se encendió en el preciso momento en que Adam abría la puerta.

—¿Ya no cierras con llave la puerta de tu casa? —preguntó al entrar.

—Sí, pero acabo de abrirla para ti —improvisó Julia mientras en su fuero interno echaba pestes contra su padre.

Adam se quitó la chaqueta y la dejó sobre una silla. Contempló la nieve que parpadeaba en la pantalla.

—¿De verdad estabas viendo la tele? Pensaba que te horrorizaba.

—Por una vez no me va a pasar nada —contestó Julia tratando de recuperar la sangre fría.

—Tengo que decir que el programa que estabas viendo no es de los más interesantes.

—No te burles de mí, quería apagarla, pero como la utilizo tan poco debo de haberme equivocado de botón.

Adam miró a su alrededor y descubrió el extraño objeto en mitad de la habitación.

—¿Qué pasa? —preguntó ella con evidente mala fe.

—Por si no te habías dado cuenta, en tu salón hay una caja de dos metros de alto.

Julia se aventuró a darle una explicación azarosa. Se trataba de un embalaje especial, concebido para devolver un ordenador averiado. Los transportistas lo habían dejado por error en su casa, en lugar de en la oficina.

—Debe de ser muy frágil para que lo embaléis en una caja de esta altura.

—Es una máquina complejísima —añadió Julia—, un trasto enorme que abulta mucho, y sí, en efecto, ¡es muy frágil!

—¿Y se han equivocado de dirección? —siguió preguntando Adam, intrigado.

—Sí, bueno, en realidad me he equivocado yo al rellenar el formulario. Con todo el cansancio que he acumulado estas últimas semanas al final no sé ni lo que hago.

Ten cuidado, podrían acusarte de desviar fondos de la compañía.

—No, nadie va a acusarme de nada —contestó Julia, traicionando cierta impaciencia en el tono de su voz.

—¿Quieres hablarme de algo?

—¿Por qué?

—Porque tengo que llamar diez veces y gritar en la calle para que te asomes a la ventana, porque cuando subo te encuentro algo arisca, con la televisión encendida cuando ni siquiera está enchufado el cable de la antena, ¡míralo tú misma! Porque estás rara, nada más.

—¿Y qué quieres que te oculte, Adam? —replicó Julia, que ya no trataba en absoluto de esconder su irritación.

—No sé, no he dicho que estuvieras ocultándome algo, o si acaso eso tendrías que decírmelo tú.

Julia abrió bruscamente la puerta de su dormitorio y luego la del armario; se dirigió después a la cocina y empezó a abrir cada alacena, primero la de encima del fregadero, luego la de al lado, la otra, y así hasta la última.

—Pero ¿se puede saber qué estás haciendo? —quiso saber Adam.

—Buscar dónde he podido esconder a mi amante, porque es eso lo que me estás preguntando, ¿no?

—¡Julia!

—¿Qué pasa?

El timbre del teléfono interrumpió la discusión incipiente. Ambos miraron el aparato, intrigados. Julia descolgó. Escuchó largamente a su interlocutor, le dio las gracias por su llamada y lo felicitó antes de colgar.

—¿Quién era?

—Del trabajo. Por fin han resuelto ese problema que bloqueaba la realización del dibujo animado, la producción puede proseguir, cumpliremos los plazos de entrega.

—¿Ves? —dijo Adam con la voz más suave ahora—. Si nos hubiéramos marchado mañana por la mañana como estaba previsto, hasta habrías estado tranquila durante nuestro viaje de novios.

—Lo sé, Adam, ¡lo siento de verdad, si supieras cuánto! De hecho tengo que devolverte los billetes, los tengo en la oficina.

—Puedes tirarlos o guardarlos de recuerdo, no se podían cambiar ni te devolvían el dinero.

Julia hizo un gesto habitual en ella. Siempre que se abstenía de comentar algo sobre un tema que la disgustaba, enarcaba las cejas.

—No me mires así —se justificó en seguida Adam—. ¡Reconoce que no es muy frecuente anular un viaje de novios tres días antes! Y podríamos habernos ido de todas maneras...

—¿Solo porque no te devuelven el dinero?

—No es eso lo que quería decir —dijo Adam, abrazándola—. Bueno, tu mensaje no mentía sobre tu estado de ánimo, no debería haber venido. Necesitas estar sola, ya te he dicho que lo entendía, y no he cambiado de opinión. Me voy, mañana será otro día.

Cuando ya se disponía a cruzar el umbral de la puerta, a través del techo se oyó un ligero crujido. Adam levantó la cabeza y miró a Julia.

—¡Adam, por favor! ¡Será una rata correteando ahí arriba!

—No sé cómo haces para vivir en esta leonera.

—Estoy bien aquí, algún día podré permitirme una casa grande, ya lo verás.

—¡Íbamos a casarnos este fin de semana, al menos podrías hablar en plural!

—Perdona, no quería decir eso.

—¿Cuánto tiempo piensas seguir yendo y viniendo entre tu casa y mi piso de dos habitaciones, demasiado pequeño para tu gusto?

—No vamos a entrar otra vez en esa eterna discusión, no es el día más indicado. Te lo prometo, en cuanto podamos permitirnos hacer obras y unir los dos pisos, tendremos sitio suficiente para ti y para mí.

—Si he aceptado no arrancarte de este lugar al que pareces tener más apego que a mí es porque te quiero, pero si de verdad lo desearas, podríamos vivir juntos desde ya.

—¿De qué estás hablando? —inquirió Julia—. Si estás aludiendo a la fortuna de mi padre, nunca la he querido mientras él estaba vivo, y no voy a cambiar de opinión ahora que ha muerto. Tengo que irme a dormir, ya que no nos marchamos mañana de viaje, me espera un día cargado de trabajo.

—Tienes razón, vete a dormir, y ese último comentario tuyo lo achacaré a tu cansancio.

Adam se encogió de hombros y se fue, sin volverse siquiera al pie de la escalera para ver el gesto de despedida de Julia. La puerta de la casa se cerró tras él.


—¡Gracias por llamarme rata! ¡Lo he oído! —exclamó Anthony Walsh volviendo a entrar en el apartamento.

—¿A lo mejor preferías que le dijera que el último grito en androides, fabricado a imagen y semejanza de mi padre, caminaba por encima de nuestras cabezas... para que llamara a una ambulancia y me internara en un psiquiátrico de inmediato?

—¡Pues habría tenido su gracia! —replicó Anthony Walsh, divertido.

—Dicho esto, si quieres que sigamos intercambiando cortesías, muchas gracias por haberme fastidiado la boda.

—¡Perdóname por haber muerto, cariño!

—Gracias también por haberme enemistado con el dueño de la tienda que hay debajo de mi casa, y que desde hoy y durante meses pondrá mala cara cada vez que me vea.

—¡Un zapatero! ¿Qué nos importa?

—¿Qué pasa, que tú no llevas zapatos? Gracias también por estropearme mi única noche de descanso de la semana.

—¡A tu edad, yo solo descansaba la noche de Acción de Gracias!

—¡Ya lo sé! Y, por último, muchas gracias, aquí ya sí que te has superado, por tu culpa me he portado fatal con mi prometido.

—Yo no tengo la culpa de vuestra pelea, échasela a tu mal carácter, ¡yo no he tenido nada que ver!

—¿Que tú no has tenido nada que ver? —gritó Julia.

—Bueno, sí, quizá un poco... ¿Hacemos las paces?

—¿Por esta noche, por ayer, por tus años de silencio o por todas nuestras guerras?

—No he estado en guerra contra ti, Julia. Ausente, sí, desde luego, pero nunca hostil.

—Lo dices de broma, espero. Siempre has intentado controlarlo todo a distancia, sin ningún derecho. Pero ¿qué estoy haciendo? ¡Estoy hablando con un muerto!

—Si quieres puedes apagarme.

—Pues seguro que es lo que tendría que hacer. Volver a meterte en tu caja y devolverte a no sé qué compañía de alta tecnología.

—1-800-300 00 01, código 654.

Julia lo miró pensativa.

—Es la manera de contactar con la compañía —prosiguió él—. No tienes más que marcar ese número y comunicar el código, pueden incluso apagarme a distancia si tú no tienes el valor de hacerlo, y en menos de veinticuatro horas me quitarán de en medio. Pero piénsalo bien. ¿Cuántas personas querrían pasar unos días más con un padre o una madre que acaba de morir? No tendrás una segunda oportunidad. Tenemos seis días, ni uno más.

—¿Por qué seis?

—Es una solución que hemos adoptado para resolver un problema ético.

—¿Es decir?

—Como bien te imaginarás, un invento como este plantea ciertas cuestiones de orden moral. Hemos considerado importante que nuestros clientes no pudieran apegarse a este tipo de máquinas, por muy perfeccionadas que estén. Ya existían varias maneras de comunicar con alguien después de muerto, tales como testamentos, libros, grabaciones sonoras o de imágenes. Digamos que aquí el procedimiento es innovador y, sobre todo, interactivo —añadió Anthony Walsh con tanto entusiasmo como si estuviera convenciendo a un posible comprador—. Se trata simplemente de ofrecer a la persona que va a morir un medio más elaborado que el papel o el vídeo para transmitir sus últimas voluntades, y, a los que siguen con vida, la oportunidad de disfrutar unos días más de la compañía del ser querido. Pero no podemos permitir que se establezca una relación afectiva con una máquina. Hemos aprendido de los intentos realizados en el pasado. No sé si lo recuerdas, pero una vez se fabricaron unos muñecos que simulaban recién nacidos, y estaban tan logrados que algunos compradores empezaron a comportarse con ellos como si fueran bebés de verdad. No queremos reproducir ese tipo de desviación. No se trata en absoluto de poder conservar en tu casa indefinidamente un clon de tu padre o de tu madre. Aunque la idea pudiera resultar tentadora.

Anthony observó la expresión dubitativa de Julia.

—Bueno, al parecer, en lo que a nosotros respecta, no es tan tentadora... El caso es que, al cabo de una semana, la batería se agota, y no hay forma alguna de recargarla. Todo el contenido de la memoria se borra, y se extinguen los últimos hálitos de vida.

—¿Y no hay posibilidad de impedirlo?

—No, se ha previsto todo. Si algún listillo tratara de acceder a la batería, la memoria se formatearía al instante. Es triste decirlo, en fin, al menos para mí, ¡pero soy como una linterna desechable! Seis días de luz y, después, el gran salto a las tinieblas. Seis días, Julia, seis diítas de nada para recuperar el tiempo perdido; tú decides.

—Desde luego, solo podía ocurrírsete a ti una idea tan extraña. Estoy segura de que eras mucho más que un simple accionista en esa empresa.

—Si aceptas entrar en el juego, y mientras no pulses el botón del mando a distancia para apagarme, preferiría que siguieras hablando de mí en presente. Digamos que es mi pequeño capricho, si te parece bien.

—¿Seis días? Hace una eternidad que yo no me cojo seis días para mí.

—De tal palo, tal astilla, ¿verdad?

Julia fulminó a su padre con la mirada.

—¡Lo he dicho por decir, no tienes que tomártelo todo al pie de la letra! —se defendió Anthony.

—¿Y qué le voy a decir a Adam?

—Antes me ha parecido que te las apañabas muy bien para mentirle.

—No le mentía, le estaba ocultando algo, que no es lo mismo.

—Perdona, se me había escapado la sutileza del matiz. Pues no tienes más que seguir... ocultándole algo.

—¿Y a Stanley?

—¿Tu amigo homosexual?

—¡Mi mejor amigo a secas!

—¡Pues eso, hablamos de la misma persona! —contestó Anthony Walsh—. Si de verdad es tu mejor amigo, tendrás que ser aún más lista.

—¿Y tú te quedarías aquí todo el día mientras yo estoy trabajando?

—Pensabas tomarte unos días de vacaciones para tu viaje de novios, ¿verdad? ¡Pues esa es la solución!

—¿Cómo sabes que pensaba irme?

—El suelo de tu apartamento, o el techo, como prefieras,

no está insonorizado. Ese es siempre el problema con las viejas casas mal reformadas.

—¡Anthony! —exclamó Julia, furiosa.

—Oh, por favor, aunque no sea más que una máquina, llámame papá, me horroriza cuando me llamas por mi nombre.

—¡Pero, maldita sea, hace veinte años que no puedo llamarte papá!

—¡Razón de más para aprovechar al máximo estos seis días! —contestó Anthony Walsh con una sonrisa de oreja a oreja.

—No tengo la menor idea de lo que debo hacer —murmuró Julia dirigiéndose a la ventana.

—Vete a la cama y consúltalo con la almohada. Eres la primera persona de la Tierra a la que se le ofrece la posibilidad de disfrutar de esta opción, merece la pena que lo pienses con calma. Mañana por la mañana tomarás una decisión, y sea cual sea, será la acertada. Lo peor que puede pasarte si me apagas es que llegues un poco tarde al trabajo. Tu boda te habría costado una semana de ausencia, la muerte de tu padre valdrá al menos unas pocas horas de trabajo perdidas, ¿no?

Julia observó largo rato a ese extraño padre que la miraba fijamente. De no haber sido el hombre al que siempre había tratado de conocer, le habría parecido descubrir una sombra de ternura en su mirada. Y aunque solo fuera una copia de lo que había sido, a punto estuvo de desearle las buenas noches, pero no lo hizo. Cerró la puerta de su habitación y se tumbó en la cama.

Pasaron los minutos, transcurrió una hora, y luego otra. Las cortinas estaban abiertas, y la claridad de la noche se posaba sobre las baldas de las estanterías. Al otro lado de la ventana, la luna llena parecía flotar sobre el parqué de la habitación. Tumbada en la cama, Julia rememoraba sus recuerdos de infancia. Había vivido tantas noches como esa, acechando el regreso de aquel que esa noche la esperaba al otro lado de la pared. Tantas noches de insomnio, en su adolescencia, cuando el viento reinventaba los viajes de su padre, describiendo mil países de maravillosas fronteras. Tantas veladas dando forma a sus sueños. No había perdido la costumbre con los años. Cuántos trazos a lápiz, cuánto había tenido que borrar para que los personajes que inventaba cobraran vida, se reunieran y satisficieran su necesidad de amor, de imagen en imagen. Desde siempre Julia sabía que, al imaginar, uno busca en vano la claridad del día, que basta renunciar un solo instante a tus sueños para que se desvanezcan, cuando están expuestos a la luz demasiado viva de la realidad. ¿Dónde está la frontera de nuestra infancia?

Una muñequita mexicana dormía junto a la estatuilla de yeso de una nutria, primer molde de una esperanza improbable que, pese a todo, se había hecho realidad. Julia se levantó y la cogió. Su intuición siempre había sido su mejor aliada, el tiempo había alimentado su universo imaginario. Entonces, ¿por qué no creer?

Dejó el juguete donde estaba, se puso un albornoz y abrió la puerta de su habitación. Anthony Walsh estaba sentado en el sofá del salón, había encendido el televisor y veía una serie de la NBC.

—Me he permitido volver a conectar el cable, ¡fíjate qué tontería, ni siquiera estaba enchufado! Siempre me ha encantado esta serie.

Julia se sentó a su lado.

—No había visto este episodio, o sea, al menos no lo tengo en la memoria —añadió su padre.

Julia cogió el mando a distancia de la tele y quitó el sonido. Anthony hizo un gesto de exasperación.

—¿Querías que habláramos? —dijo—. Pues entonces hablemos.

Se quedaron los dos en silencio durante un cuarto de hora entero.

—Estoy encantado, no había podido ver este episodio, o sea, al menos no lo tengo en la memoria —repitió Anthony Walsh, subiendo el volumen.

Esta vez, Julia apagó el televisor.

—Tienes un virus en el sistema, acabas de repetir dos veces lo mismo.

Siguió un nuevo cuarto de hora de silencio en el que Anthony Walsh no apartó los ojos de la pantalla apagada.

—La noche de uno de tus cumpleaños, creo que celebrábamos que cumplías nueve años, después de cenar los dos solos en un restaurante chino que te gustaba mucho, nos pasamos la velada entera viendo la televisión, tranquilamente. Estabas tumbada sobre mi cama, e incluso cuando terminó la programación, tú seguiste contemplando la nieve que parpadeaba en la pantalla; no puedes acordarte, eras demasiado pequeña. Al final te quedaste dormida hacia las dos de la mañana. Quise llevarte a tu habitación, pero agarrabas con tanta fuerza la almohada cosida al cabecero de mi cama que no pude separarte de ella. Estabas tumbada en diagonal en la cama y ocupabas todo el espacio. Entonces me acomodé en la butaca, frente a ti, y me pasé toda la noche mirándote. No, no creo que te acuerdes, solo tenías nueve años.

Julia no decía nada. Anthony Walsh volvió a encender el televisor.

—¿De dónde sacarán estas historias? Hace falta mucha imaginación. ¡Es algo que nunca dejará de fascinarme! Lo más curioso es que siempre acabas encariñándote con la vida de estos personajes.

Julia y su padre permanecieron allí, sentados uno al lado del otro, sin decir nada más. Cada uno tenía la mano apoyada junto a la del otro, y ni una sola vez se acercaron, ni pronunciaron una sola palabra que viniera a alterar la quietud de esa noche tan especial. Cuando las primeras luces del alba entraron en la estancia, Julia se levantó, aún en silencio, cruzó el salón y, ya en el umbral de su habitación, se volvió.

—Buenas noches.

# 6

En la mesita de noche, el radiodespertador indicaba ya las nueve. Julia abrió los ojos y saltó de la cama.

—¡Mierda!

Se precipitó al cuarto de baño, golpeándose el pie contra el marco de la puerta.

—Ya es lunes —rezongó—. ¡Vaya noche!

Descorrió la cortina de la ducha, se metió en la bañera y dejó que el agua cayera mucho rato sobre su piel. Poco después, mientras se lavaba los dientes, contemplando su rostro en el espejo encima del lavabo, le entró un ataque de risa. Se puso una toalla alrededor del cuerpo, se enrolló otra en la cabeza a modo de turbante y se decidió a ir a prepararse el té de la mañana. Mientras cruzaba la habitación se prometió que nada más desayunar llamaría a Stanley. Tenía cierto riesgo revelarle sus delirios nocturnos, seguramente querría arrastrarla a la fuerza al diván de un psicoanalista. Era inútil resistirse, no aguantaría ni medio día sin llamarlo o sin acercarse a visitarlo. Una pesadilla tan rocambolesca merecía que se la contara a su mejor amigo.

Con una sonrisa en los labios fue a abrir la puerta de su

habitación, que daba al salón, cuando un ruido de cubiertos la sobresaltó.

Su corazón empezó a latir de nuevo a toda velocidad. Abandonando las dos toallas sobre el parqué, se puso a toda prisa un vaquero y un polo, se peinó un poco, volvió al cuarto de baño y decidió delante del espejo que una sombrita de maquillaje no podía hacerle ningún daño. Luego entreabrió la puerta del salón, asomó la cabeza y murmuró, inquieta:

—¿Adam? ¿Stanley?

—Ya no sé si tomas té o café, así que he hecho café —dijo su padre desde la cocina, enseñándole una cafetera humeante que blandía con un gesto de triunfo—. ¡Fuertecito, como a mí me gusta! —añadió, jovial.

Julia miró la vieja mesa de madera; estaba puesto su cubierto. Dos tarros de mermelada formaban una diagonal perfecta con el tarro de miel. Un poco más lejos, la mantequillera jugaba a describir un ángulo recto con el paquete de cereales. Un cartón de leche se erguía muy tieso ante el azucarero.

—¡Para!

—Pero ¿qué he hecho ahora?

—Deja ya de jugar a ser el padre perfecto. Nunca me habías preparado el desayuno, no vas a empezar ahora que has...

—¡No, nada de hablar en pasado! Es la norma que nos hemos impuesto. Todo se expresa en presente... El futuro es un lujo que no podemos permitirnos.

—¡Es la norma que has impuesto tú! Y yo lo que desayuno es té.

Anthony le sirvió café en una taza.

—¿Quieres leche? —quiso saber.

Julia abrió el grifo del fregadero y llenó el hervidor eléctrico.

—Bueno, ¿qué?, ¿has tomado una decisión? —preguntó Anthony Walsh sacando dos rebanadas de pan del tostador.

—Si el objetivo era que habláramos, nuestra velada de anoche no fue muy lograda —contestó Julia con voz dulce.

—Pues a mí me gustó mucho ese momento que pasamos juntos, ¿a ti no?

—No fue cuando cumplí nueve años, sino diez. El primer fin de semana sin mamá. Era domingo, la habían hospitalizado el jueves. El restaurante chino se llamaba Wang, cerró el año pasado. El lunes por la mañana temprano, mientras yo aún dormía, hiciste la maleta y te marchaste al aeropuerto sin despedirte de mí.

—¡Tenía una cita en Seattle a primera hora de la tarde! Ah, no, creo que era en Boston. Caramba, ya no me acuerdo... Volví el jueves..., ¿o fue el viernes?

—¿De qué sirve todo esto? —preguntó Julia sentándose a la mesa.

—Con dos frasecitas de nada ya nos hemos dicho muchas cosas, ¿no te parece? Tu té nunca estará listo si no aprietas el botón del hervidor.

Julia olisqueó la taza que tenía ante sí.

—Creo que no he tomado café en toda mi vida —dijo mojando los labios en el brebaje.

—Entonces ¿cómo puedes saber que no te gusta? —preguntó Anthony Walsh mirando a su hija beberse la taza de un tirón.

—¡Porque sí! —repuso ella con una mueca, dejando la taza en la mesa.

—Uno termina por acostumbrarse a ese sabor amargo... o al final termina también por apreciar la sensualidad que emana de él —dijo Anthony.

—Tengo que ir a trabajar —prosiguió Julia, abriendo el tarro de miel.

—¿Has tomado una decisión, sí o no? Esta situación es irritante, ¡tengo derecho a saber a qué atenerme, vamos, digo yo!

—No sé qué decirte, no me pidas imposibles. A tus socios y a ti se os olvidó otro problema ético.

—A ver, cuenta, me interesa.

—Trastocar la vida de alguien que no os ha pedido nada.

—¿Alguien? —replicó Anthony con voz molesta.

—No juegues con las palabras, no sé qué decirte, haz lo que quieras, descuelga el teléfono, llámalos, dales el código, y que decidan por mí a distancia.

—Seis días, Julia, tan solo seis días para que pases el duelo de tu padre, no el de un desconocido, ¿estás segura de no querer elegir tú misma?

—¡Seis días para ti, entonces!

—Yo ya no estoy en este mundo, ¿qué quieres que gane con ello? No imaginaba decir esto algún día, pero ese día ha llegado. De hecho, si lo piensas, es bastante cómico —prosiguió Anthony Walsh, divertido—. Esto tampoco lo habíamos pensado. ¡Es increíble! Reconocerás que, hasta la realización de este invento genial, era difícilmente imaginable poder decirle a tu propia hija que habías muerto y acechar a la vez su reacción, ¿no? Bueno, veo que ni siquiera sonríes, así que supongo que en realidad no era muy divertido.

—¡Pues no, en efecto no lo era!

—Tengo una mala noticia que darte. No puedo llamarlos. No es posible. La única persona que puede interrumpir el programa es la beneficiaria. De hecho, ya he olvidado el número que te dije, al instante se borró de mi memoria. Espero que lo hayas apuntado..., por si acaso...

—¡1-800-300 00 01, código 654!

—¡Anda, pues sí que lo has memorizado bien!

Julia se levantó y fue a dejar su taza en el fregadero. Se volvió para mirar largo rato a su padre y descolgó el teléfono que pendía de la pared de la cocina.

—Soy yo —le dijo a su compañero de trabajo—. Voy a seguir tu consejo, bueno, casi... Hoy me tomaré el día libre y mañana también, y quizá alguno más, aún no lo sé, pero te mantendré informado. Mandadme un e-mail todas las noches con lo que hayáis avanzado en el proyecto, y sobre todo llamadme si tenéis el menor problema. Una última cosa, hazle caso a ese tal Charles, el nuevo en el equipo, le debemos una. No quiero que lo tengan al margen, ayúdalo a integrarse en el grupo. Cuento contigo, Dray.

Julia colgó el teléfono sin apartar la mirada de su padre.

—Está bien eso de velar por los colaboradores —comentó Anthony Walsh—. Siempre he dicho que una empresa reposa sobre tres pilares: ¡sus trabajadores, sus trabajadores y sus trabajadores!

—¡Dos días! Nos doy dos días, ¿me oyes? Tú decides si los aceptas o no. Dentro de cuarenta y ocho horas, me devuelves a mi vida y tú...

—¡Seis días!

—¡Dos!

—¡Seis! —insistió Anthony Walsh.

El timbre del teléfono puso fin a la negociación. Anthony lo descolgó, Julia le arrancó el auricular de las manos y lo tapó con la mano indicándole a su padre que fuera lo más silencioso posible. Adam estaba preocupado al no haberla encontrado en la oficina cuando la había llamado. Se reprochaba haberse mostrado susceptible y desconfiado con ella. Julia se disculpó a su vez por haber estado tan irascible el día anterior, le dio las gracias por haber reaccionado a su mensaje y haberse acercado a verla. Y aunque el momento no había sido de los más tiernos, su aparición inesperada bajo su ventana tenía a fin de cuentas un toque muy romántico.

Adam le propuso pasar a recogerla cuando hubiera terminado

de trabajar. Y mientras Anthony Walsh lavaba los platos, haciendo todo el ruido que podía y más, Julia le explicó que la muerte de su padre la había afectado más de lo que en un principio había estado dispuesta a reconocer. Había tenido muchas pesadillas esa noche y estaba agotada. De nada servía reproducir la experiencia del día anterior. Necesitaba pasar una tarde tranquila y acostarse temprano, y al día siguiente, o como muy tarde dentro de dos días, volverían a verse. Para entonces habría recuperado la digna apariencia de la mujer con la que quería casarse.

—Lo que yo decía, de tal palo, tal astilla —repitió Anthony Walsh cuando Julia colgaba.

Ella lo fusiló con la mirada.

—¿Y ahora qué pasa?

—¡Nunca has lavado un mísero plato en tu vida!

—Eso tú no lo sabes, ¡y además, lavar los platos es una tarea incluida en mi nuevo programa! —contestó alegremente Anthony Walsh.

Julia no contestó y cogió el manojo de llaves colgado del clavo.

—¿Adónde vas?

—A preparar una habitación en el piso de arriba. No pienso dejar que pases la noche en mi salón sin estarte quieto un momento. Tengo unas cuantas horas de sueño que recuperar, no sé si me explico.

—Si es por el ruido de la televisión, puedo bajar el sonido...

—¡Esta noche duermes arriba, o lo tomas o lo dejas!

—¿No irás a recluirme en el desván?

—Dame una buena razón para no hacerlo.

—Hay ratas..., tú misma lo dijiste ayer —añadió su padre con la entonación de un niño castigado.

Y cuando ya Julia se disponía a salir del apartamento, su padre la retuvo con voz firme:

—¡Aquí nunca lo conseguiremos!

Julia cerró la puerta y subió la escalera. Anthony Walsh consultó la hora en el reloj del horno, vaciló un instante y luego buscó el mando a distancia blanco que Julia había abandonado sobre la encimera.

Oyó los pasos de su hija por encima de su cabeza, los muebles que arrastraba por el suelo, el ruido de la ventana que abría y cerraba. Cuando volvió a bajar, Julia se encontró a su padre metido de nuevo en la caja, con el mando a distancia en la mano.

—¿Qué haces? —le preguntó.

—Me voy a apagar, quizá sea lo mejor para los dos, en fin, sobre todo para ti, me doy perfecta cuenta de que te molesto.

—Creía que no podías hacerlo tú mismo —le dijo, arrancándole el mando de las manos.

—He dicho que tú eras la única que podía llamar a la empresa y dar el código, ¡pero creo que todavía soy capaz de pulsar un botón! —rezongó, saliendo de la caja.

—Anda, toma, haz lo que quieras —le contestó Julia, devolviéndole el mando—. ¡Eres agotador!

Anthony Walsh lo dejó sobre la mesa baja y se colocó delante de su hija.

—Por cierto, ¿adónde pensabais iros de viaje?

—A Montreal, ¿por qué?

—Caray, pues sí que se ha estirado el prometido —silbó él entre dientes.

—¿Tienes algo en contra de Quebec?

—¡En absoluto! ¡Montreal es una ciudad del todo encantadora, y de hecho he pasado muy buenos momentos allí! Pero bueno, no es esa la cuestión —carraspeó.

—¿Y cuál es la cuestión, según tú?

—Pues es solo que...

—¿Que qué?

—Pues que un viaje de novios a una hora de avión nada más... ¡A eso se le llama cambiar de aires! ¡Ya de paso que te lleve de *camping* para ahorrarse el hotel!

—¿Y si el destino lo hubiera elegido yo? ¿Y si adorara esa ciudad, y si compartiéramos muy bellos recuerdos, Adam y yo? ¿Tú qué sabes, eh?

—¡Si fueras tú la que ha decidido pasar tu noche de bodas a una hora de tu casa, no serías mi hija, y ya está! —afirmó Anthony con tono irónico—. Vale que te guste el jarabe de arce, pero hasta ese punto...

—Nunca te librarás de tus prejuicios, ¿eh?

—Reconozco que ya es un poco tarde para eso. De acuerdo, admitamos que has decidido pasar la noche más memorable de tu vida en una ciudad que ya conoces. ¡Adiós a las ansias de descubrir cosas nuevas! ¡Adiós al romanticismo! Hostelero, denos la misma habitación que la última vez, ¡después de todo no es más que una noche como otra cualquiera! Sírvanos nuestra cena habitual, ¡mi futuro marido, qué digo, mi recién estrenado marido odia cambiar sus costumbres!

Anthony Walsh se echó a reír.

—¿Has terminado?

—Sí —se disculpó—. ¡Señor, qué maravilla la muerte, uno se permite decir todo lo que se le pasa por los circuitos, es un gusto!

—¡Tienes razón, nunca lo conseguiremos! —dijo Julia, poniendo punto final al buen humor de su padre.

—En todo caso aquí no. Necesitamos un territorio neutro.

Julia lo miró, perpleja.

—Vamos a dejar de jugar al escondite en este apartamento, ¿quieres? Aun contando la habitación de arriba en la que querías meterme, no hay sitio suficiente, ni tampoco nos bastan estos valiosos minutos que estamos desperdiciando como dos niños caprichosos. Nunca más volverán.

—¿Y qué propones?

—Un pequeño viaje. Así no habrá llamadas de tu trabajo ni aparición inesperada de tu Adam, no nos pasaremos las veladas viendo la televisión sin decir nada, sino que iremos a pasear juntos y hablaremos. Por eso he vuelto desde tan lejos. ¡Un momento, unos días, los dos solos, para nosotros dos nada más!

—Me pides que te regale lo que tú nunca has querido darme, ¿es eso?

—Deja de enfrentarte conmigo, Julia. Luego tendrás toda la eternidad para retomar el combate, mis armas ya solo existirán en tu memoria. Seis días es todo lo que nos queda, eso es lo que te pido.

—¿Y dónde iríamos a hacer ese pequeño viaje?

—¡A Montreal!

Julia no pudo reprimir la sonrisa sincera que acababa de iluminar su rostro.

—¿A Montreal?

—¡Hombre, ya que no te devuelven el dinero de los billetes...! Siempre podemos intentar cambiar el nombre de uno de los pasajeros...

Julia se hizo una coleta y se puso una chaqueta sobre los hombros. Como era obvio que se disponía a salir sin contestarle, Anthony Walsh se interpuso entre ella y la puerta.

—¡No pongas esa cara, Adam dijo que hasta podías tirarlos!

—Me propuso que guardara los billetes de recuerdo y, por si acaso no te habías dado cuenta, lo decía en plan irónico. Pero no creo que me sugiriera que me marchara con otra persona.

—¡No se trata de cualquier persona, se trata de tu padre!

—¡Haz el favor de apartarte de la puerta!

—¿Adónde vas? —le preguntó Anthony Walsh dejándola pasar.

—A tomar el aire.

—¿Estás enfadada?

Por toda respuesta, oyó los pasos de su hija bajando la escalera.


Un taxi aminoró la marcha en el cruce con la calle Greenwich, y Julia se subió a toda prisa. No necesitaba levantar la mirada hacia la fachada de su casa. Sabía que su padre debía de mirar desde la ventana del salón cómo se alejaba el Ford amarillo hacia la Novena Avenida. En cuanto su hija hubo desaparecido en el cruce, Anthony Walsh se dirigió a la cocina, cogió el teléfono e hizo dos llamadas.


Julia pidió al taxista que la dejara en la entrada del SoHo. En un día normal, habría recorrido a pie ese camino que conocía de memoria. Apenas quince minutos andando pero, para huir de su casa, habría sido capaz de robar una bicicleta si a alguien se le hubiera ocurrido dejar una aparcada sin candado en la esquina de su calle. Abrió la puerta de la pequeña tienda de antigüedades, y se oyó una campanita. Sentado en una butaca barroca, Stanley abandonó su lectura.

—¡Greta Garbo en *La reina Cristina de Suecia* no lo habría hecho mejor!

—¿De qué estás hablando?

—¡De tu entrada, princesa, majestuosa y aterradora a la vez!

—No es el día más indicado para burlarte de mí.

81

—No hay día, por hermoso que sea, que pueda transcurrir sin una pizca de ironía. ¿No trabajas hoy?

Julia se acercó a una vieja biblioteca y miró atentamente el reloj de delicadas molduras doradas colocado en el estante más alto.

—¿Has hecho novillos para ver qué hora era en el siglo XVIII? —quiso saber Stanley, ajustándose las gafas que resbalaban sobre su nariz.

—Es un reloj muy bello.

—Sí, y yo también. ¿Qué te pasa?

—Nada, simplemente me he acercado a verte, nada más.

—¡Sí, claro, y yo voy a abandonar el estilo Luis XVI y me voy a dedicar al *pop art*! —replicó Stanley dejando caer su libro.

Se levantó y se sentó en la esquina de una mesa de caoba.

—¿Se ha puesto triste esa carita tan linda?

—Sí, algo así.

Julia apoyó la cabeza sobre el hombro de Stanley.

—¡Sí, desde luego, te ocurre algo grave! Voy a prepararte un té que me manda un amigo mío desde Vietnam. Una maravilla para eliminar toxinas, ya lo verás, sus virtudes son insospechables, probablemente porque mi amigo no tiene ninguna.

Stanley cogió una tetera que había sobre una estantería. Encendió el hervidor eléctrico que estaba sobre el antiguo escritorio que hacía las veces de mostrador. Tras unos minutos necesarios para la infusión, la bebida mágica llenaba dos tazas de porcelana recién sacadas de un viejo armario. Julia respiró el perfume de jazmín que exhalaba la suya y bebió un sorbito de té.

—Te escucho, y no trates de resistirte, esta pócima divina desata las lenguas más reacias.

—¿Te marcharías de viaje de novios conmigo?

—Si me hubiera casado contigo, ¿por qué no...? Pero tendrías que haberte llamado Julien, Julia, porque si no, a nuestro viaje de novios le habría faltado algo de fantasía.

—Stanley, si cerraras tu tienda una semanita de nada y me dejaras que te raptara...

—Es divinamente romántico, ¿y adónde me llevarías?

—A Montreal.

—¡Jamás!

—Pero ¿qué tienes tú también en contra de Quebec?

—He pasado seis meses de insoportables sufrimientos para perder tres kilos, así que no pienso recuperarlos en unos pocos días. ¡Sus restaurantes son irresistibles, y sus camareros también, de hecho! Y además, aborrezco la idea de ser el segundo plato de nadie.

—¿Por qué dices eso?

—Antes de mí, ¿quién más ha rechazado irse contigo?

—¡Qué más da! De todas maneras, no lo creerías.

—Quizá si empezaras por contarme lo que te preocupa...

—Aunque te lo contara todo desde el principio, tampoco me creerías.

—Admitamos que soy un imbécil... ¿Cuándo fue la última vez que te permitiste medio día libre en plena semana de trabajo?

Ante el mutismo de Julia, Stanley prosiguió:

—Apareces un lunes por la mañana en mi tienda y te apesta el aliento a café, tú, que odias el café. Bajo ese maquillaje, muy mal extendido, por cierto, se esconde el rostro de alguien que, más que horas de sueño, como mucho habrá tenido minutos, y me pides, de buenas a primeras y sin avisar, que sustituya a tu prometido para acompañarte de viaje. ¿Qué ocurre? ¿Has pasado la noche con un hombre que no es Adam?

83

—¡Pues claro que no! —exclamó Julia.

—Vuelvo a hacerte la misma pregunta: ¿de qué o de quién tienes miedo?

—De nada.

—Querida, tengo trabajo, así que si ya no confías en mí lo suficiente para abrirme tu corazón, déjame que vuelva a mi inventario —replicó Stanley, haciendo un amago de dirigirse a la trastienda.

—¡Bostezabas con un libro en la mano cuando he entrado! ¡Qué mal mientes! —dijo Julia riéndose.

—¡Por fin se borra esa expresión triste! ¿Quieres que vayamos a andar un poco? Pronto abrirán las tiendas del barrio, seguro que necesitas un nuevo par de zapatos.

—Si vieras todos los que tengo muertos de risa en el armario y que nunca me pongo...

—¡No hablaba de satisfacer tus pies, sino tu ánimo!

Julia cogió el pequeño reloj dorado. Le faltaba el cristal que protegía la esfera. Lo acarició con la punta de los dedos.

—Es realmente bonito —dijo retrasando el minutero.

Y, bajo el impulso de su gesto, la manecilla de las horas también se lanzó marcha atrás.

—Estaría tan bien poder volver atrás.

Stanley observó a Julia.

—¿Retrasar el tiempo? Aun así no conseguirías devolverle su juventud a esta antigualla. Mira las cosas de otra manera, este reloj nos ofrece la belleza de su antigüedad —contestó Stanley, devolviendo el reloj a su sitio—. ¿Me vas a contar de una vez lo que te preocupa?

—Si te propusieran hacer un viaje para seguir el rastro de la vida de tu padre, ¿aceptarías?

—¿Cuál sería el riesgo? En lo que a mí respecta, si tuviera que ir al fin del mundo para recuperar allí un mísero fragmento de la vida de mi madre, ya estaría sentado en el avión molestando a las azafatas, en lugar de perder el tiempo con una loca, aunque fuera la que he elegido como mejor amiga. Si tienes la oportunidad de hacer un viaje así, ve sin dudarlo.

—¿Y si fuera demasiado tarde?

—Solo es demasiado tarde cuando las cosas son definitivas. Aunque haya desaparecido, tu padre sigue viviendo a tu lado.

—¡No sospechas hasta qué punto!

—Por mucho que quieras convencerte de lo contrario, lo echas de menos.

—Hace muchos años que me acostumbré a su ausencia. He aprendido tan bien a vivir sin él...

—Querida, hasta los niños que nunca han conocido a sus verdaderos padres sienten tarde o temprano la necesidad de recuperar sus raíces. A menudo resulta cruel para quienes los han criado y amado, pero así es la naturaleza humana. Uno avanza a duras penas en la vida cuando no sabe de dónde viene. De modo que, si tienes que emprender no sé qué periplo para saber por fin quién era tu padre, para reconciliar tu pasado y el suyo, hazlo.

—No tenemos muchos recuerdos juntos, ¿sabes?

—Quizá más de los que tú piensas. ¡Por una vez, olvida ese orgullo que tanto me gusta y emprende este viaje! Si no lo haces por ti, hazlo por una de mis grandes amigas, te la presentaré algún día, es una madre estupenda.

—¿Quién es? —preguntó ella con una pizca de celos en la voz.

—Tú, dentro de unos años.

—Eres un amigo maravilloso, Stanley —dijo Julia besándolo en la mejilla.

—¡El mérito no es mío, querida, es de esta infusión!

—Felicita a tu amigo de Vietnam, su té tiene de verdad virtudes asombrosas —añadió Julia antes de salir.

—Si tanto te gusta, te reservaré unas cuantas cajas, te estarán esperando hasta que vuelvas. ¡Lo compro en la tienda de la esquina!

## 7

Julia subió los escalones de cuatro en cuatro y entró en el apartamento. El salón estaba desierto. Llamó varias veces pero no obtuvo respuesta. Sala de estar, dormitorio, cuarto de baño, una visita al piso de arriba confirmó que la casa estaba vacía. Reparó en la foto de Anthony Walsh, en su marquito de plata, que destacaba ahora sobre la repisa de la chimenea.

—¿Dónde estabas? —le preguntó su padre, sobresaltándola.

—¡Qué susto me has dado! ¿Y tú, dónde te habías metido?

—Me conmueve profundamente que te preocupes por mí. He ido a dar un paseo. Me aburría mucho aquí solo.

—¿Qué es eso? —quiso saber Julia, señalando el marco en la repisa de la chimenea.

—Estaba preparando mi habitación ahí arriba, puesto que es ahí donde piensas guardarme esta noche, y he encontrado esto de pura casualidad..., bajo un montón de polvo. ¡No iba a dormir con una foto mía en la habitación! La he puesto aquí, pero puedes buscarle otro sitio si lo prefieres.

—¿Sigues queriendo que nos vayamos de viaje? —le preguntó ella.

—Justo acabo de volver de la agencia que hay al final de tu calle. Nada podrá sustituir nunca el contacto humano. Una chica encantadora, de hecho se parece un poco a ti, solo que ella sonríe... ¿De qué estaba yo hablando?

—De una chica encantadora...

—¡Eso es, sí! No le ha importado saltarse un poquito las normas. Después de teclear en su ordenador durante al menos media hora (de hecho había llegado a pensar que estaba copiando las obras completas de Hemingway), por fin ha conseguido imprimir un billete a mi nombre. ¡He aprovechado para que nos pusiera en primera clase!

—¡Desde luego, cómo eres! Pero ¿qué te hace pensar que voy a aceptar...?

—Nada de nada; pero si tienes que pegar estos billetes en tu futuro álbum de recuerdos, pues ya para el caso tanto te da que sean de primera clase. ¡Es una cuestión de estatus familiar, querida!

Julia se precipitó hacia su habitación, y Anthony Walsh le preguntó que adónde iba ahora.

—A preparar una bolsa de viaje, para dos días —contestó, insistiendo en el número de días—, es lo que querías, ¿no?

—Nuestra aventura durará seis días, las fechas no se podían modificar; por mucho que le he rogado y suplicado a Élodie, la chica encantadora de la agencia de la que te acabo de hablar, a ese respecto no ha habido manera de convencerla.

—¡Dos días! —gritó Julia desde el cuarto de baño.

—Oh, mira, haz lo que quieras, en el peor de los casos te comprarás otro par de pantalones allí y listo. Por si no te habías dado cuenta, ¡tienes el vaquero roto, se te ve un trozo de rodilla!

—¿Y tú, te vas con las manos vacías? —preguntó Julia, asomando la cabeza por la puerta.

Anthony Walsh avanzó hacia la caja de madera que seguía en mitad del salón y levantó una trampilla que escondía un doble fondo. En el interior había una pequeña maleta de cuero negro.

—Han previsto lo necesario para estar elegante durante seis días, ¡exactamente lo que me dura la batería! —dijo, no sin cierta satisfacción—. Mientras estabas fuera, me he permitido recuperar mis documentos de identidad, los que te entregaron a ti. Asimismo, me he permitido también recuperar mi reloj —añadió, mostrando orgulloso su muñeca—. ¿No te importa que lo lleve solo durante estos días? Será tuyo cuando llegue el momento; o sea, entiendes lo que quiero decir...

—¡Te agradecería mucho que dejaras de hurgar en mi apartamento!

—¡Querida, para hurgar en tu casa habría que ser espeleólogo! He encontrado mis efectos personales en un sobre de papel de estraza, ¡que ya estaba abandonado en tu desván, en medio de todo el desorden reinante!

Julia cerró su equipaje y lo dejó en la entrada. Avisó a su padre de que tenía que volver a salir un momento y que regresaría en cuanto le fuera posible. Ahora debía justificarle a Adam su partida.

—¿Qué piensas decirle? —quiso saber Anthony Walsh.

—Me parece que eso solo nos incumbe a nosotros dos —replicó Julia.

—Me trae sin cuidado lo que le incumba a él, es lo que te concierne a ti lo que me interesa.

—¿Ah, sí? ¿Qué pasa, eso también forma parte de tu nuevo programa?

—Sea cual sea el motivo que pienses invocar, no te aconsejo que le digas adónde vamos.

—Y supongo que debería seguir los consejos de un padre que tiene mucha experiencia en cuestión de secretos.

—Tómatelo como un simple consejo de hombre a hombre. Y ahora, corre. Tenemos que salir de Manhattan dentro de dos horas como máximo.

El taxi dejó a Julia en la avenida de las Américas, ante el número 1350. Entró corriendo en el gran edificio de cristal que albergaba el departamento de literatura infantil de una importante editorial neoyorquina. No tenía cobertura de móvil en el vestíbulo, por lo que le rogó a la recepcionista que la pusiera en contacto telefónico con el señor Coverman.

—¿Va todo bien? —preguntó Adam al reconocer la voz de Julia.

—¿Estás en una reunión?

—Estamos maquetando, terminamos dentro de un cuarto de hora. ¿Quieres que reserve una mesa en nuestro restaurante italiano a las ocho?

La mirada de Adam se posó en la pantalla de su teléfono.

—¿Estás dentro del edificio?

—En la recepción...

—No es un buen momento, estamos todos en la reunión de presentación de las nuevas publicaciones...

—Tenemos que hablar —lo interrumpió Julia.

—¿No puede esperar a esta noche?

—No puedo cenar contigo, Adam.

—¡Voy en seguida! —contestó colgando a la vez.

Se encontró con Julia en el vestíbulo, su prometida tenía ese rostro sombrío que hacía presagiar una mala noticia.

—Ven, hay una cafetería en el sótano —dijo Adam.

—No, prefiero que vayamos a caminar por el parque, estaremos mejor fuera.

—¿Tan grave es la cosa? —le preguntó al salir del edificio.

Julia no contestó. Subieron por la Sexta Avenida. Tres manzanas después, entraron en Central Park.

Las avenidas llenas de vegetación estaban casi desiertas. Con los auriculares en las orejas, algunas personas corrían a toda velocidad por el parque, concentradas en el ritmo de su carrera, herméticas al mundo, en especial a los que se contentaban con un simple paseo. Una ardilla de pelaje rojizo avanzó hacia ellos y se irguió sobre las patas traseras en busca de algo de comer. Julia metió la mano en el bolsillo de su gabardina, se arrodilló y le tendió un puñado de avellanas.

El descarado pequeño roedor se acercó y vaciló un instante, mirando fijamente el botín que codiciaba, goloso. Las ganas pudieron más que el miedo y, con un rápido movimiento, atrapó la avellana y se alejó unos metros para mordisquearla ante la mirada enternecida de Julia.

—¿Siempre llevas avellanas en los bolsillos de tu impermeable? —le preguntó Adam, divertido.

—Sabía que iba a traerte aquí, de modo que he comprado un paquete antes de coger el taxi —contestó Julia tendiéndole otra avellana a la ardilla, que había atraído a otras compañeras.

—¿Me has hecho salir de una reunión para mostrarme tus dotes de amaestradora?

Julia esparció sobre el césped el resto del paquete de avellanas y se puso en pie para proseguir el paseo. Adam la siguió.

—Me voy a marchar —dijo con voz triste.

—¿Me dejas? —se inquietó Adam.

—No, tonto, solo unos días.

—¿Cuántos?

—Dos, quizá seis, más no.

—¿Dos o seis?

—No lo sé.

—Julia, apareces de repente en mi oficina, me pides que te

siga como si todo el mundo a tu alrededor acabara de derrumbarse, ¿podrías al menos evitarme tener que arrancarte las palabras con sacacorchos, una a una?

—¿Tan valioso es tu tiempo?

—Estás enfadada, es tu derecho, pero yo no soy la causa de tu rabia. No soy tu enemigo, Julia, me contento con ser la persona que te ama, y no siempre es fácil. No pagues conmigo cosas de las que yo no tengo la culpa.

—El secretario personal de mi padre me ha llamado esta mañana. Tengo que arreglar algunos asuntos suyos fuera de Nueva York.

—¿Dónde?

—En el norte de Vermont, en la frontera con Canadá.

—¿Por qué no vamos juntos este fin de semana?

—Es urgente, no puede esperar.

—¿Tiene esto algo que ver con que se hayan puesto en contacto conmigo los de la agencia de viajes?

—¿Qué te han dicho? —preguntó Julia con voz insegura.

—Ha ido alguien a verlos. Y por un motivo que no he entendido del todo, me han devuelto el importe de mi billete, pero no el del tuyo. No han querido darme más explicaciones. Ya estaba en la reunión, no he podido entretenerme mucho.

—Seguramente será cosa del secretario de mi padre. Se le dan muy bien este tipo de cosas, ha tenido buen maestro.

—¿Vas a Canadá?

—A la frontera, ya te lo he dicho.

—¿De verdad te apetece hacer este viaje?

—Creo que sí —contestó ella con expresión sombría.

Adam rodeó los hombros de Julia con el brazo y la estrechó contra sí.

—Entonces ve donde tengas que ir. No te pediré más explicaciones. No quiero pasar dos veces por alguien que no confía en ti, y además tengo que volver al trabajo. ¿Me acompañas hasta la oficina?

—Me voy a quedar aquí un poco más.

—¿Con tus ardillas? —preguntó Adam, irónico.

—Sí, con mis ardillas.

Le dio un beso en la frente y echó a andar hacia atrás despidiéndose de ella con la mano.

—¿Adam?

—¿Sí?

—Qué mala suerte que tengas esa reunión, me habría encantado...

—Ya lo sé, pero tú y yo no hemos tenido mucha suerte estos últimos días.

Adam le sopló un beso.

—¡Ahora sí que tengo que irme! ¿Me llamarás desde Vermont para decirme que has llegado bien?

Julia lo observó alejarse.

—¿Ha ido todo bien? —preguntó Anthony Walsh en tono jovial, nada más volver su hija.

—¡Fantásticamente bien!

—¿Entonces por qué pones esa cara de funeral? Dicho esto, más vale tarde que nunca...

—¡Eso mismo me pregunto yo! ¿Quizá porque, por primera vez, he mentido al hombre al que amo?

—No, mi querida Julia, es la segunda vez, se te ha olvidado lo de ayer... Pero si quieres, podemos decir que estabas calentando motores y que esa vez no cuenta.

—¡Mejor me lo pones! He traicionado a Adam por segunda vez en dos días, y él es tan maravilloso que ha tenido la delicadeza de dejarme marchar sin hacerme la más mínima pregunta.

Cuando subía al taxi, he caído en la cuenta de que me había convertido en la mujer que me había jurado no ser nunca.

—¡No exageremos!

—¿Ah, no? ¿Qué puede haber peor que engañar a alguien que confía en ti hasta el punto de no preguntarte nada?

—¡Que a uno le interese tanto su propio trabajo que se despreocupe por completo de la vida del otro!

—Viniendo de ti, ese comentario tiene narices.

—¡Sí, pero como tú bien dices, viene de alguien experto en la cuestión! Creo que el coche está abajo... No deberíamos retrasarnos mucho. Con todas estas medidas de seguridad, hoy en día se pasa más tiempo en los aeropuertos que en los aviones.

Mientras Anthony Walsh bajaba el equipaje de ambos, Julia dio una última vuelta por el apartamento. Miró el marco de plata sobre la chimenea, volvió la fotografía de su padre de cara a la pared y cerró la puerta al salir.


Una hora más tarde, la limusina tomaba la salida de la autopista que llevaba a las terminales del aeropuerto John Fitzgerald Kennedy.

—Podríamos haber cogido un taxi —dijo Julia mirando por la ventanilla los aviones estacionados en la pista.

—Sí, pero convendrás conmigo en que estos coches son mucho más cómodos. Ya que he recuperado en tu casa mis tarjetas de crédito, y como he creído comprender que no te interesaba mi herencia, déjame el privilegio de despilfarrarla yo mismo. Si supieras la cantidad de tipos que se han pasado la vida amasando dinero y que soñarían con poder, como yo, gastarlo después de muertos, ¡si lo piensas bien, es un lujo inaudito! Anda, Julia, borra esa expresión de mal humor de tu cara. Volverás a ver a Adam dentro de unos días y estará más enamorado que cuando te fuiste. Aprovecha al máximo estos pocos momentos con tu padre. ¿Cuándo fue la última vez que nos marchamos juntos?

—Yo tenía siete años, mamá aún vivía, y nos pasamos las dos las vacaciones en una piscina mientras tú pasabas las tuyas en la cabina telefónica del hotel arreglando tus asuntos —contestó Julia, bajando de la limusina que acababa de aparcar junto a la acera.

—¡No es culpa mía si aún no existían los móviles! —exclamó Anthony Walsh abriendo la puerta del coche.

La terminal internacional estaba abarrotada. Anthony hizo un gesto de exasperación y se unió a la larga fila de pasajeros que serpenteaba hasta los mostradores de facturación. Una vez obtenidas las tarjetas de embarque —valiosos salvoconductos adquiridos a costa de una larga espera—, había que repetir todo el proceso, esta vez para pasar los controles de seguridad.

—Mira lo nerviosa que está toda esta gente, mira cómo la incomodidad estropea el placer de viajar. Pero cómo culparlos, cómo no ceder a la impaciencia cuando te obligan a estar de pie durante horas, unos cargando con los hijos en brazos y otros con el peso de la edad. ¿De verdad crees que esa joven que está delante de nosotros en la cola habrá escondido explosivos en los potitos de su bebé? ¡Compota de albaricoques y ruibarbo a la dinamita!

—¡Todo es posible, créeme!

—¡Vamos, un poco de sentido común! Pero ¿dónde están ahora esos caballeros ingleses que tomaban el té mientras bombardeaban sus ciudades?

—Habrán muerto en esos bombardeos... —murmuró Julia, avergonzada de que Anthony hablara tan fuerte—. Desde luego, sigues siendo el mismo cascarrabias de siempre. Por otro lado, si le explicara al policía que el hombre con el que viajo no es exactamente mi padre y le detallara las sutilezas de nuestra situación, quizá este tuviera derecho a perder un poco de su sentido común, ¿no te parece? ¡Porque yo el mío lo dejé en una caja de madera en mitad de mi salón!

Anthony se encogió de hombros y avanzó, ya le tocaba a él pasar por debajo del arco detector de metales. Julia pensó en la última frase que acababa de pronunciar y lo llamó al instante, reflejando en su voz la urgencia de la situación.

—Ven —dijo, presa casi del pánico—. Vámonos de aquí, el avión ha sido una idea estúpida. Alquilemos un coche, yo conduciré, dentro de seis horas estaremos en Montreal, y te prometo que hablaremos durante el camino. En coche se habla mucho mejor, ¿no?

—¿Qué te pasa, Julia, qué te da tanto miedo?

—Pero ¿es que no lo entiendes? —le susurró al oído—. No durarás ni dos segundos debajo de ese arco. Eres pura electrónica, a tu paso por ese control, los detectores desatarán todas las alarmas. Los policías se te echarán encima, te van a detener, a registrar, te radiografiarán de los pies a la cabeza y luego te harán pedazos para entender cómo es posible un prodigio tecnológico así.

Anthony sonrió y avanzó hacia el agente del control. Abrió su pasaporte, desdobló una carta guardada entre las páginas del documento y se la tendió.

El agente la leyó, llamó a su superior y le pidió a Anthony que se apartara a un lado. El jefe del control se informó a su vez del contenido de la carta y adoptó una actitud de lo más reverencial. Llevaron a Anthony Walsh a un lado del control, lo palparon con infinita cortesía y, nada más terminar el cacheo, le dieron permiso para circular.

Julia tuvo que plegarse al procedimiento impuesto al resto de los pasajeros. Le hicieron quitarse los zapatos y el cinturón. Le confiscaron la horquilla con la que se sujetaba el pelo —la juzgaron demasiado larga y puntiaguda— y un cortaúñas olvidado en su neceser, pues la lima que lo acompañaba medía más de dos centímetros de largo. El supervisor la regañó por saltarse las normas.

¿Acaso no indicaban los carteles, en letras bien grandes, la lista de objetos prohibidos a bordo de los aviones? Ella se aventuró a responder que sería más sencillo poner los que sí estaban permitidos, y entonces el agente adoptó un tono de sargento de batallón para preguntarle si tenía algún problema con el reglamento en vigor. Julia le aseguró que en absoluto, faltaban cuarenta y cinco minutos para que despegara su vuelo, de modo que no esperó la reacción de su interlocutor para recuperar su bolsa y corrió a reunirse con Anthony, que la observaba desde lejos con aire burlón.

—¿Se puede saber por qué te ha correspondido este trato de favor?

Anthony blandió la carta que sostenía aún en la mano y se la entregó, divertido, a su hija.

—¿Llevas un marcapasos?

—Desde hace diez años, querida.

—¿Por qué?

—Porque tuve un infarto y mi corazón necesitaba algo de ayuda.

—¿Cuándo ocurrió eso?

—Si te dijera que ocurrió el día del aniversario de la muerte de tu madre, me reprocharías una vez más mi lado teatral.

—¿Por qué no lo he sabido nunca?

—¿Quizá porque estabas demasiado ocupada viviendo tu vida?

—Nadie me avisó.

—Para eso habría que haber sabido cómo dar contigo... ¡Bueno, pero qué importa ya! Los primeros meses estaba furioso por tener que llevar un aparato. ¡Cuando pienso que hoy todo yo soy un aparato! ¿Nos vamos? Si no terminaremos por perder el avión —dijo Anthony Walsh, consultando la pantalla con los horarios—. Vaya, anuncian una hora de retraso. ¡Parece mucho pedir que los aviones sean puntuales!

Julia aprovechó el tiempo que quedaba para ir a explorar los estantes de un quiosco de prensa. Escondida tras un expositor, miraba a Anthony sin que este se diera cuenta. Sentado en la sala de embarque, con la mirada fija en las pistas de despegue, observaba la lejanía, y, por primera vez, Julia tuvo la sensación de que echaba de menos a su padre. Se volvió para llamar a Stanley.

—Estoy en el aeropuerto —dijo hablando en voz baja.

—¿Te falta poco para despegar? —le contestó su amigo con una voz casi tan inaudible como la suya.

—¿Hay gente en la tienda, te molesto?

—¡Te iba a hacer la misma pregunta!

—No, hombre, ¿no ves que te estoy llamando yo? —replicó Julia.

—Entonces, ¿por qué hablas en voz baja?

—No me había dado cuenta.

—Deberías venir a visitarme más a menudo, me traes suerte: he vendido el reloj del siglo XVIII justo una hora después de que te marcharte tú. Hacía dos años que lo tenía y no conseguía quitármelo de encima.

—Si de verdad era del siglo XVIII, poco le importaba esperar dos años.

—Él también sabía mentir bien. No sé con quién estás ni quiero saberlo, pero no me tomes por tonto, es algo que me horroriza.

98

—¡Te aseguro que no es en absoluto lo que crees!

—¡La fe es un asunto de religión, querida!

—Te voy a echar de menos, Stanley.

—Aprovecha bien estos pocos días: ¡los viajes que uno hace de joven lo marcan para toda la vida!

Y colgó sin dejarle a Julia la más mínima oportunidad de tener la última palabra. Una vez interrumpida la comunicación, Stanley miró su teléfono y añadió:

—Márchate con quien quieras pero no vayas a enamorarte de un canadiense que te retenga en su país. ¡Un solo día sin ti se me hace largo, y ya estoy empezando a aburrirme!

## 8

A las 17.30 horas, el vuelo de American Airlines 4742 tomaba tierra en la pista del aeropuerto Pierre Trudeau de Montreal. Pasaron la aduana sin problemas. Un coche los esperaba en la puerta. No había mucho tráfico en la autopista, y, media hora más tarde, atravesaban ya la zona de negocios de la ciudad. Anthony señaló una alta torre de cristal.

—La he visto construir —suspiró—. Tiene tu misma edad.

—¿Por qué me cuentas esto?

—Puesto que le tienes un cariño especial a esta ciudad, te dejo un recuerdo en ella. Un día, pasearás por aquí y sabrás que tu padre pasó varios meses de su vida trabajando en esta torre. Esta calle te resultará menos anónima.

—Lo recordaré —dijo Julia.

—¿No me preguntas lo que hacía allí?

—Negocios, supongo...

—Oh, no; en aquella época, me contentaba con despachar en un pequeño quiosco de prensa. No creas que eres rica desde que naciste. La fortuna llegó más tarde.

—¿Y lo del quiosco duró mucho? —preguntó Julia, asombrada.

—Un día se me ocurrió vender también bebidas calientes. ¡Y entonces se puede decir que entré en el mundo de los negocios! —prosiguió Anthony con los ojos brillantes—. La gente se precipitaba hacia el edificio, congelada por el viento que empieza a soplar desde el final del otoño y no se agota hasta la primavera. Deberías haberlos visto abalanzarse sobre los cafés, los chocolates y los tés calientes que vendía... al doble del precio del mercado.

—¿Y después?

—Después añadí bocadillos al menú. Tu madre los preparaba desde el amanecer. La cocina de nuestro apartamento se transformó rápidamente en un auténtico laboratorio.

—¿Vivisteis en Montreal, mamá y tú?

—Vivíamos rodeados de lechugas, de lonchas de jamón y de papel celofán. Cuando empecé a ofrecer un servicio de distribución por las plantas de la torre y de otra que acababan de construir justo al lado, tuve que contratar a mi primer empleado.

—¿Quién era?

—¡Tu madre! Ella se ocupaba del quiosco mientras yo repartía los pedidos.

»Era tan guapa que los clientes hacían hasta cuatro pedidos al día solo para verla. Cuánto nos divertíamos por aquel entonces. Cada comprador tenía su ficha, y tu madre se acordaba de todas las caras. El contable del despacho 1407 estaba enamorado de ella, sus bocadillos tenían relleno doble; al director de personal de la undécima planta le reservábamos el fondo de los tarros de mostaza y las hojas de lechuga marchitas, tu madre lo tenía en el bote.

Llegaron a la puerta de su hotel. El mozo de las maletas los acompañó hasta la recepción.

—No tenemos reserva —dijo Julia, tendiéndole su pasaporte al encargado.

El hombre comprobó en su ordenador las habitaciones disponibles y tecleó el apellido.

—Sí, sí que tienen una habitación, ¡y qué habitación!

Julia lo miró asombrada mientras Anthony retrocedía unos pasos.

—¡Los señores Walsh... Coverman! —exclamó el recepcionista—. Y, si no me equivoco, se quedan con nosotros toda la semana.

—¿No se te habrá ocurrido hacer esto? —le dijo Julia a su padre en voz baja, mientras este adoptaba un aire de lo más inocente.

El recepcionista lo salvó al interrumpirlos.

—Tienen la suite... —y, al constatar la diferencia de edad que separaba al señor Walsh de la señora Walsh, añadió con una ligera inflexión en la voz— nupcial.

—¡Podrías haber elegido otro hotel! —le dijo Julia al oído a su padre

—¡No tuve más remedio! —se justificó Anthony—. Tu futuro marido había optado por un paquete, vuelo más hotel. Y eso que hemos tenido suerte, no eligió media pensión. Pero te prometo que no le costará nada, lo cargaremos todo en mi tarjeta de crédito. ¡Eres mi heredera, así que invitas tú! —dijo riendo.

—¡No era eso lo que me preocupaba!

—¿Ah, no? ¿Y qué, entonces?

—¿La suite... nupcial?

—No hay motivo para preocuparse, eso lo comprobé con la chica de la agencia, la suite se compone de dos habitaciones unidas por un salón, en la última planta del hotel. No tendrás vértigo, espero...

Y mientras Julia sermoneaba a su padre, el recepcionista le entregó la llave, deseándole una feliz estancia.

El mozo de las maletas los condujo a los ascensores. Julia retrocedió y se precipitó hacia el recepcionista.

—¡No es en absoluto lo que imagina! ¡Se trata de mi padre!

—Pero si yo no imagino nada, señora —contestó este, incómodo.

—¡Sí, claro que sí, pero sepa que se equivoca!

—Señorita, puedo garantizarle que he visto de todo en este trabajo —dijo inclinándose por encima del mostrador para que nadie pudiera oír su conversación—. ¡Soy una tumba! —aseguró, esforzándose por adoptar un tono tranquilizador.

Y cuando ya Julia se disponía a responderle con un buen corte, Anthony la cogió del brazo y la arrastró a la fuerza lejos de la recepción.

—¡Te preocupa demasiado lo que los demás piensan de ti!

—¿Y eso a ti qué más te da?

—Pierdes un poco de tu libertad y mucho de tu sentido del humor. Ven, ¡el mozo está sujetando las puertas del ascensor y no somos los únicos en querer desplazarnos en este hotel!


La suite era tal y como Anthony la había descrito. Las ventanas de las dos habitaciones, separadas por un saloncito, se erguían sobre el casco viejo de la ciudad. Nada más dejar su bolsa encima de la cama, Julia tuvo que ir a abrir la puerta. Un mozo esperaba detrás de una mesa con ruedas sobre la que reposaban una botella de champán en su cubo con hielo, dos copas y una caja de bombones.

—¿Qué es esto? —quiso saber.

—Un obsequio del hotel, señora —contestó el empleado—. Con este servicio el hotel quiere dar la enhorabuena a las «jóvenes parejas de recién casados».

Julia le lanzó una mirada furibunda mientras se apoderaba de la notita que habían dejado también sobre el mantel. El director del hotel agradecía a los señores Walsh-Coverman el haber elegido su establecimiento para celebrar su luna de miel. Todo el personal estaba a su disposición para hacer inolvidable su estancia. Julia rasgó la nota, dejó los pedazos delicadamente sobre la mesa con ruedas y le cerró la puerta en las narices al mozo.

—¡Pero, señora, está incluido en la tarifa de su habitación! —oyó Julia desde el pasillo.

No contestó, y las ruedas se alejaron chirriando hacia los ascensores. Julia volvió a abrir la puerta, se acercó con paso seguro hacia el joven, cogió la caja de bombones y dio media vuelta. El mozo dio un respingo cuando la puerta de la suite 702 volvió a cerrarse en sus narices.

—¿Quién era? —preguntó Anthony Walsh, saliendo de su habitación.

—¡Nadie! —contestó ella, sentada en el alféizar de la ventana del saloncito.

—Bonita vista, ¿verdad? —dijo su padre, contemplando el río Saint-Laurent, que se distinguía a lo lejos—. Hace bueno, ¿quieres que vayamos a dar un paseo?

—¡Cualquier cosa mejor que quedarnos aquí!

—¡El sitio no lo he elegido yo! —contestó Anthony poniéndole a su hija un jersey por los hombros.


Las calles del casco viejo de Montreal, con sus adoquines irregulares, no tienen nada que envidiar al encanto de las de los barrios más bonitos de Europa. El paseo de Anthony y Julia empezó en la plaza de Armas; Anthony se empeñó en contarle a su hija la vida del señor de Maisonneuve, cuya estatua se erguía en mitad de un pequeño estanque. Julia lo interrumpió con un bostezo y lo dejó plantado delante del monumento dedicado a la memoria del fundador de la ciudad, para investigar de cerca la mercancía de un vendedor ambulante de caramelos que se encontraba a unos metros de ellos.

Volvió un momento después y le ofreció a su padre una bolsita llena de golosinas. Este la rechazó poniendo la boca en forma de «culo de gallina», como habría dicho un quebequés. Julia miró primero la estatua del señor de Maisonneuve en lo alto de su pedestal, luego a su padre y de nuevo la estatua, antes de sacudir la cabeza en un gesto de aprobación.

—¿Qué pasa? —quiso saber él.

—Sois tal para cual, seguro que os habríais llevado bien.

Y lo arrastró hacia la calle Notre-Dame. Anthony quiso detenerse ante la fachada del número 130. Era el edificio más antiguo de la ciudad; le explicó a su hija que seguía albergando a algunos de esos sulpicianos que antaño habían sido los señores de la isla.

Nuevo bostezo de Julia, que apretó el paso delante de la basílica por miedo a que su padre quisiera entrar.

—¡No sabes lo que te pierdes! —le gritó este, mientras ella seguía acelerando—. La bóveda representa un cielo cuajado de estrellas, ¡es preciosa!

—¡Muy bien, pues ahora ya lo sé! —contestó ella desde lejos.

—¡Tu madre y yo te bautizamos aquí! —tuvo que gritar Anthony.

Julia se detuvo al instante y se volvió hacia su padre, que se encogió de hombros.

—¡Bueno, vale, veré tu bóveda cuajada de estrellas! —capituló, intrigada, subiendo los escalones de Nuestra Señora de Montreal.

El espectáculo que ofrecía la nave era de verdad de una belleza singular. Cubiertas de suntuosos revestimientos de madera, la cúpula y la nave central parecían tapizadas de lapislázuli. Maravillada, Julia se acercó al altar.

—No me imaginaba que esto pudiera ser tan hermoso —murmuró.

—No sabes cuánto me alegro —contestó Anthony con aire triunfante.

La condujo hasta la capilla dedicada al Sagrado Corazón.

—¿De verdad me bautizasteis aquí? —quiso saber Julia.

—¡En absoluto! Tu madre era atea, nunca me lo habría permitido.

—Entonces ¿por qué me has dicho eso?

—¡Porque no te imaginabas que esto pudiera ser tan hermoso! —contestó Anthony, retrocediendo hacia las majestuosas puertas de madera.

Al recorrer la calle Saint-Jacques, Julia creyó por un instante estar en el sur de Manhattan, de tanto como se parecían las fachadas blancas de los edificios con columnatas a las de Wall Street. Acababan de encenderse las farolas de la calle Sainte-Hélène. No lejos de allí, cuando llegaron a una plaza con parterres de hierba fresca, Anthony se apoyó de pronto en un banco, a punto de perder el equilibrio. Con un gesto, tranquilizó a Julia, que ya se precipitaba hacia él.

—No es nada —dijo—, otro virus en el sistema, esta vez en la rótula.

Ella lo ayudó a sentarse.

—¿Te duele mucho?

—Por desgracia hace días que nada sé de dolores —dijo con una mueca—. Alguna ventaja tendría que tener morirse.

—¡Para! ¿Por qué pones esa cara? De verdad parece que te duela mucho.

—¡Será el programa, me imagino! Alguien que se hiciera daño y no manifestase ninguna expresión de dolor no parecería muy auténtico.

—¡Bueno, basta! No tengo ganas de oír todos esos detalles. ¿No puedo hacer nada para ayudarte?

Anthony se sacó una libreta negra del bolsillo y se la tendió a Julia junto con una pluma estilográfica.

—Anota, por favor, que el segundo día la pierna derecha parecía hacer de las suyas. El domingo que viene tendrás que entregarles esta libreta. Sin duda servirá para mejorar los futuros modelos.

Julia no dijo una palabra; cuando trató de escribir en la página en blanco lo que su padre le había pedido que anotara, notó que le temblaba la pluma.

Anthony la observó y se la quitó de las manos.

—No era nada. ¿Ves?, ya puedo volver a caminar normalmente —dijo poniéndose de pie—. Una pequeña anomalía que se corregirá sola. No hace falta anotarla.

Una calesa tirada por un caballo avanzaba por la plaza de Youville; Julia pretendió haber soñado siempre con ese tipo de paseo. Mil días al menos recorriendo Central Park sin haberse atrevido jamás a tomar ese tipo de calesas, ahora era la ocasión ideal. Le hizo una seña al cochero. Anthony la miró, angustiado, pero Julia le hizo comprender que no era momento de discutir. Su padre subió a bordo con un gesto de exasperación.

—¡Grotescos, somos grotescos! —suspiró.

—¡Pensaba que no debía importarnos lo que opinaran los demás!

—¡Sí, pero bueno, hasta cierto punto!

—Querías que viajáramos juntos, ¡pues, hala, estamos viajando juntos! —dijo Julia.

Consternado, Anthony contempló el trasero del caballo, que se contoneaba a cada paso.

—Te lo advierto, como vea moverse lo más mínimo la cola de este paquidermo, me bajo.

—¡Los caballos no pertenecen a esa familia de animales! —lo corrigió ella.

—¡Con un trasero así, permíteme que lo dude!


La calesa se detuvo en el viejo puerto, ante el café de los escluseros. Los inmensos silos de grano que se erguían sobre el muelle del molino de viento ocultaban la orilla opuesta. Sus curvas imponentes parecían surgir de las aguas para trepar al asalto de la noche.

—Ven, vámonos de aquí —dijo Anthony, malhumorado—. Nunca me han gustado estos monstruos de hormigón que rayan el horizonte. No comprendo que aún no los hayan destruido.

—Imagino que formarán parte del patrimonio —contestó Julia—. Y quizá algún día se les encuentre cierto encanto.

—¡Ese día yo ya no estaré en este mundo para verlos, y apuesto a que tú tampoco!

Arrastró a su hija por el paseo marítimo del viejo puerto. El paseo proseguía a través de los espacios verdes que bordean la orilla del Saint-Laurent. Julia caminaba unos pasos por delante. Una bandada de gaviotas la impulsó a levantar la cabeza. La brisa de la noche hacía bailar un mechón de su cabello.

—¿Qué miras? —le preguntó Julia a su padre.

—¡A ti!

—¿Y qué estabas pensando mientras me mirabas?

—Que eres muy guapa, te pareces a tu madre —contestó con una sonrisa sutil.

—¡Tengo hambre! —anunció Julia.

—Elegiremos una mesa que te guste, un poco más lejos. Estos muelles están llenos de pequeños restaurantes..., ¡a cuál peor!

—¿Cuál es el peor según tú?

—No te preocupes, confío en ti y en mí; entre los dos, ¡seguro que damos con él!

De camino, Julia y Anthony se iban parando en las tiendas, en la intersección con el muelle Événements. El antiguo embarcadero se adentraba en el Saint-Laurent.

—¡Mira ese hombre de ahí! —exclamó Julia señalando una silueta que se escabullía entre la multitud.

—¿Qué hombre?

—Junto al vendedor de helados, con una chaqueta negra —precisó.

—¡No veo nada!

Arrastró a Anthony del brazo, obligándolo a caminar más de prisa.

—Pero ¿qué mosca te ha picado?

—¡Date prisa, lo vamos a perder de vista!

De pronto, Julia fue arrastrada por la marea de visitantes que avanzaban hacia el espigón.

—Pero ¿se puede saber qué te pasa? —gruñó Anthony, que tenía dificultades para seguirla.

—¡Te digo que vengas! —insistió ella sin esperarlo.

Pero Anthony se negó a dar un paso más, se sentó en un banco, y Julia lo abandonó allí y se fue casi corriendo en busca del misterioso individuo que parecía acaparar toda su atención. Volvió unos segundos después, decepcionada.

—Lo he perdido.

—¿Quieres hacer el favor de explicarme a qué estás jugando?

—Allá, junto a los vendedores ambulantes. Estoy segura de haber visto a tu secretario personal.

—Mi secretario tiene un aspecto físico de lo más anodino. Se parece a cualquiera y cualquiera se le parece. Te habrás equivocado, y ya está.

—Entonces ¿por qué te has parado tan de repente?

—Mi rótula... —contestó Anthony con tono lastimero.

—¡Creía que ya no sentías dolor!

—Será otra vez este estúpido programa. Y sé un poco más tolerante, no lo controlo todo, soy una máquina muy sofisticada... Y aunque estuviera Wallace aquí, tiene todo el derecho del mundo. Ahora que está jubilado puede disponer del tiempo como se le antoje.

—Quizá, pero no dejaría de ser una extraña coincidencia.

—¡El mundo es un pañuelo! Pero puedo asegurarte que lo has confundido con otra persona. ¿No decías que tenías hambre?

Julia ayudó a su padre a levantarse.

—Creo que todo ha vuelto a la normalidad —afirmó, sacudiendo la pierna—. ¿Ves?, ya puedo pasear otra vez. Vamos a caminar otro poco antes de sentarnos a cenar.

En cuanto volvía la primavera, los vendedores de baratijas, recuerdos y detallitos para turistas de todas clases instalaban de nuevo sus tenderetes a lo largo del paseo.

—Ven, vamos por aquí —dijo Anthony llevando a su hija hacia el espigón.

—Pero ¿no íbamos a cenar?

Anthony reparó en una bellísima muchacha que pintaba retratos a carboncillo de los viandantes a cambio de diez dólares.

—¡Qué bien dibuja! —exclamó él contemplando su trabajo. Unos cuantos esbozos colgados de una reja a su espalda daban fe de su talento, y el retrato que estaba haciendo en ese mismo momento de un turista no hacía sino confirmarlo. Julia no prestaba ninguna atención a la escena. Cuando el hambre llamaba a su puerta, nada más contaba. La suya era casi siempre un hambre canina. Su apetito siempre había impresionado a los hombres que se cruzaban en su camino, ya fueran sus colegas de trabajo o los que habían podido compartir algunos momentos de su vida. Adam la había desafiado un día ante una montaña de tortitas. Julia atacaba alegremente la séptima, mientras que su compañero, que había renunciado a la quinta, vivía los primeros instantes de una indigestión memorable. Lo más injusto era que su silueta parecía capaz de soportar cualquier exceso.

—¿Vamos? —insistió.

—¡Espera! —contestó Anthony, ocupando el lugar que acababa de dejar libre el turista.

Julia no pudo reprimir un gesto de exasperación.

—¿Qué haces? —quiso saber, impaciente.

—¡Posar para un retrato! —contestó él con voz alegre. Y, mirando a la dibujante, que afilaba la punta de su carboncillo, le preguntó—: ¿De perfil o de frente?

—¿Tres cuartos? —le propuso ella.

—¿Derecho o izquierdo? —volvió a preguntar Anthony, girando sobre el asiento plegable—. Siempre me han dicho que desde este lado tengo un perfil más elegante. ¿Usted qué opina? ¿Y tú, Julia, qué opinas tú?

—¡Nada! ¡Absolutamente nada! —declaró ella, dándole la espalda.

—Con todos esos caramelos de goma que te has comido antes tu estómago puede esperar un poquitín. Ni siquiera entiendo que aún tengas hambre después de haberte atiborrado de golosinas.

La dibujante, compadeciéndose de Julia, le sonrió.

—Es mi padre, no nos hemos visto desde hace años (estaba demasiado ocupado consigo mismo), la última vez que dimos un paseo como este fue para acompañarme a la guardería. ¡Ha retomado nuestra relación a partir de ese momento! ¡Sobre todo no le diga que ya tengo más de treinta años, le podría dar un patatús!

La joven dejó el carboncillo y miró a Julia.

—Me va a salir mal el retrato si sigue usted haciéndome reír.

—¿Lo ves? —prosiguió Anthony—, perturbas el trabajo de la señorita. Ve a ver los dibujos que están expuestos, no tardaremos mucho.

—¡Le trae sin cuidado el dibujo, si se ha sentado ahí es porque la encuentra a usted guapa! —le explicó Julia a la dibujante.

Anthony le indicó a su hija que se acercara, como si quisiera contarle un secreto. Julia se inclinó hacia él de mala gana.

—Según tú —le susurró al oído—, ¿cuántas jóvenes soñarían con que pintasen el retrato de su padre tres días después de su muerte?

Sin argumentos, Julia se alejó.


Aunque seguía posando para el retrato, Anthony observaba a su hija mientras esta contemplaba los dibujos que no habían encontrado comprador o que la joven artista hacía por gusto, para pulir su talento.

Y, de pronto, el rostro de Julia se paralizó. Con los ojos como platos, entreabrió los labios como si de repente le faltara el aire. ¿Acaso era posible que la magia de un trazo a carboncillo reabriera una memoria entera de esa forma? Ese rostro colgado de una reja, ese hoyuelo esbozado en la barbilla, esa ligera raya que exageraba el pómulo, esa mirada que Julia contemplaba en una hoja y que parecía contemplarla a su vez, esa frente casi insolente la arrastraban tantos años atrás, hacia un sinfín de emociones pasadas.

—¿Tomas? —balbuceó.

# 9

Julia había cumplido dieciocho años el uno de septiembre de 1989. Y, para celebrarlo, se disponía a abandonar los bancos de la facultad en la que Anthony la había matriculado, para iniciar un programa de intercambio internacional en un ámbito que nada tenía que ver con el que su padre había elegido para ella. El dinero que había ahorrado esos últimos años dando clases particulares, los últimos meses trabajando a escondidas como modelo en las salas del departamento de artes gráficas y el que le había ganado a sus compañeros de juego en algunas timbas de lo más reñidas venía a sumarse al de la beca que por fin había conseguido. Había sido necesaria la complicidad del secretario de Anthony Walsh para que pudiese obtenerla sin que la dirección de la facultad opusiera la fortuna de su padre a su demanda de beca. De mala gana, sin dejar de repetirle «Señorita, qué cosas me obliga a hacer, si se enterara su padre», Wallace había aceptado firmar el formulario que aseguraba que hacía ya mucho tiempo que su patrono no sufragaba los gastos de su propia hija. Presentando todos sus certificados de empleo, Julia había convencido al economato de la universidad para que le otorgaran la beca.

Después de recuperar su pasaporte durante una breve y tumultuosa visita a la casa en Park Avenue en la que residía su padre, tras cerrar la puerta con un sonoro portazo, Julia se subió a un autobús en dirección al aeropuerto John Fitzgerald Kennedy y aterrizó en París al alba del 6 de octubre de 1989.

De pronto volvía a su mente la habitación de estudiante que ocupaba entonces. La mesa de madera junto a la ventana y esa vista única sobre los tejados del Observatorio; la silla de hojalata, la lámpara que parecía provenir de otro siglo; la cama con sus sábanas un poco ásperas que olían tan bien, dos amigas que vivían en el mismo rellano pero cuyos nombres permanecían cautivos del pasado. El bulevar Saint-Michel, que recorría a pie todos los días para llegar hasta la escuela de Bellas Artes. El pequeño café en la esquina con el bulevar Arago, y esa gente que fumaba en el mostrador mientras se tomaba un café con coñac por las mañanas. Sus sueños de independencia se hacían realidad, y no pensaba dejar que ningún flirteo alterara el curso de sus estudios. De la mañana a la noche y de la noche a la mañana Julia dibujaba. Había probado casi todos los bancos del jardín de Luxemburgo, recorrido cada uno de los caminos, se había tumbado en céspedes prohibidos para observar el torpe caminar de los pájaros, los únicos con permiso para posarse en la hierba. Había transcurrido el mes de octubre, y el alba de su primer otoño en París se había disipado en los primeros días grises de noviembre.

En el café Arago, una noche cualquiera, unos estudiantes de la Sorbona discutían con fervor lo que estaba ocurriendo en Alemania. Desde principios de septiembre, miles de alemanes del Este cruzaban la frontera húngara para tratar de pasar al Oeste. El día anterior eran un millón manifestándose en las calles de Berlín.

—¡Es un acontecimiento histórico! —había exclamado uno de aquellos estudiantes.

*Se llamaba Antoine.*

Y un torrente de recuerdos reavivó su memoria.

—Hay que ir allí —había propuesto otro.

*Ese era Mathias. Me acuerdo de que fumaba sin parar, se enfadaba por cualquier cosa, hablaba sin tregua y, cuando ya no tenía nada que decir, canturreaba. Nunca había conocido a nadie que le tuviera tanto miedo al silencio.*

Se había formado un grupito dispuesto a marcharse. Saldrían en coche esa misma noche, rumbo a Alemania. Turnándose al volante, llegarían a Berlín antes o justo después de mediodía.

¿Qué había llevado a Julia aquella noche a levantar la mano en mitad del café Arago? ¿Qué fuerza la había empujado hasta la mesa de los estudiantes de la Sorbona?

—¿Puedo ir con vosotros? —les había preguntado, acercándose.

*Recuerdo cada palabra.*

—Sé conducir y me he pasado el día durmiendo.

*No era verdad.*

—Podría aguantar al volante durante horas.

Antoine había consultado al resto de los presentes. *¿Era Antoine o Mathias?* Qué importa, puesto que la votación —casi por mayoría— había decidido integrarla al periplo que se preparaba.

—¡Una americana, se lo debemos a sus compatriotas! —había añadido Mathias, mientras que Antoine todavía dudaba.

Y había concluido, levantando la mano:

—Cuando vuelva a su país, algún día dará fe de la simpatía de los franceses por todas las revoluciones en curso.

Habían apartado las sillas, y Julia se había sentado en medio de sus nuevos amigos. Algo más tarde, habían intercambiado abrazos en el bulevar Arago, Julia había besado rostros que no conocía, pero, ya que formaba parte del viaje, tenía que despedirse de los que se quedaban en París. Mil kilómetros por delante, no había tiempo que perder. Aquella noche del 7 de noviembre, mientras subía por el muelle de Bercy, a orillas del Sena, Julia no imaginaba que ese paseo era su adiós a París y que jamás volvería a ver los tejados del Observatorio desde la ventana de su habitación de estudiante.

Senlis, Compiègne, Amiens, Cambrai, tantos y tantos nombres misteriosos escritos en los paneles que desfilaban ante sí, tantas y tantas ciudades desconocidas.

Antes de la medianoche iban ya camino de Bélgica, y, en Valenciennes, Julia cogió el volante.

En la frontera, a los agentes de aduanas les intrigó el pasaporte estadounidense que Julia les tendía, pero su carnet de estudiante de la escuela de Bellas Artes hizo las veces de salvoconducto, y el viaje prosiguió.

*Mathias cantaba todo el rato, lo que irritaba a Antoine, pero yo me esforzaba por recordar las palabras que no siempre entendía, y eso me mantenía despierta.*

Ese pensamiento hizo sonreír a Julia, y a este siguieron otros muchos recuerdos. Primera parada en una área de servicio. *Contamos el dinero que teníamos entre todos; nos decidimos por unas* baguettes *de pan y unas lonchas de jamón.* Compraron una botella de Coca-Cola en su honor, de la que Julia al final apenas bebió un sorbo.

Sus compañeros de viaje hablaban demasiado de prisa, y muchas cosas se le escapaban. Ella que creía que tras seis años de clases de francés era bilingüe... *¿Por qué había querido papá que aprendiera esta lengua? ¿Sería en memoria de los meses que había vivido en Montreal?* Pero en seguida habían tenido que reemprender viaje.

Después de pasar Mons, se equivocaron de salida de autopista en La Louvière. Cruzar Bruselas fue toda una aventura. Allí también hablaban francés, pero con un acento que lo hacía más comprensible para una americana, aunque desconociera por completo muchas expresiones. ¿Y por qué le hacía eso tanta gracia a Mathias, cuando un viandante les indicaba tan amablemente el camino para llegar a Lieja? Antoine volvió a calcular y dedujo que el rodeo les iba a costar una hora como mínimo, y Mathias suplicó que aceleraran. La revolución no los esperaría. Nuevo punto en el mapa, media vuelta inmediata, el camino por el norte sería demasiado largo, irían por el sur, dirección Düsseldorf.

Pero primero tenían que cruzar la provincia del Brabante flamenco. Allí ya nadie hablaba francés. ¡Qué extraordinario país este en el que se hablan tres lenguas tan distintas a tan solo unos pocos kilómetros de distancia! «El de los cómics y el humor», había contestado Mathias, ordenándole que acelerara aún más. En las inmediaciones de Lieja, le pesaban los párpados, y el coche dio un inquietante bandazo.

Parada en el arcén para recuperarse del susto, regañina de Antoine, y Julia castigada al asiento trasero.

El castigo no fue doloroso, Julia no recordaría nunca el paso por el puesto fronterizo de Alemania Occidental. Mathias, que tenía un salvoconducto diplomático gracias a que su padre era embajador, engatusó al agente de aduanas para que no despertaran tan tarde a su hermanastra. Acababa de llegar de Estados Unidos.

Muy amable y comprensivo, el agente se contentó con inspeccionar los documentos que se habían quedado en la guantera.

Cuando Julia volvió a abrir los ojos, ya estaban llegando a Dortmund. Por unanimidad menos un voto —nadie la había consultado— habían decidido hacer una escala para desayunar en un café de verdad. Era la mañana del 8 de noviembre y, por primera vez en su vida, Julia despertaba en Alemania. Al día siguiente, el mundo que había conocido hasta entonces cambiaría radicalmente, arrastrando su vida de muchacha joven en su curso imprevisto.

Dejaron atrás Bielefeld y se aproximaron a Hannover. Julia retomó el volante. Antoine quiso oponerse, pero ni él ni Mathias se encontraban ya en estado de conducir, y Berlín aún quedaba lejos. Los dos cómplices se quedaron dormidos en seguida, y Julia pudo disfrutar por fin de unos cortos instantes de silencio. Ya estaban llegando a Helmstedt. Allí, cruzar no sería tan fácil. Ante sí, el alambre de espino delimitaba la frontera de Alemania Oriental. Mathias abrió un ojo y le ordenó a Julia que se apresurara a aparcar en la cuneta.

Se repartieron los papeles de la función que iban a interpretar: Mathias cogería el volante, Antoine se sentaría en el asiento del copiloto, y Julia, en el trasero. Su pasaporte diplomático sería clave para convencer a los agentes de aduanas de dejarlos proseguir su viaje. «Ensayo general», había ordenado Mathias. No debían decir palabra sobre su verdadero objetivo. Cuando les preguntaran el motivo de su viaje a la RDA, Mathias contestaría que iba a visitar a su padre, diplomático destinado en Berlín, Julia haría valer su nacionalidad americana y diría que su padre también era funcionario en Berlín. «¿Y yo?», había preguntado Antoine. «¡Tú te callas!», había contestado Mathias, volviendo a arrancar el motor.

A la derecha, un denso bosque de abetos bordeaba la carretera. En un claro aparecieron las moles oscuras del puesto fronterizo. La zona era tan vasta que parecía una estación de tránsito. El coche se metió entre dos camiones. Un agente les indicó que se cambiaran de fila. Mathias ya no sonreía.

Muy por encima de la cúspide de los árboles que desaparecían en la lejanía, se elevaban a un lado y a otro dos pilones atestados de focos. Apenas algo menos altos se erguían también cuatro miradores frente a frente. Un panel que indicaba

«Marienvorn, Border Checkpoint» estaba colgado de las puertas con rejas que se cerraban al paso de cada vehículo.

En el primer control les ordenaron abrir el maletero. Procedieron a registrar el equipaje de Antoine y de Mathias, y Julia cayó en la cuenta entonces de que ella no llevaba ningún efecto personal. Volvieron a indicarles que avanzaran; un poco más lejos tuvieron que pasar por un corredor bordeado a un lado y a otro por barracones de chapa ondulada blanca donde comprobarían sus documentos de identidad. Un agente ordenó a Mathias que aparcara en la cuneta y lo siguiera. Antoine mascullaba que ese viaje era una locura, que lo había dicho desde el principio, y Mathias le recordó las consignas que habían convenido poco antes. Con la mirada Julia le preguntó lo que esperaba de ella.

*Mathias cogió nuestros pasaportes, lo recuerdo como si fuera ayer. Siguió al agente. Antoine y yo lo esperamos, y aunque estábamos solos bajo esa lúgubre estructura de metal, no pronunciamos una sola palabra, respetando sus consignas al pie de la letra. Y entonces volvió Mathias, seguido por un militar. Ni Antoine ni yo podíamos adivinar lo que pasaría a continuación. El joven soldado nos miró por turnos. Le devolvió los pasaportes a Mathias y le indicó que podíamos pasar. Nunca antes había sentido tanto miedo, nunca había tenido esa sensación de intrusión que se te desliza bajo la piel y te hiela hasta el tuétano. El coche avanzó despacio hacia el punto de control siguiente y de nuevo se detuvo bajo un gigantesco hangar, donde todo volvió a empezar. Mathias se marchó otra vez en dirección a otros barracones y cuando por fin regresó, su sonrisa nos hizo comprender que esta vez teníamos vía libre hasta Berlín. Estaba prohibido abandonar la autopista antes de llegar a nuestro destino.*

La brisa que soplaba en el paseo del viejo puerto de Montreal le provocó un escalofrío. Pero Julia no apartó los ojos de los rasgos de un hombre dibujados a carboncillo, un rostro surgido de otro tiempo, en un lienzo mucho más blanco que las chapas onduladas de los barracones erigidos en la frontera que en el pasado dividía Alemania.


*Tomas, me encaminaba hacia ti. Éramos jóvenes despreocupados, y tú aún estabas vivo.*

Tuvo que pasar más de una hora para que Mathias sintiera de nuevo ganas de cantar. Exceptuando algunos camiones, los únicos vehículos con los que se cruzaban o a los que adelantaban eran de la marca Trabant. Como si todos los habitantes de ese país hubieran querido poseer el mismo coche, para no competir jamás con el del vecino. El suyo debía de parecerles imponente, su Peugeot 504 destacaba en esa autopista de la RDA; no había un solo conductor que no lo contemplara maravillado cuando lo adelantaba.

Dejaron atrás Magdeburgo, Schermen, Theessen, Köpernitz y por fin Postdam; solo faltaban cincuenta kilómetros hasta Berlín. Antoine quería a toda costa ser el que condujera cuando se adentraran por las afueras de la capital. Julia se echó a reír, recordándoles que sus compatriotas habían liberado la ciudad hacía casi cuarenta y cinco años.

—¡Y allí siguen! —se había apresurado a replicar Antoine con un tono cortante.

—¡Con vosotros, los franceses! —le había contestado Julia en el mismo tono.

—¡Qué pesados sois los dos! —había concluido Mathias.

Y, de nuevo, habían permanecido callados hasta la siguiente frontera, en las puertas del islote occidental situado en mitad de Alemania Oriental; no habían dicho una palabra hasta entrar en la ciudad, cuando por fin Mathias había exclamado: «*Ich bin ein Berliner!*».

# 10

Todos sus cálculos de itinerario resultaron equivocados. La tarde del 8 de noviembre llegaba casi a su fin, pero a ninguno le preocupaba el retraso acumulado. Estaban agotados, pero hacían caso omiso de su cansancio. En la ciudad la excitación era palpable, se notaba que algo iba a pasar. Antoine estaba en lo cierto; cuatro días antes, al otro lado del Telón de Acero, un millón de alemanes del Este se habían manifestado por su libertad. El Muro, con sus miles de soldados y de perros policía patrullando día y noche, había separado a los que se amaban, a los que vivían juntos y esperaban sin atreverse ya a creer en ello el momento en que por fin se reunirían de nuevo. Familias, amigos o simples vecinos, aislados desde hacía veintiocho años por cuarenta y tres kilómetros de hormigón, alambre de espino y miradores erigidos de manera tan brutal, en el transcurso de un triste verano que había marcado el inicio de la guerra fría.

Sentados a la mesa de un café, los tres amigos estaban alerta a lo que se decía a su alrededor. Antoine se concentraba lo mejor que podía, poniendo a prueba sus conocimientos de alemán aprendidos en el instituto, para traducir simultáneamente a Mathias y a Julia los comentarios de los berlineses. El régimen comunista ya no podía aguantar mucho. Algunos pensaban incluso que los puestos fronterizos no tardarían en abrirse. Todo había cambiado desde que Gorbachov había visitado la RDA en el mes de octubre. Un periodista del diario *Tagesspiegel,* que había acudido al café a tomarse una cerveza de prisa y corriendo, afirmaba que la redacción de su periódico se hallaba en plena ebullición.

Los titulares, que normalmente a esas horas ya estaban en las rotativas, todavía no se habían decidido. Se preparaba algo importante, no podía decir nada más.

Al caer la noche, el agotamiento del viaje había podido con ellos. Julia no podía reprimir los bostezos, y un hipo tenaz se apoderó de ella. Mathias lo intentó todo, primero darle sustos, pero cada uno de sus intentos se saldaba con una carcajada, y los respingos de Julia doblaban su intensidad. Antoine había intervenido entonces, imponiendo figuras de gimnasia acrobática para beber un vaso de agua con la cabeza hacia abajo y los brazos en cruz. El truco era infalible, pero pese a todo fracasó, y los espasmos se hicieron aún más fuertes. Algunos clientes del café propusieron otras estratagemas. Beberse una pinta de un tirón resolvería el problema, contener la respiración el mayor tiempo posible tapándose la nariz, tumbarse en el suelo y doblar las rodillas hacia el abdomen. Cada uno proponía su idea, hasta que un médico complaciente que estaba tomando una cerveza en la barra le dijo a Julia en un inglés casi perfecto que se fuera a descansar. Las ojeras que tenía daban fe de lo agotada que estaba. Dormir sería el mejor de los remedios. Los tres amigos se pusieron a buscar un albergue juvenil.

Antoine preguntó dónde podían encontrar alojamiento. Como el cansancio también había hecho mella en él, el camarero nunca entendió lo que quería decirle. Encontraron dos habitaciones contiguas en un hotelito. Los dos chicos compartieron una, y Julia pudo disponer de la otra ella sola. Subieron a duras penas hasta el tercer piso y, nada más separarse, cada uno se desplomó sobre su cama, salvo Antoine, que pasó la noche sobre un edredón extendido en el suelo. Nada más entrar en la habitación, Mathias se quedó dormido tirado de cualquier manera sobre el colchón.

La retratista se esforzaba por terminar su dibujo. Tres veces había tenido que llamar la atención a su cliente, pero Anthony Walsh la escuchaba distraído. Mientras la joven se las veía y se las deseaba para plasmar la expresión de su rostro, este no dejaba de volver la cabeza para observar a su hija. Un poco más lejos, Julia no apartaba los ojos de los retratos expuestos de la artista. Con la mirada ausente, parecía estar en otro lugar. Ni una sola vez desde que su padre se había sentado a posar había levantado Julia la vista del dibujo que estaba contemplando. La llamó, pero ella no le contestó.

Era casi mediodía del 9 de noviembre cuando los tres amigos se reunieron en el vestíbulo del pequeño hotel. Por la tarde descubrirían la ciudad. *Dentro de unas horas, Tomas, unas pocas horas más y te conoceré.*

Su primera visita turística la dedicaron a la columna de la Victoria. Mathias opinó que era más imponente y más bonita que la de la plaza Vendôme en París, pero Antoine le recriminó que ese tipo de observación no llevaba a ningún lado. Julia les preguntó si siempre se peleaban de esa manera, y los dos chicos la miraron extrañados, sin saber de qué hablaba. La arteria comercial de Ku'Damm fue su segunda etapa. Recorrieron cien calles a pie, tomando algún tranvía cuando Julia ya no podía dar un paso más. En mitad de la tarde se recogieron ante la iglesia del Recuerdo, que los berlineses habían bautizado con el sobrenombre de «la muela cariada», porque una parte del edificio se había derrumbado bajo los bombardeos de la última guerra, dejando al lugar la forma particular que había dado pie a su apodo. La habían conservado tal cual, para que hiciera las veces de memorial.

A las seis y media de la tarde Julia y sus dos amigos estaban junto a un parque que decidieron cruzar a pie.

Un poco después, un portavoz del gobierno de Alemania Oriental pronunció una declaración que habría de cambiar el mundo, o por lo menos el final del siglo xx. Los alemanes orientales estaban autorizados a salir, eran libres de pasar a Occidente sin que ninguno de los soldados de los puestos fronterizos pudiera soltarles los perros o dispararles. ¿Cuántos hombres, mujeres y niños habían muerto durante esos tristes años de guerra fría tratando de pasar el muro de la vergüenza? Varios centenares se habían dejado la vida, abatidos por las balas de sus aguerridos guardianes

Los berlineses eran libres de marcharse, sencillamente. Entonces un periodista le preguntó a ese portavoz cuándo entraría en vigor esa medida. Interpretando mal la pregunta que acababan de hacerle, este contestó: «¡Ahora!».

A las ocho se difundió la información por todas las radios y las televisiones a ambos lados del Muro, un eco incesante de la increíble noticia.

Miles de alemanes del Oeste se dirigieron a los puntos de paso. Miles de alemanes del Este hicieron lo mismo. Y, en medio de esa multitud que se desbordaba hacia la libertad, dos franceses y una americana se dejaban llevar por la corriente.

\* \* \*

A las diez y media de la noche, tanto en el Este como en el Oeste, todos habían acudido a los diferentes puestos de control. Los militares, superados por los acontecimientos, sumergidos en esas oleadas de millares de personas ansiosas de libertad, no podían hacer nada por contenerlas. En Bornheimer Strasse las barreras se levantaron, y Alemania inició el camino de la reunificación.

*Ibas de un lado a otro de la ciudad, recorriendo sus calles hacia tu libertad, y yo caminaba hacia ti, sin saber ni comprender qué era esa fuerza que me impulsaba a seguir avanzando. Esa victoria no era mía, ese no era mi país, esas avenidas me eran desconocidas, y allí, la extranjera era yo. Corrí a mi vez, corrí para escapar de esa multitud que me oprimía. Antoine y Mathias me protegían; bordeamos la interminable empalizada de hormigón que pintores de la esperanza habían coloreado sin tregua. Algunos de tus conciudadanos, los que encontraban insoportables esas últimas horas de espera en los puestos de seguridad, empezaban ya a escalarlo. A ese lado del mundo, os aguardábamos, expectantes. A mi derecha, algunos abrían los brazos para amortiguar vuestra caída; a mi izquierda, otros trepaban a hombros de los más fuertes para veros acudir, prisioneros aún de vuestra tenaza de acero, durante unos metros todavía. Y nuestros gritos se mezclaban con los vuestros, para animaros, para apagar el miedo, para deciros que estábamos ahí, con vosotros. Y, de repente, yo, la americana que había huido de Nueva York, hija de una patria que había luchado contra la tuya, en medio de tanta humanidad al fin recuperada, me sentía alemana; y, en la ingenuidad de mi adolescencia, a mi vez, murmuré «Ich bin ein Berliner», y lloré. Lloré tanto, Tomas...*

Esa noche, perdida en medio de otra multitud, entre los turistas que deambulaban por un embarcadero de Montreal, Julia lloraba. Las lágrimas resbalaban por sus mejillas mientras contemplaba un rostro dibujado a carboncillo.

Anthony Walsh no apartaba los ojos de ella. Volvió a llamarla.

—¿Julia? ¿Estás bien?

Pero su hija estaba demasiado lejos para oírlo, como si los separaran veinte años.


*La muchedumbre se hacía más tumultuosa por momentos. La gente corría hacia el Muro. Algunos empezaron a golpearlo con herramientas improvisadas, como destornilladores, piedras, piolets, navajas..., medios irrisorios, pero el obstáculo tenía que ceder. Entonces, a unos metros de allí, se produjo lo increíble; uno de los mejores violonchelistas del mundo se encontraba en Berlín. Advertido de lo que estaba ocurriendo, se había unido a nosotros, a vosotros. Apoyó su instrumento en el suelo y se puso a tocar. ¿Fue esa misma noche o al día siguiente? Poco importa, sus notas de música también abrieron una brecha en el Muro. Fa, la, si, una melodía que viajaba hacia vosotros, pentagramas en los que flotaban melodías de libertad. Ya no era yo la única que lloraba, ¿sabes? Vi muchas lágrimas esa noche. Las de esa madre y esa hija que se abrazaban fuerte, fuerte, conmovidas al reencontrarse después de veintiocho años sin verse, sin tocarse, sin respirarse. Vi a padres de cabello cano creer reconocer a sus hijos entre miles de hijos. Vi a esos berlineses a quienes solo las lágrimas podían liberar del daño que les habían hecho. Y, de repente, en mitad de todos los demás, vi aparecer tu rostro, allá arriba sobre ese muro, tu rostro gris de polvo, y tus ojos. Eras el primer hombre al que descubría así, tú el alemán del Este, y yo la primera chica del Oeste a la que veías tú.*

—¡Julia! —gritó Anthony Walsh.

Se volvió despacio hacia él, sin acertar a decir palabra, y volvió a concentrarse en el dibujo.

*Te quedaste encaramado al Muro durante largos minutos, nuestras miradas atónitas no podían separarse la una de la otra. Tenías todo ese mundo nuevo que se te ofrecía y me mirabas fijamente, como si un hilo invisible uniera nuestras miradas. Lloraba como una tonta, y tú me sonreíste. Pasaste las piernas al otro lado del Muro y saltaste, yo hice como los demás y te abrí los brazos. Caíste encima de mí, rodamos los dos sobre ese suelo, esa tierra que aún no habías pisado jamás. Me pediste perdón en alemán, y yo te dije hola en inglés. Te incorporaste y me sacudiste el polvo de los hombros, como si ese gesto te perteneciera desde siempre. Me decías palabras que yo no comprendía. Y, de vez en cuando, asentías con la cabeza. Yo me reí, porque eras ridículo, y yo más todavía. Tendiste la mano y articulaste ese nombre que yo habría de repetir tantas veces, ese nombre que no había pronunciado desde hacía tanto tiempo. Tomas.*

En el muelle, una mujer la empujó, sin dignarse siquiera detenerse. Julia no le prestó atención. Un vendedor ambulante de bisutería agitó ante su rostro un collar de madera clara, pero ella negó lentamente con la cabeza, sin oír nada de los argumentos que este le soltaba como quien recita una plegaria. Anthony le dio sus diez dólares a la retratista y se levantó. Esta le presentó su trabajo, la expresión era exactamente la suya, la semejanza entre modelo y retrato, perfecta. Satisfecho, se llevó la mano al bolsillo y dobló la cantidad estipulada. Avanzó hacia Julia.

—Pero ¿se puede saber qué estás mirando desde hace diez minutos?

*Tomas, Tomas, Tomas, había olvidado lo bien que sienta repetir tu nombre. Había olvidado tu voz, tus hoyuelos, tu sonrisa, hasta este momento en que veo un dibujo que se te parece y te trae a mi memoria. Hubiera querido que no fueras jamás a cubrir esa guerra. Si lo hubiera sabido, ese día en que me dijiste que querías ser periodista, si hubiera sabido cómo iba a terminar todo, te habría dicho que no era una buena idea.*

*Me habrías contestado que el que expone la verdad del mundo no puede ejercer una profesión equivocada, aunque la fotografía sea cruel, sobre todo si agita las conciencias. Con una voz de pronto grave, habrías gritado que si la prensa hubiese conocido la realidad del otro lado del Muro, los que nos gobernaban habrían venido mucho antes a echarlo abajo. Pero sí que lo sabían, Tomas, conocían vuestras vidas, cada una de ellas, se pasaban el tiempo espiándolas; los que nos gobiernan no tienen el valor que tú crees que tienen, y te oigo decirme que hay que haber crecido como yo lo hice, en las ciudades en las que se puede pensar, se puede decir todo sin temor a nada, para renunciar a correr riesgos. Nos habríamos pasado la noche entera discutiendo, y la mañana siguiente, y el día siguiente. Si supieras cuánto he añorado nuestras discusiones, Tomas.*

*Sin argumentos, habría capitulado, como hice el día que me marché. ¿Cómo retenerte, a ti, que tanto habías echado en falta la libertad? Tenías razón tú, Tomas, ejerciste una de las profesiones más bonitas del mundo. ¿Conociste a Masud? ¿Te concedió por fin esa entrevista ahora que estáis los dos en el cielo? ¿Y valía la pena? Murió unos años después que tú. Eran miles los que seguían su cortejo fúnebre en el valle del Panshir, mientras que nadie pudo reunir los restos de tu cuerpo. ¿Cómo habría sido mi vida si esa mina no se hubiera llevado por delante tu convoy, si no hubiera tenido miedo, si no te hubiera abandonado poco tiempo antes?*

Anthony apoyó la mano en el hombro de su hija.

—Pero ¿con quién estás hablando?

—Con nadie —contestó ella dando un respingo.

—Pareces obnubilada por ese dibujo, y te tiemblan los labios.

—Déjame —murmuró Julia.

*Hubo un momento incómodo, frágil. Te presenté a Antoine y a Mathias, insistiendo tanto en la palabra «amigos» que la repetí seis veces para que la oyeras. Era un poco tonto, entonces no hablabas bien inglés. Quizá sí que me entendieras, sonreíste y les diste un abrazo. Mathias te apretaba fuerte y te felicitaba. Antoine se contentó con estrecharte la mano, pero estaba tan emocionado como su amigo. Nos fuimos los cuatro a recorrer la ciudad. Tú buscabas a alguien, yo pensaba que se trataba de una mujer, pero era tu amigo de infancia. Él y su familia habían logrado pasar al otro lado del Muro diez años antes, y desde entonces no habías vuelto a verlo. Pero ¿cómo encontrar a un amigo entre miles de personas que se abrazan, cantan, beben y bailan por las calles? Entonces dijiste que el mundo era grande, y la amistad, inmensa. No sé si fue por tu acento o por la ingenuidad de tu frase, pero Antoine se burló de ti; a mí en cambio esa idea me parecía deliciosa. ¿Era posible acaso que esa vida que tanto daño te había hecho hubiera preservado en ti los sueños infantiles que nuestras libertades han ahogado? Decidimos entonces ayudarte y recorrimos juntos las calles de Berlín Occidental. Avanzabas resuelto como si hiciera tiempo que os hubierais citado en algún sitio concreto. Por el camino, escrutabas cada rostro, empujabas a los viandantes, volvías la cabeza una y otra vez. El sol aún no se había levantado cuando Antoine se detuvo en mitad de una plaza y gritó: «Pero ¿se puede saber al menos cómo se llama ese tipo al que llevamos horas buscando como idiotas?». Tú no comprendiste su pregunta. Antoine gritó entonces aún más fuerte: «¡Nombre, name, Vorname!». Tú te cabreaste y contestaste gritando: «¡Knapp!». Así se llamaba el amigo al que buscabas. Entonces, Antoine, para que entendieras que no era contigo con quien estaba enfadado, se puso a gritar a su vez: «¡Knapp! ¡Knapp!».*

*A Mathias le entró la risa floja y se unió a él, y yo también me puse a gritar «Knapp, Knapp». Nos miraste como si estuviéramos locos y tú también te reíste a tu vez y gritaste «Knapp, Knapp», como nosotros. Casi bailábamos, cantando a voz en grito el nombre de ese amigo al que buscabas desde hacía diez años.*

*En medio de esa multitud gigantesca, un rostro se volvió hacia nosotros. Vi cruzarse vuestras miradas, un hombre de tu edad te observaba fijamente. Casi sentí celos.*

*Como dos lobos separados de la jauría que se encontraran en el claro de un bosque, permanecisteis inmóviles observándoos. Entonces Knapp dijo tu nombre: «¿Tomas?». Vuestras siluetas se veían hermosas sobre las calles adoquinadas de Berlín Occidental. Abrazaste a tu amigo. La alegría reflejada en vuestros rostros era sublime. Antoine lloraba, y Mathias lo consolaba. Si hubieran estado tanto tiempo separados, su felicidad al reencontrarse habría sido la misma, le juraba. Antoine lloraba con más fuerza diciéndole que eso era imposible, puesto que no se conocían desde hacía tanto tiempo. Tú apoyaste la cabeza en el hombro de tu mejor amigo. Viste entonces que yo te estaba mirando, la levantaste en* seguida y me repetiste: «El mundo es grande, pero la amistad es inmensa», y ya no hubo manera de consolar a Antoine.

Nos sentamos en la terraza de un bar. El frío nos arañaba las mejillas, pero nos traía sin cuidado. Knapp y tú estabais un poco al margen. Diez años de vida que recuperar, hacen falta muchas palabras, a ratos, algún que otro silencio. No nos separamos en toda la noche, ni al día siguiente. La mañana después, le explicaste a Knapp que tenías que irte. No podías quedarte más tiempo. Tu abuela vivía al otro lado. No podías dejarla sola, solo te tenía a ti. Habría cumplido cien años este invierno, espero que ella también se haya reunido contigo allí donde estés ahora. ¡Cuánto quise a tu abuela! Era tan hermosa cuando se trenzaba su largo cabello blanco antes de venir a llamar a la puerta de nuestra habitación. Le prometiste a tu amigo que volverías pronto, si las cosas no daban marcha atrás. Knapp te aseguró que las puertas no volverían a cerrarse nunca más, y tú le contestaste: «Quizá, pero si tuviéramos que esperar otros diez años para volver a vernos, seguiría pensando en ti todos los días».

Te levantaste y nos diste las gracias por ese regalo que te habíamos hecho. No habíamos hecho nada, pero Mathias te dijo que no había de qué, que estaba encantado de haber podido ayudarte; Antoine propuso que te acompañáramos hasta el punto de paso entre el Oeste y el Este.

Nos marchamos; seguimos a todos aquellos que, como tú, volvían a sus casas, porque, con revolución o sin ella, sus familias y sus hogares estaban en el otro lado de la ciudad.

Por el camino me cogiste la mano, yo no me zafé, y caminamos así durante kilómetros.


—Julia, estás tiritando y vas a terminar por coger frío. Regresemos. Si quieres podemos comprar este dibujo, así podrás contemplarlo cuanto quieras, pero sin pasar frío.

—No, no tiene precio, hay que dejarlo aquí. Unos minutos más, por favor, y luego nos vamos.

*A un lado y a otro del puesto de control, algunos seguían empeñados en derruir el hormigón a golpe de pico y pala. Allí teníamos que separarnos. Te despediste primero de Knapp. «Llámame pronto, en cuanto puedas», añadió él, tendiéndote una tarjeta de visita. ¿Fue porque tu amigo era periodista por lo que tú también quisiste serlo? ¿Era acaso una promesa que os habíais hecho de adolescentes? Cien veces te hice la misma pregunta, y cien veces eludiste responderme, dirigiéndome una de esas sonrisas torcidas que me reservabas cuando te ponía nervioso. Estrechaste las manos de Antoine y de Mathias y te volviste hacia mí.*

*Si supieras, Tomas, cuánto miedo tuve ese día, miedo de no conocer jamás tus labios. Habías entrado en mi vida como suele llegar el verano, sin avisar, con esa luz radiante que descubre uno por las mañanas. Me acariciaste la mejilla con la palma de la mano, tus dedos recorrieron mi rostro y dejaste un beso en cada uno de mis párpados. «Gracias». Fue la única palabra que pronunciaste, cuando ya te alejabas. Knapp nos observaba, sorprendí su mirada. Como si esperara que yo dijera algo, las palabras que hubiera querido encontrar para borrar para siempre los años que os habían alejado uno de otro. Esos años que habían dado forma a vuestras vidas de manera tan distinta; él, que volvía a su periódico, y tú, al Este.*

*Grité: «¡Llévame contigo! Quiero conocer a esa abuela por la que te marchas», y no aguardé tu respuesta; volví a tomar tu mano, y te juro que habrían sido necesarias todas las fuerzas del mundo para lograr separarme de ti. Knapp se encogió de hombros y, al ver tu expresión atónita, dijo: «Ahora la vía está libre, ¡volved cuando queráis!».*

*Antoine trató de disuadirme, era una locura a su juicio. Qui-*
*zá, pero nunca había sentido una embriaguez tal. Mathias le dio*
*un codazo, ¿y eso a él qué le importaba? Corrió hacia mí y me*
*dio un beso. «Llámanos cuando vuelvas a París», dijo, garabateán-*
*dome su número de teléfono en un trozo de papel. Yo también los*
*besé a los dos, y nos marchamos. Nunca volví a París, Tomas.*

*Te seguí; al amanecer de ese 11 de noviembre, aprovechando*
*la confusión que reinaba entonces, volvimos a cruzar la frontera,*
*y quizá yo fuera, aquella mañana, la primera estudiante ameri-*
*cana que entraba en Berlín Oriental, y si no era así, desde luego*
*era la más feliz de todas.*

*¿Sabes?, cumplí mi promesa. ¿Recuerdas ese café oscuro en el*
*que me hiciste jurar que, si algún día el destino nos separaba, de-*
*bía ser feliz a toda costa? Sé muy bien que lo decías porque a veces*
*mi manera de quererte te asfixiaba, habías sufrido demasiado por*
*la falta de libertad para aceptar que yo atara mi vida a la tuya.*
*Y, aunque en ese momento te odié por empañar mi felicidad evo-*
*cando lo peor que podía pasarnos, cumplí mi palabra.*

*Me voy a casar, Tomas, bueno, debería haberme casado el sá-*
*bado, pero la boda se ha aplazado. Es una larga historia, pero es*
*la que me ha llevado hasta aquí. Quizá sea porque tenía que vol-*
*ver a ver tu rostro por última vez. Te mando un beso para tu abue-*
*la, que estará en el cielo.*

—Esta situación es ridícula, Julia. ¡Si te vieras, pareces tu
padre sin batería! Estás ahí inmóvil desde hace más de un cuarto de hora, murmurando...

Por toda respuesta, Julia se alejó. Anthony Walsh aceleró
el paso para no quedarse rezagado.

—¿Puedo saber de una vez lo que te ocurre? —insistió, al-
canzándola.

Pero Julia seguía parapetada en su silencio.

—Mira —le dijo, enseñándole su retrato—, está de lo más logrado. Toma, es para ti —añadió con aire jovial.

Julia no le hizo caso y siguió caminando hacia el hotel.

—¡Bueno, te lo regalaré más tarde! Aparentemente, no es el mejor momento.

Y, como Julia seguía sin decir nada, Anthony Walsh prosiguió:

—¿Por qué me recuerda algo ese dibujo que mirabas con tanta atención? Imagino que tendrá algo que ver con tu extraño comportamiento, allí en el espigón. No sé, pero al ver ese rostro he tenido como una sensación de *déjà vu*.

—Porque tu puño se abatió sobre ese rostro en cuestión, el día que viniste a buscarme a Berlín. ¡Porque era el del hombre al que amaba cuando tenía dieciocho años y del que me separaste cuando me llevaste de vuelta a Nueva York a la fuerza!

## 11

El restaurante estaba casi lleno. Un camarero muy atento les ofreció una copa de champán. Anthony no tocó la suya, pero Julia se la bebió de un trago antes de hacer lo mismo con la de su padre y, con una seña, le indicó al camarero que volviera a llenárselas. Antes de que les llevaran las cartas ya estaba algo achispada.

—Deberías parar de beber —le aconsejó Anthony cuando ya estaba pidiendo una cuarta copa de champán.

—¿Por qué? ¡Está lleno de burbujas y sabe bien!

—Estás borracha.

—Todavía no —replicó ella riendo.

—Podrías intentar no exagerar. ¿Quieres estropear nuestra primera cena? No hace falta que te pongas mala, basta que me digas que prefieres volver al hotel.

—¡De eso nada! ¡Tengo hambre!

—Puedes cenar en tu habitación, si quieres.

—Mira, me parece que ya no tengo edad para escuchar ese tipo de frases.

—De niña te comportabas exactamente igual que ahora cuando intentabas provocarme. Y tienes razón, Julia, ni tú ni yo tenemos ya edad para esta clase de cosas.

—De hecho, ¡era lo único que no habías elegido tú por mí!

—¿El qué?

—¡Tomas!

—No, era el primero, después de él hiciste muchas otras elecciones por tu cuenta, si recuerdas bien.

—Siempre has querido controlar mi vida.

—Esa es una enfermedad que afecta a muchos padres, y, a la vez, es un reproche bastante contradictorio para alguien a quien acusas de haber estado tan ausente.

—Habría preferido que fueras un padre ausente, ¡te contentaste con no estar ahí!

—Estás borracha, Julia, hablas alto, y resulta molesto.

—¿Molesto? ¿Acaso crees que no fue molesto cuando apareciste de improviso en ese apartamento de Berlín; cuando gritaste hasta aterrorizar a la abuela del hombre al que amaba para que te dijera dónde estábamos; cuando echaste abajo la puerta de la habitación mientras dormíamos y le hiciste pedazos la mandíbula a Tomas unos minutos más tarde? ¿Te parece que eso no fue molesto?

—Digamos que fue algo excesivo, te lo concedo.

—¿Me lo concedes? ¿Fue molesto cuando me arrastraste de los pelos hasta el coche que esperaba en la calle? ¿Fue molesto cuando me hiciste cruzar el vestíbulo del aeropuerto sacudiéndome tan fuerte del brazo que parecía una muñeca desarticulada? ¿Y cuando me abrochaste el cinturón por miedo a que me bajara del avión en pleno vuelo, no fue molesto eso? ¿Y no fue molesto cuando, al llegar a Nueva York, me arrojaste dentro de mi habitación, como una delincuente, antes de cerrar la puerta con llave?

—¡Hay momentos en que me pregunto si, a fin de cuentas, no hice bien en morir la semana pasada!

—¡Por favor, no empieces otra vez con tus palabras grandilocuentes!

137

—No, si esto no tiene nada que ver con tu deliciosa conversación, estaba pensando en otra cosa.

—¿En qué, a ver?

—En tu comportamiento desde que has visto ese dibujo que se parecía a Tomas.

Julia abrió unos ojos como platos.

—¿Qué tiene eso que ver con tu muerte?

—Tiene gracia esa frase, ¿no te parece? Digamos que, sin haberlo hecho a propósito, ¡te impedí casarte el sábado! —concluyó Anthony Walsh con una sonrisa de oreja a oreja.

—¿Y tanto te alegra eso?

—¿Que se haya aplazado tu boda? Hasta hace muy poco, lo sentía sinceramente, ahora la cosa ha cambiado...

Incómodo por esos dos clientes que hablaban demasiado alto, el camarero intervino y propuso tomar nota de lo que querían cenar. Julia eligió un plato de carne.

—¿Cómo le gusta la carne? —quiso saber el camarero.

—¡Seguro que medio cruda! —contestó Anthony Walsh.

—¿Y para el señor?

—¿Tiene pilas? —preguntó Julia.

Y como el camarero parecía haberse quedado mudo de repente, Anthony Walsh le precisó que no pensaba cenar nada.

—Casarse es una cosa —le dijo a su hija—, pero permíteme que te diga que compartir tu vida entera con alguien es otra muy distinta. Hace falta mucho amor, mucho espacio. Un territorio que ambas personas inventan juntas, y donde ninguna debe sentir que le falta el aire para respirar.

—Pero ¿quién eres tú para juzgar mis sentimientos por Adam? No sabes nada de él.

—No te hablo de Adam, sino de ti, de ese espacio que podrás otorgarle; y si vuestro horizonte ya lo oculta el recuerdo de otro, estáis muy lejos de ganar la apuesta de una vida en común.

—Y tú sabes mucho de eso, ¿verdad?

—Tu madre murió, Julia, yo no tuve la culpa, aunque tú sigas pensando que sí.

—Tomas también murió, y aunque tampoco de su muerte tuviste la culpa, siempre te guardaré rencor. Así que, ya ves, en cuestión de espacio, Adam y yo tenemos todo el universo libre.

Anthony Walsh carraspeó, y unas gotas de sudor se formaron en su frente.

—¿Sudas? —preguntó Julia, sorprendida.

—Es una ligera disfunción tecnológica que no me habría importado poder ahorrarme —dijo enjugándose delicadamente la cara con su servilleta—. ¡Tenías dieciocho años, Julia, y querías compartir tu vida con un comunista al que conocías desde hacía unas semanas!

—¡Cuatro meses!

—¡Dieciséis semanas, entonces!

—Y era alemán oriental, no comunista.

—¡Mejor me lo pones!

—¡Si hay algo que no olvidaré jamás es por qué te odiaba tanto!

—Habíamos quedado en que no hablaríamos en pasado, ¿recuerdas? No temas hablar conmigo en presente; aunque esté muerto, sigo siendo tu padre, o lo que queda de él...

El camarero le llevó su plato a Julia. Ella le pidió que volviera a servirle más champán. Anthony Walsh tapó la copa con la mano.

—Creo que todavía tenemos cosas que decirnos.

El camarero se alejó sin decir una palabra.

—Vivías en Berlín Oriental, hacía meses que no tenía noticias tuyas. ¿Cuál habría sido tu etapa siguiente? ¿Moscú?

—¿Cómo diste conmigo?

—Por ese artículo que publicaste en un periódico de Alemania Occidental. Alguien tuvo la delicadeza de hacerme llegar una copia.

—¿Quién?

—Wallace. Quizá fuera su manera de hacerse perdonar el haberte ayudado a salir de Estados Unidos a mis espaldas.

—¿Te enteraste?

—O si no, quizá él también se preocupara por ti y juzgara que ya iba siendo hora de poner fin a esas peripecias antes de que de verdad estuvieras en peligro.

—Nunca estuve en peligro, quería a Tomas.

—Hasta cierta edad, uno se lía la manta a la cabeza por amor a otra persona, ¡pero a menudo es por amor a uno mismo! Estabas destinada a estudiar Derecho en Nueva York, lo dejaste todo para cursar estudios de dibujo en la Academia de Bellas Artes de París; una vez allí, al cabo de no sé cuánto tiempo, te marchaste a Berlín; te enamoriscaste del primero que se te cruzó y, como por arte de magia, adiós a las Bellas Artes, quisiste ser periodista, y si mal no recuerdo, qué coincidencia, él también quería ser periodista, qué extraño...

—¿Y eso a ti qué más te daba?

—Fui yo quien le dijo a Wallace que te devolviera tu pasaporte el día que se lo pidieras, Julia, y estaba en la habitación de al lado cuando fuiste al cajón de mi despacho a recuperarlo.

—¿Por qué tanto intermediario?, ¿por qué no dármelo tú mismo?

—Porque por aquel entonces no nos llevábamos precisamente bien, si recuerdas. Y, también, digamos que si lo hubiera hecho, eso le habría quitado cierto gusto a tu aventura. Al dejarte marchar en plena rebelión contra mí, tu viaje era aún más atractivo, ¿no crees?

—¿De verdad pensaste en todo eso?

—Le indiqué a Wallace dónde estaban tus documentos, y yo de verdad estaba en el salón mientras tanto; por lo demás, quizá por mi parte hubiera también algo de amor propio herido.

—¿Tú, herido?

—¿Y Adam? —replicó Anthony Walsh.

—Adam no tiene nada que ver en todo esto.

—Te recuerdo, por extraño que me resulte decírtelo, que de no haberme muerto hoy serías su esposa. De modo que voy a tratar de volver a plantear mi pregunta de otra manera, pero, antes, ¿te importaría cerrar los ojos?

Al no comprender adónde quería llegar su padre, Julia dudó, pero, ante su insistencia, obedeció.

—Ciérralos más. Me gustaría que te sumergieras en la más completa oscuridad.

—¿A qué jugamos?

—Por una vez, haz lo que te pido, solo nos llevará un momento.

Julia cerró los párpados con fuerza, y la invadió la oscuridad.

—Coge el tenedor y come.

Divertida, se prestó al ejercicio. Su mano tanteó el mantel hasta encontrar el objeto codiciado. Con un gesto torpe, trató entonces de pinchar un trozo de carne en su plato y, sin tener ni idea de lo que se estaba llevando a la boca, entreabrió los labios.

—¿Difiere el gusto de ese alimento porque no lo veas?

—Quizá —contestó sin abrir los ojos.

—Ahora, haz algo por mí, y sobre todo mantén los ojos cerrados.

—Te escucho —le dijo con voz queda.

—Vuelve a pensar ahora en un momento de felicidad.

Y Anthony calló, observando el rostro de su hija.

*La isla de los museos, recuerdo que paseábamos juntos. Cuando me presentaste a tu abuela, su primera reacción fue preguntarme a qué me dedicaba en la vida. La conversación no era fácil, tú traducías sus palabras en tu inglés tan básico, y yo no hablaba tu lengua. Le expliqué que estudiaba Bellas Artes en París. Ella sonrió y fue a su cómoda a buscar una tarjeta postal con una reproducción de un cuadro de Vladimir Radskin, un pintor ruso que le gustaba mucho. Y luego nos mandó que saliéramos a tomar el aire, que aprovecháramos el día tan bueno que hacía. No le habías contado nada de tu extraordinario viaje, ni una sola palabra sobre la forma en que nos habíamos conocido. Y cuando nos separamos de ella en el umbral de vuestro apartamento, te preguntó si habías vuelto a ver a Knapp. Tú dudaste largo rato, pero la expresión de tu rostro traducía que os habíais vuelto a encontrar. Te sonrió y te dijo que se alegraba por ti.*

*Nada más salir a la calle, me cogiste de la mano, y cada vez que te preguntaba adónde íbamos tan de prisa, tú contestabas: «Ven, ven». Cruzamos el puentecito sobre el río Spree.*

*La isla de los museos, nunca había visto una concentración tal de edificios dedicados al arte. Creía que tu país solo estaba hecho de grises, y allí todo era en color. Me llevaste ante la puerta del Altes Museum. El edificio era un inmenso cuadrado, pero, cuando entramos, el espacio interior tenía la forma de una rotonda. Nunca había visto una arquitectura como esa, tan extraña, casi increíble. Me condujiste al centro de esa rotonda y me hiciste dar una vuelta sobre mí misma; luego otra, y otra más, cada vez más rápido, hasta sentir vértigo. Detuviste mi baile loco abrazándome y me dijiste «Mira, esto es el romanticismo alemán, un círculo en medio de un cuadrado», para demostrar que todas las diferencias pueden anularse. Y me llevaste a ver el museo de Pérgamo.*

\* \* \*

—Bueno, ¿qué? —quiso saber Anthony—. ¿Has rememorado ese momento de felicidad?

—Sí —contestó ella sin abrir los ojos.

—¿Y a quién veías en él?

Julia abrió los ojos.

—No tienes que decirme la respuesta, Julia, te pertenece. Yo ya no viviré tu vida por ti.

—¿Por qué haces esto?

—Porque, cada vez que cierro los ojos, vuelvo a ver el rostro de tu madre.

—Tomas ha surgido en ese retrato que se parecía a él como un fantasma, una sombra que me decía que me marchara en paz, que podía casarme sin pensar ya más en él, sin nostalgia. Era una señal.

Anthony carraspeó.

—¡Pero si no era más que un retrato a carboncillo! Si lanzo mi servilleta, que alcance o no a darle al paragüero de la entrada no cambiará nada. Que la última gota de vino caiga o no en la copa de esa mujer que está junto a nosotros no hará que antes de que concluya el año se case con el tontorrón con el que está cenando. No me mires como si fuera un extraterrestre, si ese imbécil no le hablara tan alto a su novia para impresionarla, no habría oído su conversación desde el principio de la cena.

—¡Dices eso porque nunca has creído en las señales de la vida! ¡Porque siempre necesitas controlarlo todo!

—Las señales no existen, Julia. He lanzado mil hojas de papel arrugado a la papelera de mi despacho, seguro de que, si encestaba, mi deseo se cumpliría; ¡pero la llamada que esperaba no llegaba nunca! Llegué incluso a decirme que tenía que encestar tres o cuatro veces seguidas para merecer la recompensa; tras dos años de práctica encarnizada, era capaz de encestar un taco de hojas una tras otra en pleno centro de una papelera colocada a diez metros de distancia, y la llamada seguía sin llegar. Una noche, tres clientes importantes me acompañaron a una cena de negocios. Mientras uno de mis socios se esforzaba por enumerarles todos los países en los que teníamos filiales implantadas, yo buscaba aquel en el que debía de estar la mujer a la que esperaba; me imaginaba las calles que recorría al salir de su casa todas las mañanas. Al marcharnos del restaurante, uno de ellos, un chino, y no me preguntes su nombre, por favor, me contó una leyenda preciosa. Según parece, si uno salta en medio de un charco en el que se refleja la luna llena, su espíritu te lleva de inmediato junto a las personas a las que añoras. Tendrías que haber visto la cara que puso mi socio cuando salté con ambos pies en el arroyo. Mi cliente estaba calado hasta los huesos, le chorreaba hasta el sombrero. En lugar de pedirle disculpas, ¡le reproché que su truco no funcionaba! La mujer a la que yo esperaba no había aparecido. Así que no me hables de esas señales estúpidas a las que uno se aferra cuando ha perdido toda razón para creer en Dios.

—¡Te prohíbo que digas esas cosas! —gritó Julia—. De niña, yo habría saltado en mil charcos, mil arroyos, con tal de que tú volvieras por la noche. Ya es demasiado tarde para contarme esa clase de historias. ¡Hace tiempo que dejé atrás la infancia!

Anthony Walsh miró a su hija con expresión triste. Julia seguía muy enfadada. Apartó su silla, se levantó de la mesa y salió del restaurante.

—Discúlpela —le dijo al camarero dejando unos billetes en la mesa—. ¡Me parece que es su champán, demasiadas burbujas!


Regresaron al hotel. Ninguna palabra vino a romper el silencio nocturno. Atravesaron las callejuelas de la ciudad vieja. Julia no caminaba recto del todo. A veces tropezaba con algún adoquín que sobresalía del suelo. Anthony avanzaba en seguida el brazo para sostenerla, pero ella recuperaba el equilibrio y rechazaba su gesto, sin dejar nunca que la tocara.

—¡Soy una mujer feliz! —dijo titubeando—. ¡Feliz y del todo realizada! ¡Ejerzo una profesión que me gusta, vivo en un apartamento que me gusta, tengo un amigo muy bueno al que quiero y me voy a casar con un hombre al que amo! ¡Una mujer realizada! —repitió, tropezando con las sílabas.

Se le torció un tobillo, recuperó el equilibrio de milagro y se dejó caer hasta el suelo apoyándose en una farola.

—¡Mierda! —masculló sentada en la acera.

Hizo caso omiso de la mano que le tendía su padre para ayudarla a levantarse. Este se arrodilló y se sentó a su lado. La callejuela estaba desierta, y se quedaron los dos ahí sentados, apoyados contra la farola. Pasaron diez minutos, y Anthony Walsh se sacó una bolsita del bolsillo de su gabardina.

—¿Qué es eso? —quiso saber Julia.

—Caramelos.

Ella se encogió de hombros y miró hacia otro lado.

—Creo que en el fondo de la bolsa hay dos o tres ositos de chocolate... La última vez que supe de ellos estaban jugando con una espiral de regaliz.

Julia seguía sin reaccionar, de modo que Anthony hizo ademán de guardarse las golosinas en el bolsillo, pero ella le arrancó la bolsita de las manos.

—Cuando eras niña, adoptaste un gato vagabundo —dijo él mientras Julia se comía el tercer osito—. Lo querías mucho a él también, hasta que, al cabo de ocho días, se marchó. ¿Quieres que volvamos ya al hotel?

—No —contestó Julia masticando los caramelos.

Una calesa tirada por un caballo alazán pasó por delante de ellos. Anthony saludó al cochero con un gesto.

* * *

Llegaron al hotel una hora más tarde. Julia cruzó el vestíbulo y cogió el ascensor de la derecha, mientras su padre subía en el de la izquierda. Se reunieron en el descansillo del último piso, recorrieron uno al lado del otro el pasillo hasta la puerta de la suite nupcial, donde Anthony le cedió el paso a su hija. Esta se fue directamente a su habitación, y Anthony entró en la suya.

Julia se tiró en seguida sobre la cama y rebuscó en su bolso para sacar su móvil. Consultó la hora en su reloj y llamó a Adam. Le contestó el buzón de voz, esperó hasta el final del mensaje grabado y colgó antes de que sonara el fatídico pitido. Entonces marcó el número de Stanley.

—Veo que todo te va viento en popa.

—Te echo un montón de menos, ¿sabes?

—Pues no tenía ni la más remota idea. Bueno, ¿qué tal ese viaje?

—Creo que volveré mañana.

—¿Ya? ¿Has encontrado lo que buscabas?

—Lo esencial, me parece.

—Adam acaba de salir de mi casa —anunció Stanley con una voz sentenciosa.

—¿Ha ido a verte?

—Eso es exactamente lo que acabo de decirte, ¿qué pasa, has bebido?

—Un poco.

—¿Tan bien estás?

—¡Que sí! ¿Por qué queréis todos que esté mal?

—¡En lo que a mí respecta, hablo por mí nada más!

—¿Qué quería?

—Hablar de ti, me imagino, a menos que no esté cambiando

146

de acera; pero en ese caso, pierde el tiempo, no es en absoluto mi tipo.

—¿Adam ha ido a verte para hablarte de mí?

—No, ha venido para que yo le hablara de ti. Es lo que hace la gente cuando echa de menos a la persona a la que quiere.

Stanley oyó respirar a Julia.

—Está triste, cariño. No tengo especial simpatía por él, nunca te lo he ocultado, pero no me gusta ver a un hombre desgraciado.

—¿Por qué está triste? —preguntó Julia con una voz sinceramente afligida.

—¡O te has vuelto tonta de remate, o estás de verdad borracha! Está desesperado porque dos días después de la anulación de su boda, su prometida (Dios, cómo odio cuando te llama así, es tan pasado de moda...) se marcha sin dejarle una dirección y sin explicarle los motivos de su huida. ¿Te parece lo bastante claro, o quieres que te mande por mensajero una caja de aspirinas?

—Para empezar, no me he marchado sin dejarle una dirección, y fui a verlo antes...

—¿A Vermont? ¿Te has atrevido a decirle que ibas a Vermont? ¿A eso le llamas tú dejar una dirección?

—¿Es que hay algún problema con Vermont? —preguntó Julia con voz apurada.

—No, bueno, al menos no hasta que yo metiera la pata.

—¿Qué has hecho? —preguntó Julia, conteniendo la respiración.

—Le he dicho que estabas en Montreal. ¡Cómo querías que me imaginara una estupidez así! La próxima vez que mientas, avísame, te daré alguna lección y, al menos, nos pondremos de acuerdo sobre las versiones.

—¡Mierda!

—Me has quitado la palabra de la boca...

—¿Habéis cenado juntos?

—Nada, le he preparado una cosita de nada...

—¡Stanley!

—¿Qué pasa? ¡Encima no iba a dejar que se muriera de hambre! No sé lo qué estarás haciendo en Montreal, cariño, ni con quién, y he captado el mensaje de que no es asunto mío, pero, por favor te lo pido, llama a Adam, es lo menos que puedes hacer.

—No es en absoluto lo que piensas, Stanley.

—¿Y a ti quién te ha dicho que yo pienso algo? Si te tranquiliza, le he asegurado que tu marcha no tenía nada que ver con vosotros dos, que te habías ido tras los pasos de tu padre. ¡Como ves, para mentir hace falta un poco de talento!

—¡Pero te juro que no mentías!

—He añadido que su muerte te había alterado mucho, y que era importante para vosotros como pareja que pudieras cerrar las puertas de tu pasado que se han quedado abiertas. Nadie necesita corrientes de aire en su vida amorosa, ¿verdad?

De nuevo, Julia se quedó callada.

—¿Y bien, por dónde andas de tus exploraciones sobre la historia de papá Walsh? —prosiguió Stanley.

—Creo haber ahondado en los motivos que hacen que lo odie.

—¡Perfecto! ¿Y qué más?

—Y tal vez algo también en los que hacían que lo quisiera.

—¿Y quieres regresar mañana?

—No sé, supongo que es mejor que vuelva con Adam.

—¿Antes de que...?

—Hace un rato he salido a pasear, había una retratista...

\* \* \*

148

Julia le contó a Stanley lo que había descubierto en el viejo puerto de Montreal y, por una vez, su amigo no le dedicó una de sus respuestas cortantes.

—¿Ves?, ya va siendo hora de que vuelva, ¿verdad? No me sienta bien marcharme de Nueva York. Además, si no vuelvo mañana, ¿quién te traerá suerte?

—¿Quieres un consejo de verdad? Escribe en una hoja todo lo que se te pase por la cabeza, ¡y haz exactamente lo contrario! Buenas noches, querida.

Stanley había colgado. Julia abandonó la cama para ir al cuarto de baño. No oyó los pasos quedos de su padre, que volvía a su habitación.

# 12

Un cielo rojizo se levantaba sobre Montreal. El salón que separaba las dos habitaciones de la suite estaba bañado en una luz tenue. Llamaron a la puerta. Anthony abrió al camarero y le dejó que empujara el carrito hasta el centro de la sala. El joven se ofreció a poner la mesa para el desayuno, pero Anthony le deslizó unos dólares en el bolsillo y tomó las riendas de la situación. El camarero se marchó, y Anthony cuidó de que la puerta no hiciera ruido al cerrarse. Dudó entre la mesa baja y el velador junto a las ventanas que ofrecían unas vistas tan bonitas. Optó por el panorama de la ciudad y dispuso con sumo cuidado mantel, platos, cubiertos, jarra de zumo de naranja, cuenco de cereales, cestito de bollería y una rosa que se erguía con orgullo en su jarrón. Dio un paso atrás, desplazó la flor que, a su juicio, no estaba en el centro justo, y la lecherita, que quedaba mejor junto al cestito de los panes. Dejó en el plato de Julia un rollo de papel adornado con un lazo rojo y lo tapó con la servilleta. Esta vez, se apartó más de la mesa para comprobar la armonía de su composición. Tras ajustarse el nudo de la corbata, fue a llamar delicadamente a la puerta de su hija y anunció que el desayuno de la señora estaba servido. Julia gruñó y preguntó qué hora era.

—La hora de levantarte; el autobús del colegio pasa dentro de quince minutos, ¡otra vez lo vas a perder!

Tapada por el edredón hasta la nariz, Julia abrió un ojo y se desperezó. Hacía tiempo que no había dormido tan profundamente. Se revolvió el pelo y mantuvo los ojos semicerrados hasta que se le acomodara la vista a la luz del día. Se levantó de un salto y volvió a sentarse en seguida en el borde de la cama, presa de un mareo. El despertador de la mesilla de noche indicaba las ocho.

—¿Por qué tan pronto? —masculló entrando en el baño.

Y, mientras Julia se duchaba, Anthony Walsh, sentado en una butaca del saloncito, contempló el lazo rojo que sobresalía del plato y suspiró.


El vuelo de Air Canada había despegado a las 7.10 horas del aeropuerto de Newark. La voz del comandante se hizo oír por la megafonía del avión para anunciar el inicio del descenso hacia Montreal. El aparato tomaría tierra a la hora prevista. El jefe de cabina recitó las consignas habituales que había que respetar para el aterrizaje. Adam se estiró todo lo que le permitía el asiento que ocupaba. Puso la mesita en posición vertical y miró por la ventanilla. El avión sobrevolaba el río Saint-Laurent. A lo lejos se dibujaban los contornos de la ciudad, y se alcanzaban a ver los relieves del Mont-Royal. El MD-80 se inclinó, y Adam se ajustó el cinturón. Por delante de la cabina ya se veían las balizas de la pista.


Julia se ajustó el cinturón de su albornoz y entró en el saloncito. Contempló la mesa servida y sonrió a Anthony, que le indicaba una de las sillas.

151

—Te he pedido té Earl Grey —dijo llenándole la taza—. El señor del servicio de habitaciones me ha propuesto té negro, del negro negrísimo, té amarillo, blanco, verde, té ahumado, té chino, té de Sichuán, de Formosa, de Corea, de Ceilán, de la India, de Nepal, y cuarenta clases más que me ha citado y que ya no recuerdo, antes de amenazarlo con suicidarme si continuaba.

—El Earl Grey está muy bien —contestó Julia desdoblando su servilleta.

Miró el rollo de papel con su lazo rojo y se volvió hacia su padre con una mirada interrogativa.

Anthony se lo quitó en seguida de las manos.

—Lo abrirás después del desayuno.

—¿Qué es? —quiso saber Julia.

—Eso de ahí —dijo señalando el cestito de bollería—, alargado y con los extremos torcidos, son *croissants*; los bollitos rectangulares de los que sobresale a cada lado un trocito marrón están rellenos de chocolate, y las grandes caracolas con frutos secos encima son bollos de pasas.

—Me refería a lo que estás escondiendo detrás de tu espalda, con un lazo rojo.

—Acabo de decirte que eso es para después.

—Entonces ¿por qué lo habías puesto encima de mi plato?

—He cambiado de idea, será mejor dejarlo para después.

Julia aprovechó que Anthony se había vuelto de espaldas para arrebatarle con un gesto seco el rollo que tenía aún entre las manos.

Deshizo el lazo y desenrolló la hoja de papel. El rostro de Tomas le sonreía de nuevo.

—¿Cuándo lo compraste? —le preguntó.

—Ayer, cuando nos fuimos del muelle. Tú andabas delante, sin prestarme atención. Le había dado una generosa propina a la dibujante, y me dijo que me lo podía llevar, el cliente no lo había querido, y ella no lo necesitaba para nada.

—¿Por qué?

—Pensé que te haría ilusión, como te pasaste tanto tiempo mirándolo...

—Te pregunto la verdadera razón de que lo compraras —insistió Julia.

Anthony se sentó en el sofá, mirando fijamente a su hija.

—Porque tenemos que hablar. Esperaba que nunca tuviéramos que tratar este tema, y reconozco que vacilé antes de abordarlo. De hecho, no me imaginaba ni remotamente que nuestra escapada nos pudiera llevar a ello y corriera el riesgo de verse comprometida, pues anticipo de antemano tu reacción; pero, puesto que las señales, como tú bien dices, me muestran el camino..., tengo entonces que confesarte una cosa.

—Déjate ya de rodeos y ve al grano —dijo Julia en tono cortante.

—Julia, me parece que Tomas no está lo que se dice muerto.


Adam sentía que se enfurecía por momentos. Había viajado sin equipaje para salir lo antes posible del aeropuerto, pero los pasajeros del vuelo 747 proveniente de Japón ya habían invadido las garitas de la aduana. Consultó su reloj. Calculaba, por la cola que se extendía ante sí, que pasarían al menos veinte minutos antes de que pudiera coger un taxi.

«Sumimasen!». Justo en ese momento se le vino esa palabra a la memoria. Su homólogo en una editorial japonesa la empleaba tan a menudo que Adam había concluido que disculparse era probablemente una tradición nacional. «Sumimasen, discúlpeme», repitió diez veces, abriéndose paso entre los pasajeros del vuelo de la JAL; y, diez Sumimasen más tarde, Adam

153

lograba mostrar su pasaporte al agente de las aduanas canadienses, que le estampó un sello y se lo devolvió en seguida. Haciendo caso omiso de la prohibición de utilizar los teléfonos móviles hasta la zona de recogida de equipajes, lo sacó del bolsillo de su chaqueta, lo encendió y marcó el número de Julia.

—Me parece que es la melodía de tu teléfono; debes de habértelo dejado en la habitación —dijo Anthony con voz incómoda.

—No cambies de tema. ¿Qué quieres decir exactamente con que «no está lo que se dice muerto»?

—Vivo sería un término que también podría aplicársele...

—¿Tomas está vivo? —preguntó Julia, que de pronto sentía que perdía el equilibrio.

Anthony asintió con la cabeza.

—¿Cómo lo sabes?

—Por su carta; normalmente, la gente que ya no es de este mundo no puede escribir. Exceptuándome a mí, claro... No había caído, pero es otra cosa maravillosa...

—¿Qué carta? —quiso saber Julia.

—La que recibiste suya diez meses después de su terrible accidente. El matasellos era de Berlín, y su nombre figuraba en el reverso del sobre.

—Nunca recibí ninguna carta de Tomas. ¡Dime que no es verdad!

—No podías recibirla porque te habías ido de casa, y yo no podía hacértela llegar porque te habías marchado sin dejarme una dirección. Imagino que, pese a todo, esto será un buen motivo más que añadir a tu lista.

—¿Qué lista?

—La de las razones por las que me odiabas.

154

Julia se levantó y apartó la mesa del desayuno.

—Habíamos quedado en no hablar en pasado, ¿recuerdas? ¡Así que puedes conjugar esa última frase en presente! —gritó antes de salir del salón.

La puerta de su habitación se cerró con un portazo, y Anthony, que se había quedado solo en mitad del salón, se sentó en el lugar que ocupaba su hija un momento antes.

—¡Qué desperdicio! —murmuró, mirando el cestito de bollería.


Esta vez, en la zona de espera para coger un taxi, no había forma de colarse. Una mujer de uniforme indicaba a cada pasajero el vehículo que le era asignado. Adam tendría que esperar su turno. Volvió a marcar el número de Julia.


—¡Contesta o apágalo, es irritante! —dijo Anthony entrando en la habitación de Julia.

—¡Fuera de aquí!

—¡Julia! ¡Por Dios, fue hace casi veinte años!

—¿Y en casi veinte años nunca encontraste la ocasión de hablarme de ello? —le gritó.

—¡En veinte años no hemos tenido tú y yo muchas ocasiones de hablar! —contestó él con tono autoritario—. Y aun así, ¡no sé si lo habría hecho! ¿Para qué? ¿Para darte un pretexto más para interrumpir lo que habías empezado? Tenías tu primer empleo en Nueva York, un pequeño apartamento en la calle 42, un novio que daba clases de teatro, si no me equivoco, y otro más que exponía sus horribles cuadros en Queens, al que de hecho dejaste justo antes de cambiar de trabajo y de peinado, ¿o quizá fuera al revés?

—¿Y cómo estás al corriente de todo eso?

—Que mi vida nunca te haya interesado no quiere decir que yo no me las apañara siempre para estar al tanto de la tuya.

Anthony miró largo rato a su hija y regresó al salón. Ella lo llamó cuando estaba a punto de entrar por la puerta.

—¿La abriste?

—Nunca me he permitido leer tu correspondencia —le dijo sin volverse.

—¿La conservaste?

—Está en tu habitación, o sea, me refiero a la que ocupabas cuando vivías en casa. La guardé en el cajón del escritorio en el que estudiabas; pensé que era el lugar donde debía esperarte.

—¿Por qué no me dijiste nada cuando volví a Nueva York?

—¿Y por qué esperaste seis meses antes de llamarme cuando volviste a Nueva York, Julia? ¿Y lo hiciste porque te diste cuenta de que te había visto por el escaparate de esa tienda del SoHo? ¿O fue porque, después de tantos años de ausencia, por fin empezabas a echarme un poquito de menos? Si crees que siempre he ganado la partida, te equivocas.

—¿Porque para ti era un juego?

—Espero que no: de niña se te daba muy bien romper tus juguetes.

Anthony dejó un sobre encima de su cama.

—Te dejo esto —añadió—. Desde luego debería haberte hablado de ello antes, pero no tuve la posibilidad de hacerlo.

—¿Qué es? —quiso saber Julia.

—Nuestros billetes para Nueva York. Se los he encargado esta mañana al recepcionista del hotel mientras dormías. Ya te lo he dicho, había anticipado tu reacción, y me imagino que nuestro viaje termina aquí. Vístete, coge tu bolso y reúnete conmigo en el vestíbulo. Voy a pagar la cuenta del hotel.

156

Anthony cerró la puerta sin hacer ruido al salir de su habitación.

La autopista estaba abarrotada, el taxi se desvió por la calle Saint-Patrick. También allí el tráfico era denso. El taxista le propuso volver a la 720 un poco más lejos y atajar por el bulevar René Lévesque. A Adam le traía sin cuidado el itinerario siempre que fuera el más rápido. El conductor suspiró, por mucho que su cliente se impacientara, él no podía hacer más. Dentro de treinta minutos llegarían a su destino, quizá menos si el tráfico mejoraba una vez que hubieran pasado la entrada a la ciudad. Y pensar que según algunos los taxistas no eran amables... Subió el volumen de la radio para poner fin a su conversación.

Ya se veía el tejado de una torre del barrio de negocios de Montreal, por lo que el hotel ya no quedaba muy lejos.

Con su bolso al hombro, Julia cruzó el vestíbulo y se dirigió con paso resuelto a la recepción. El empleado abandonó su mostrador para ir de inmediato a su encuentro.

—¡Señora Walsh! —dijo abriendo los brazos de par en par—. El señor la está esperando fuera, la limusina que les hemos llamado llega con un poco de retraso, hoy hay un tráfico de locos.

—Gracias —contestó Julia.

—Siento muchísimo, señora Walsh, que tengan que dejarnos antes de tiempo, espero que la calidad de nuestro servicio no tenga nada que ver con su partida, ¿verdad? —preguntó, contrito.

—¡Sus *croissants* son increíbles! —replicó Julia al instante—. ¡Y, de una vez por todas, no soy la señora, sino la señorita Walsh!

Salió del hotel y vio a Anthony, que la esperaba en la calle.

—La limusina ya no debería tardar..., anda, mira, ahí viene.

Una Lincoln negra aparcó justo a su altura. Antes de bajar para recibirlos, el conductor abrió el maletero desde dentro. Julia entró en el coche y se instaló en el asiento de atrás. Mientras el botones guardaba su equipaje, Anthony rodeó el vehículo. Un taxi tocó la bocina y no lo atropelló de milagro.


—¡Hay que ver la gente, es que no mira! —exclamó furioso el taxista, aparcando en doble fila delante del hotel Saint-Paul.

Adam le tendió un puñado de dólares y, sin esperar el cambio, se precipitó hacia las puertas giratorias. Se presentó en la recepción y pidió que le pusieran con la habitación de la señorita Walsh.

Fuera, una limusina negra esperaba pacientemente a que un taxi tuviera a bien despejar el paso. El conductor del vehículo que le bloqueaba la salida estaba contando un fajo de billetes y no parecía tener ninguna prisa.

—El señor y la señora Walsh ya se han marchado del hotel —le contestó, afligida, la recepcionista a Adam.

—¿El señor y la señora Walsh? —repitió él, insistiendo mucho en la palabra «señor».

El empleado de mayor rango hizo un gesto de exasperación y se presentó a Adam.

—¿Puedo ayudarlo en algo? —quiso saber, muy vehemente.

—¿Ha pasado la noche mi mujer en este hotel?

—¿Su mujer? —preguntó el empleado, lanzándole una mirada por encima del hombro.

La limusina seguía sin poder salir.

—¡La señorita Walsh!

—Sí, la señorita pasó la noche en este hotel, pero ya se ha marchado.

—¿Sola?

—No creo haberla visto acompañada —contestó el recepcionista, cada vez más incómodo.

Un concierto de bocinas hizo que Adam se volviera para mirar a la calle.

—¿Señor? —intervino el recepcionista para recuperar su atención—. ¿Podemos ofrecerle quizá un desayuno o un pequeño tentempié?

—¡Su empleada acaba de decirme que el señor y la señora Walsh se habían marchado del hotel! Eso suman dos personas, ¿estaba sola o no? —insistió Adam con tono firme.

—Nuestra colaboradora se habrá equivocado —afirmó el empleado, fulminándola con la mirada—, tenemos muchos clientes... ¿Desea tomar un té, o un café tal vez?

—¿Hace mucho que se ha marchado?

De nuevo, el recepcionista lanzó una mirada discreta a la calle. La limusina negra arrancaba por fin. Dejó escapar un suspiro de alivio al verla alejarse.

—Pues hace ya un buen rato, me parece —dijo—. ¡Tenemos zumos excelentes! Permítame que lo acompañe a nuestro salón de desayuno, será nuestro invitado.

# 13

No intercambiaron una sola palabra en todo el viaje. Julia tenía la nariz pegada a la ventanilla.

*Cada vez que viajaba en avión, buscaba tu rostro entre las nubes, me imaginaba tus rasgos en esas formas que se estiraban en el cielo. Te había escrito cien cartas y recibido cien tuyas, dos por cada semana que pasaba. Nos habíamos jurado reencontrarnos en cuanto me fuera posible. Cuando no estudiaba, trabajaba para ganar lo necesario para volver algún día contigo. Hice de camarera en restaurantes, de acomodadora de cine, o simplemente de repartidora de propaganda; y cada gesto que realizaba, lo hacía pensando en la mañana en que por fin llegaría a Berlín, a ese aeropuerto en el que estarías esperándome.*

*¿Cuántas noches me dormí en tu mirada, en el recuerdo de la risa que nos entraba de repente por las calles de la ciudad gris? A veces tu abuela me decía, cuando me dejabas sola con ella, que no creía en nuestro amor. Que no duraría. Había demasiadas diferencias entre nosotros: yo, la chica del Oeste, y tú, el chico del Este. Pero cada vez que volvías y me abrazabas, la miraba por encima*

*de tu hombro y le sonreía, segura de que no tenía razón. Cuando mi padre me hizo subir a la fuerza a ese coche que esperaba debajo de tus ventanas, grité tu nombre, hubiera querido que lo oyeras. La noche en que las noticias informaron del «incidente» de Kabul que se había cobrado la vida de cuatro periodistas, entre ellos uno alemán, supe en ese mismo instante que estaban hablando de ti. Se me heló la sangre. Y en ese restaurante en el que secaba vasos detrás de una vieja barra de madera, me desmayé. El presentador decía que vuestro vehículo había saltado por los aires al pisar una mina olvidada por las tropas soviéticas. Como si el destino hubiera querido alcanzarte, no dejarte jamás ir al encuentro de tu libertad. Los periódicos no precisaban nada más, cuatro víctimas, al mundo le basta con esa información; qué importa la identidad de los que mueren, qué importan sus vidas, los nombres de aquellos a los que dejan en la ausencia. Pero yo sabía que eras tú el alemán del que hablaban. Tardé dos días en conseguir dar con Knapp; dos días en los que no pude tragar bocado.*

*Y por fin me devolvió la llamada; por el timbre de su voz, comprendí al instante que había perdido a un amigo, y yo al hombre al que amaba. Su mejor amigo, decía sin cesar. Se sentía culpable de haberte ayudado a hacerte periodista; y yo, con el alma hecha pedazos, lo consolaba. Te había ayudado a ser quien querías ser. Le decía cuánto te reprochabas a ti mismo no haber sabido jamás encontrar las palabras para darle las gracias. Entonces Knapp y yo hablamos de ti, para que no nos abandonaras del todo. Fue él quien me dijo que nunca identificarían vuestros cuerpos. Un testigo contó que cuando la mina explotó, vuestro camión saltó por los aires. Trozos de chapa cubrían la calzada a decenas de metros a la redonda, y allí donde habíais muerto solo quedaba un cráter abierto y una carcasa destrozada, testigos del absurdo de los hombres y de su crueldad. Knapp no se perdonaba haberte enviado allí, a Afganistán. Una sustitución de última hora, decía* llorando. Ojalá no hubieras estado junto a él cuando buscaba a alguien para partir inmediatamente. Pero yo era consciente de que te había ofrecido el regalo más hermoso que podías esperar. Lo siento, lo siento, repetía Knapp entre hipidos, y yo, desesperada, era incapaz de derramar una sola lágrima, llorar me habría quitado un poco más de ti. No fui capaz de colgar, Tomas, dejé el auricular sobre la barra, me quité el delantal y salí a la calle. Eché a andar sin saber hacia adónde iba. A mi alrededor, la ciudad vivía como si nada hubiera pasado.

¿Quién podía saber allí que, esa misma mañana, en las afueras de Kabul, un hombre de treinta años que se llamaba Tomas había muerto al pisar una mina? ¿A quién le habría importado? ¿Quién podía comprender que ya no volvería a verte, que mi mundo ya nunca sería el mismo?

¿Te he dicho que llevaba dos días sin comer? Poco importa. Lo habría dicho todo dos veces con tal de hablarte de mí, de oírte hablarme de ti. Al doblar una esquina, me desplomé.

¿Sabes que gracias a ti conocí a Stanley, el que se convirtió en mi mejor amigo, en el momento preciso en que nos vimos por primera vez? Salía de una habitación junto a la mía. Caminaba, con aire perdido, en ese largo pasillo de hospital; mi puerta estaba entreabierta, se detuvo, me miró, tumbada en la cama, y me sonrió. Ningún payaso del mundo podría haber lucido en su rostro una sonrisa más triste. Le temblaban los labios. De pronto, murmuró las dos palabras que yo me prohibía; pero a él quizá pudiera confesárselo, puesto que no lo conocía. Abrirle tu corazón a un desconocido no es como abrírselo a alguien cercano, no hace que la verdad sea irreversible, no es más que un abandono que se puede borrar con la goma de la ignorancia. «Ha muerto», dijo Stanley, y yo le contesté: «Sí, ha muerto». Él hablaba de su novio, y yo le hablaba de ti. Así es como nos conocimos Stanley y yo, el día en que ambos perdimos al hombre al que amábamos. Edward había *sucumbido al sida, y tú, a otra pandemia que sigue haciendo estragos entre los hombres. Se sentó al pie de mi cama, me preguntó si había podido llorar, le dije la verdad, y me confesó que él tampoco. Me tendió la mano, yo la cogí entre las mías, y entonces derramamos nuestras primeras lágrimas, las que te arrastraban lejos de mí, y a Edward lejos de él.*

Anthony Walsh rechazó la bebida que le ofrecía la azafata. Echó un vistazo a la parte de atrás del avión. La cabina estaba casi vacía, pero Julia había preferido sentarse diez filas detrás, al lado de la ventanilla, y seguía teniendo la mirada perdida hacia el cielo.

*Al salir del hospital, me fui de casa y até tus cien cartas con un lazo rojo. Las guardé en un cajón del escritorio de mi habitación. Ya no necesitaba releerlas para recordar. Llené una maleta y me marché sin despedirme de mi padre, incapaz de perdonarle el habernos separado. El dinero que había ahorrado para volver a verte algún día lo empleé en vivir lejos de él. Unos meses después, empecé mi carrera de dibujante y el principio de mi vida sin ti.*

*Stanley y yo pasábamos el tiempo juntos. Así nació nuestra amistad. Por aquel entonces él trabajaba en un mercadillo en Brooklyn. Cogimos la costumbre de quedar por las noches en medio del puente. A veces permanecíamos allí durante horas, acodados a la barandilla, mirando pasar los barcos que subían o bajaban el río; otras veces paseábamos por las orillas. Él me hablaba de Edward, y yo le hablaba de ti, y cuando cada uno volvía a su casa traía un poco de ambos en su equipaje nocturno.*

*Busqué la sombra de tu cuerpo en las que proyectaban los árboles sobre las aceras por las mañanas, los rasgos de tu rostro en los reflejos del Hudson; busqué tus palabras en vano en todos los vientos que recorrían la ciudad. Durante dos años reviví así cada uno de nuestros momentos en Berlín, a veces me reía de nosotros, pero sin dejar jamás de pensar en ti.*

*Nunca recibí tu carta, Tomas, la que me habría hecho saber que estabas vivo. Ignoro lo que me escribías en ella. Fue hace casi veinte años, y tengo la extraña sensación de que me la mandaste ayer. Quizá, tras tantos meses sin noticias tuyas, me anunciabas tu decisión de no esperarme nunca más en un aeropuerto. Que el tiempo transcurrido desde mi marcha se te había hecho demasiado largo. Que quizá hubiéramos alcanzado ese tiempo en que los sentimientos se marchitan; el amor también tiene su otoño para quien ha olvidado el sabor del otro. Quizá hubieras dejado de creer en nosotros, quizá te hubiera perdido de otra manera. Veinte años o casi para llegar a su destino es mucho tiempo para una carta.*

*Ya no somos los mismos. ¿Emprendería yo de nuevo el camino de París a Berlín? ¿Qué ocurriría si nuestras miradas volvieran a cruzarse, tú a un lado del Muro y yo al otro? ¿Me abrirías los brazos, como hiciste una noche de noviembre de 1989 con Knapp? ¿Acaso iríamos a recorrer las calles de una ciudad que ha rejuvenecido, cuando nosotros, en cambio, hemos envejecido? ¿Serían hoy tus labios tan suaves como entonces? Quizá esa carta debió quedarse en el cajón de ese escritorio, quizá fue mejor así.*

La azafata le dio unos golpecitos en el hombro. Había llegado el momento de abrocharse el cinturón, el avión se estaba aproximando a Nueva York.

\* \* \*

Adam tenía que resignarse a pasar parte del día en Montreal. La empleada de Air Canada había hecho todo lo posible por ser agradable, pero, desgraciadamente, la única plaza disponible para volver a Nueva York estaba en un vuelo que despegaba a las cuatro de la tarde. Una y otra vez había tratado de hablar con Julia, pero siempre contestaba su buzón de voz.

Otra autopista, por la ventanilla esta vez se veían los rascacielos de Manhattan. La Lincoln se adentró por el túnel del mismo nombre.

—Me da la extraña sensación de que ya no soy bienvenido en casa de mi hija. Entre tu desván asqueroso y mis apartamentos, mejor estoy en mi casa. Regresaré el sábado para volver a meterme en mi caja antes de que acudan para llevársela. Sería mejor que llamaras a Wallace, para asegurarnos de que no esté en casa —dijo Anthony, tendiéndole a Julia un trozo de papel con un número de teléfono.

—¿Tu mayordomo sigue viviendo en tu casa?

—No sé exactamente lo que hace mi secretario particular. Desde que fallecí, no he tenido ocasión de preguntarle en qué ocupa su tiempo. Pero si quieres evitarle un ataque al corazón, lo más juicioso sería que no se encontrara en casa cuando regresemos. Y ya que hablas con él, me vendría bien que le dieras una buena razón para irse a la otra punta del mundo hasta que termine la semana.

Por toda respuesta, Julia se contentó con marcar el número de Wallace. Le respondió un mensaje de voz que decía que, debido al fallecimiento de su jefe, estaría de vacaciones durante un mes. Era imposible dejarle un mensaje. En caso de urgencia por algún asunto relacionado con los negocios del señor Walsh, rogaba se pusieran directamente en contacto con su notario.

—¡Puedes estar tranquilo, hay vía libre! —dijo Julia guardándose el móvil en el bolsillo.

Media hora más tarde, la limusina aparcó junto a la acera, ante el palacete en el que vivía Anthony Walsh. Julia contempló la fachada, y su mirada se dirigió de inmediato hacia una ventana del segundo piso. Allí había visto una tarde, al volver del colegio, a su madre, asomándose peligrosamente al balcón. ¿Qué habría hecho si Julia no hubiera gritado su nombre? Su madre, al verla, la había saludado con la mano, como si ese gesto pudiera borrar todo rastro de lo que se disponía a hacer.

Anthony abrió su maletín y le tendió un manojo de llaves.

—¿También te han entregado tus llaves?

—Digamos que habíamos previsto la hipótesis de que no me quisieras en tu casa, pero tampoco quisieras apagarme antes de tiempo... ¿Abres? ¡No merece la pena esperar a que algún vecino me reconozca!

—Ah, así que ahora conoces a tus vecinos... ¡Primera noticia!

—¡Julia!

—Vale, vale —suspiró ella, haciendo girar el picaporte de la pesada puerta de hierro forjado.

La luz entró con ella. Todo estaba intacto, tal y como se conservaba en sus recuerdos más remotos; las baldosas blancas y negras del vestíbulo que formaban un gigantesco damero. A la derecha, el tramo de escaleras de madera oscura que conducía al piso superior y que dibujaba una grácil curva. La barandilla de lupa, cincelada por la herramienta de un ebanista de renombre, que su padre gustaba de citar cuando enseñaba las partes comunes de su vivienda a sus invitados. Al fondo, la puerta que se abría sobre la cocina y el *office,* ambos más espaciosos que todos los lugares en los que Julia había vivido desde que dejó la casa de su padre. A la izquierda, el despacho en el que Anthony llevaba su propia contabilidad, las escasas noches en que se encontraba en casa. Por todas partes esos signos de riqueza que habían alejado a Anthony Walsh de los tiempos en que servía cafés en un rascacielos de Montreal. En la gran pared, un retrato de Julia cuando era niña. ¿Quedaban hoy en su mirada algunas de esas chispas que un pintor había plasmado cuando tenía cinco años? Julia alzó la cabeza para contemplar el artesonado del techo. Si hubiera habido aquí y allá alguna telaraña colgando de los rincones de los revestimientos de madera, el ambiente habría sido fantasmagórico, pero la casa de Anthony Walsh siempre lucía un impecable mantenimiento.

—¿Sabes dónde está tu habitación? —le preguntó Anthony entrando en su despacho—. Te dejo ir, estoy seguro de que aún recuerdas el camino. Si tienes hambre, seguramente habrá algo de comer en los armarios de la cocina, pasta o algunas latas de conserva. No hace tanto que he muerto.

Y miró a Julia subir los escalones de dos en dos, deslizando la mano por la barandilla, exactamente como lo hacía cuando era niña; y, al llegar al rellano, también como cuando era niña, se volvió para ver si la seguía alguien.

—¿Qué pasa? —le preguntó, mirándolo desde lo alto de la escalera.

—Nada —contestó Anthony sonriendo.

Y entró en su despacho.


El pasillo se extendía ante sí. La primera puerta era la de la habitación de su madre. Julia llevó la mano al picaporte, este bajó despacio y volvió a subir también despacio cuando renunció a entrar. Avanzó hasta el final del pasillo sin dar más rodeos.

\* \* \*

Una extraña luz opalina brillaba en la habitación. Los visillos corridos de las ventanas flotaban sobre la alfombra de colores intactos. Avanzó hacia la cama, se sentó en el borde y hundió el rostro en la almohada, respirando a pleno pulmón el aroma de la funda. Vinieron a su mente entonces los recuerdos de aquellas noches en que leía a escondidas bajo las sábanas con una linterna; las noches en que personajes inventados cobraban vida entre las cortinas, cuando la ventana estaba abierta. Sombras cómplices que poblaban sus momentos de insomnio. Estiró las piernas y miró a su alrededor. La lámpara de araña, semejante a un móvil pero demasiado pesada para que sus alas negras revolotearan cuando se subía a una silla y soplaba sobre ella. Junto al armario, el baúl de madera donde amontonaba sus cuadernos, unas fotografías, mapas de países de mágicos nombres, comprados en la papelería o intercambiados por territorios que tenía repetidos; ¿de qué servía ir dos veces al mismo lugar cuando había tanto por descubrir? Su mirada se dirigió hacia el estante en el que estaban alineados sus manuales escolares, bien derechos, sujetos a uno y otro extremo por dos viejos juguetes, un perro rojo y un gato azul que se ignoraban desde siempre. La tapa granate de un libro de historia, olvidado nada más terminar el colegio, la impulsó a acercarse a su mesa de trabajo. Julia abandonó la cama y se dirigió a su escritorio.

Cuántas horas había pasado sobre esa tabla de madera arañada con la punta de un compás, cuántas horas pensando en las musarañas, redactando concienzudamente en sus cuadernos la letanía de siempre en cuanto Wallace llamaba a su puerta para vigilar que estaba haciendo los deberes. Páginas enteras con las mismas palabras: «Me aburro, me aburro, me aburro». El pomo de porcelana del cajón tenía forma de estrella. Bastaba con tirar un poco de él para que se deslizara sin esfuerzo. Julia lo entreabrió. Un rotulador rojo rodó hacia el fondo del cajón. Metió en seguida la mano. La apertura no era muy grande, y el insolente consiguió escapar. Atraída por el juego, Julia siguió explorando el espacio a tientas.

Su pulgar reconocía aquí la escuadra para el dibujo técnico; su meñique, un collar que había ganado en una feria, demasiado feo para llevarlo al cuello; el anular vacilaba aún. ¿Qué era aquello, el sacapuntas en forma de rana o el rollo de celo en forma de tortuga? El dedo corazón rozó una superficie de papel. En la esquina superior derecha, un ínfimo relieve traicionaba el borde dentado de un sello que los años habían despegado ligeramente. En el sobre que acariciaba al amparo de la oscuridad del cajón, siguió las líneas que la tinta de una pluma había trazado. Tratando de no perder el hilo del trazo, como en ese juego en el que hay que adivinar palabras dibujadas con las yemas de los dedos sobre la piel de la persona amada, Julia reconoció la letra de Tomas.

Cogió el sobre, lo abrió y sacó una carta.

*Septiembre de 1991*

*Julia:*

*He sobrevivido a la locura de los hombres. Soy el único superviviente de tan triste aventura. Como te escribía en mi última carta, por fin partimos en busca de Masud. He olvidado en el fragor de la explosión que aún resuena en mí por qué era tan importante para mí reunirme con él. He olvidado el fervor que me animaba para filmar su verdad. No vi más que el odio que rozaba mi cuerpo y el que se llevó por delante a mis compañeros de viaje. Los habitantes de la aldea recogieron mi cuerpo entre los escombros, a veinte metros del lugar donde debería haber muerto. ¿Por qué la onda expansiva se contentó con lanzarme por los aires, cuando*

*despedazó a los demás? Nunca lo sabré. Porque me creían muer-*
*to, me dejaron en una carreta. Si un niño no hubiera resistido al*
*deseo de ponerse mi reloj en la muñeca, hasta el punto de vencer el*
*miedo, si mi brazo no se hubiera movido y el niño no hubiera em-*
*pezado a gritar, probablemente me habrían enterrado. Pero ya te*
*lo he dicho: he sobrevivido a la locura de los hombres. Cuentan*
*que cuando te llega la muerte, vuelves a ver en tu cabeza toda tu*
*vida. Cuando la muerte te atrapa con esa fuerza, no se ve nada de*
*eso. En el delirio que acompañaba mi fiebre, yo solo veía tu rostro.*
*Habría querido darte celos diciéndote que la enfermera que me*
*atendía era una joven bellísima, pero era un hombre, y su larga*
*barba no era en absoluto seductora. He pasado estos cuatro últi-*
*mos meses en una cama de hospital en Kabul. Tengo la piel que-*
*mada, pero no te escribo para quejarme.*

*Cinco meses sin mandarte una sola carta es mucho tiempo*
*cuando teníamos la costumbre de escribirnos dos veces por semana.*
*Cinco meses de silencio, casi medio año, es más todavía cuando*
*hace tanto tiempo que no nos hemos visto ni nos hemos tocado.*
*Es durísimo amarse a distancia, por eso te hago ahora esta pregun-*
*ta que me asalta a diario.*

*Knapp fue a Kabul en cuanto se enteró de la noticia. Tendrías*
*que haber visto cómo lloraba al entrar en la sala, y yo también un*
*poco, lo reconozco. Menos mal que el herido a mi lado dormía a*
*pierna suelta, de lo contrario, ¿qué habrían pensado de nosotros*
*esos soldados de inquebrantable valor? Si no te llamó nada más*
*marcharse, para decirte que estaba vivo, fue porque le pedí que no*
*lo hiciera. Sé que te había anunciado mi muerte, me tocaba a mí*
*decirte que había sobrevivido. Quizá la verdadera razón sea otra,*
*quizá al escribirte quiera dejarte la libertad de no interrumpir el*
*duelo de nuestra historia, si ya lo has empezado.*

*Julia, nuestro amor nació de nuestras diferencias, de esa*
*hambre de descubrimientos que sentíamos todas las mañanas,*

intacta, al despertar. Y ya que te hablo de mañanas, nunca sabrás la cantidad de horas que pasé mirándote dormir, mirándote sonreír. Pues, aunque no lo sepas, sonríes cuando duermes. No contarás jamás cuántas veces te acurrucaste contra mí, diciendo en sueños palabras que yo no comprendía; cien veces, es el número exacto.

Julia, sé que construir juntos es otra aventura. Odié a tu padre, y luego quise comprenderlo. ¿Habría actuado yo igual que él en las mismas circunstancias? Si me hubieras dado una hija, si me hubieras dejado solo con ella, si se hubiera enamorado de un extranjero que vivía en un mundo hecho de nada, o de todo lo que me aterroriza, quizá habría actuado como él. Nunca me ha apetecido contarte todos esos años vividos al otro lado del Muro, no habría querido malgastar un segundo de nuestro tiempo con esos recuerdos del absurdo, merecías algo mejor que tristes relatos sobre lo peor de lo que son capaces los hombres, pero tu padre seguramente conocía todo eso y no era lo que esperaba para ti.

Odié a tu padre por haberte raptado, dejándome ensangrentado en nuestra habitación, incapaz de retenerte. En mi rabia la emprendí a puñetazos con las paredes en las que aún resonaba tu voz, pero quería entender. ¿Cómo decirte que te amaba sin al menos haberlo intentado?

A la fuerza, volviste a tu vida. ¿Te acuerdas?, siempre hablabas de las señales que la vida nos dibuja, pero yo no te creía, mas terminé por persuadirme de tu verdad, aunque esta noche en que te escribo estas líneas, aquí la verdad que impera sea la de lo peor que albergan los hombres.

Te amé tal y como eras, y jamás querría que fueras de otra manera, te amé sin comprenderlo todo de ti, convencido de que el tiempo me daría la manera de hacerlo; quizá en medio de todo ese amor olvidara a veces preguntarte si me amabas hasta el punto de

171

abrazar todo lo que nos separa. Quizá también nunca me dejabas tiempo de hacerte esta pregunta, como tampoco te lo dejabas a ti misma. Pero, a nuestro pesar, ese tiempo ha llegado.

Regreso mañana a Berlín. Echaré esta carta en el primer buzón que vea. Te llegará, como siempre, dentro de unos días; si no me equivoco en mis cálculos, debería ser el 16 o el 17 de septiembre.

Encontrarás en este sobre algo que guardaba en secreto; me habría gustado incluirte una foto mía, pero en estos momentos no tengo muy buen aspecto, y además sería un poco presuntuoso por mi parte. Así que no es más que un billete de avión. Ya ves, ya no necesitarás trabajar largos meses para reunirte conmigo, si aún lo deseas. Yo también había ahorrado para ir a buscarte. Me lo había llevado conmigo a Kabul, tenía pensado mandártelo, pero como podrás ver... aún es válido.

Te esperaré en el aeropuerto de Berlín el último día de cada mes.

Si volvemos a vernos, juraré no separar a la hija que me des del hombre al que ame algún día. Y por muy diferente que sea, comprenderé a aquel que me la robe, comprenderé a mi hija, puesto que habré amado a su madre.

Julia, nunca te guardaré rencor, respetaré tu elección, sea cual sea. Si no vinieras, si tuviera que marcharme solo de ese aeropuerto, el último día del mes, que sepas que lo comprenderé, es para decirte eso por lo que hoy te escribo.

No olvidaré jamás el rostro maravilloso que la vida me regaló una tarde de noviembre, una tarde en que, habiendo recuperado la esperanza, trepé a un muro para caer en tus brazos, yo que venía del Este, y tú, del Oeste.

Eres, y seguirás siendo en mi memoria, lo más hermoso que me ha pasado en la vida. Me doy cuenta ahora de cuánto te amo al escribirte estas palabras.

*Hasta pronto, quizá. De todas maneras, estás aquí, siempre estarás aquí. Sé que, en alguna parte, respiras, y eso ya es mucho. Te amo,*
Tomas

Una fundita amarillenta cayó del sobre. Julia la abrió. En letras rojas impresas sobre un billete de avión podía leerse: «Fräulein Julia Walsh, Nueva York - París - Berlín, 29 de septiembre de 1991». Julia lo devolvió al cajón de su escritorio. Entornó la ventana y fue a tumbarse en la cama. Con el brazo detrás de la cabeza, permaneció así largo rato, mirando sin más las cortinas de su habitación, dos trozos de tela por donde se paseaban viejos compañeros, cómplices recuperados de las soledades de otro tiempo.

A primera hora de la tarde, Julia abandonó su habitación para ir al *office*. Abrió el armario en el que Wallace guardaba siempre la mermelada. Cogió un paquete de biscotes de la alacena, eligió un tarro de miel y se instaló a la mesa de la cocina. Miró el surco cavado por la cuchara en la masa untuosa. Extraña marca que probablemente habría dejado Anthony Walsh cuando tomó su último desayuno. Lo imaginó, sentado a la mesa en el lugar que ella ocupaba ahora, solo en esa inmensa cocina ante su taza de café, leyendo el periódico. ¿En qué pensaría aquel día? Curioso testimonio del pasado. ¿Por qué ese detalle, aparentemente anodino, le hacía tomar conciencia, quizá por primera vez, de que su padre estaba muerto? Basta a veces algo insignificante, un objeto recuperado, un olor, para que vuelva a nuestra memoria alguien que ya no está. Y, en mitad de ese amplio espacio, por primera vez también, añoró su infancia, pese al infausto recuerdo que de ella guardaba. Oyó un carraspeo en el umbral, levantó la cabeza y vio a Anthony Walsh que le sonreía.

—¿Puedo entrar? —dijo sentándose frente a ella.

—¡Haz como si estuvieras en tu casa!

—Me la mandan de Francia, es de lavanda, ¿te sigue gustando tanto esta miel?

—Como ves, hay cosas que no cambian.

—¿Qué te decía en esa carta?

—Me parece que no es asunto tuyo.

—¿Has tomado una decisión?

—¿De qué estás hablando?

—Lo sabes muy bien. ¿Piensas contestarle?

—Veinte años después es un poco tarde, ¿no te parece?

—¿Esa pregunta es para mí o para ti?

—Hoy en día seguro que Tomas está casado y tiene hijos. ¿Qué derecho tengo a volver a aparecer en su vida?

—¿Un niño, una niña, o gemelos tal vez?

—¿Qué?

—Te pregunto si tus habilidades de vidente te permiten saber también cómo es su familia. Bueno, ¿qué?, ¿niño o niña?

—Pero ¿de qué estás hablando?

—Esta mañana lo creías muerto, quizá vayas un poco de prisa con tus conjeturas para decidir lo que ha hecho con su vida.

—¡Veinte años, maldita sea, no estamos hablando de seis meses!

—¡Diecisiete! Tiempo de sobra de divorciarse varias veces, a no ser que se haya cambiado de acera, como tu amigo el anticuario. ¿Cómo se llamaba?, ¿Stanley? ¡Sí, eso es, Stanley!

—¡Y encima tienes la cara de hacer bromas!

—Ah, el humor, qué maravillosa manera de lidiar con la realidad cuando esta te golpea en plena cara; no sé quién dijo eso, pero qué razón tenía. Vuelvo a hacerte la misma pregunta, ¿has tomado una decisión?

—No hay ninguna decisión que tomar, ya es demasiado tarde. ¿Cuántas veces tengo que decírtelo? Deberías alegrarte, ¿no?

—Demasiado tarde es un concepto que solo se aplica a las cosas que ya son definitivas. Es demasiado tarde para decirle a tu madre todo lo que hubiera querido que supiera antes de dejarme y que tanto me hubiera gustado que me escribiera antes de perder la razón. En lo que a nosotros dos respecta, a ti y a mí, demasiado tarde será el sábado, cuando me apague como un vulgar juguete al que se le han gastado las pilas. Pero si Tomas aún está vivo, entonces siento mucho llevarte la contraria, pero no, no es demasiado tarde. Y si recordaras, aunque solo fuera un poco, tu reacción cuando viste ese dibujo ayer, lo que nos ha traído aquí hoy, entonces no te protegerías detrás del pretexto de que es demasiado tarde. Búscate otra excusa.

—¿Qué es lo que quieres exactamente?

—Yo, nada. Tú, en cambio, quizá quieras a tu Tomas, ¿a no ser que...?

—¿A no ser que qué?

—No, nada, perdóname, hablo y hablo sin parar, pero tienes razón tú.

—Es la primera vez que te oigo decir que tengo razón en algo, me gustaría saber en qué.

—No, déjalo, de verdad, no merece la pena. Es tanto más fácil seguir lamentándose, lloriqueando sobre lo que podría haber sido y no fue. Ya estoy oyendo todo el blablablá típico en estos casos, «el destino lo quiso de otra manera, qué le vamos a hacer», por no hablar de «todo es culpa de mi padre, de verdad me ha arruinado la vida». Después de todo, vivir en un drama es una manera de existir como otra cualquiera.

—¡Qué susto! Por un momento he pensado que me estabas tomando en serio.

—¡Dada tu manera de comportarte, el riesgo era ínfimo!

—Pues aunque me muriera de ganas de escribir a Tomas, aunque lograra dar con una dirección a la que enviarle mi carta diecisiete años después, jamás le haría algo así a Adam, sería infame. ¿No te parece que esta semana ya ha tenido su cupo de mentiras?

—¡Desde luego! —contestó Anthony con un aire de lo más irónico.

—¿Y ahora qué pasa?

—Tienes razón. Mentir por omisión es mucho mejor, ¡mucho más honrado! Además eso os dará la oportunidad de compartir algo. Adam ya no será la única persona a la que le hayas mentido.

—¿Se puede saber en quién estás pensando?

—¡En ti! Cada noche que te acuestes a su lado y tengas el más mínimo pensamiento por tu amigo del Este, hala, una mentirita que añadir a la lista; un minúsculo instante de anhelo, y hala, otra mentirita más; cada vez que te preguntes si deberías haber regresado a Berlín para arrojar luz sobre tus sentimientos, hala, otra mentirita más, y ya van tres. Espera, déjame calcular, siempre se me han dado bien las matemáticas: pongamos unos tres pensamientos a la semana, dos recuerdos fulgurantes y tres comparaciones entre Tomas y Adam, lo que hace tres más dos más tres, es decir, ocho multiplicado por cincuenta y dos semanas, multiplicadas por treinta años de vida en común, sí, lo sé, estoy siendo optimista, pero bueno... Asciende a un total de doce mil cuatrocientas ochenta mentiras. ¡No está mal para una vida en pareja!

—¿Estás orgulloso de ti? —preguntó Julia aplaudiendo cínicamente.

—¿Crees que vivir con alguien sin estar segura de tus sentimientos no es una mentira, una traición? ¿Tienes la más mínima idea de en qué se transforma la vida cuando la otra persona vive a tu lado como si te hubieras convertido en un extraño?

—¿Acaso tú sí lo sabes?

—Tu madre me llamaba «señor» en los tres últimos años de su vida y, cuando entraba en su habitación, me indicaba dónde estaba el cuarto de baño, pensando que yo era el fontanero. ¿Quieres prestarme tus lápices de colores para que te haga un dibujo?

—¿Mamá te llamaba de verdad «señor»?

—Los días buenos, sí; los malos llamaba a la policía porque un desconocido había entrado en su casa.

—¿De verdad te hubiera gustado que te escribiera antes de...?

—No tengas miedo de las palabras exactas. ¿Antes de perder la razón? ¿Antes de volverse loca? La respuesta es sí, pero no estamos aquí para hablar de tu madre.

Anthony miró a su hija largo rato.

—Bueno, ¿qué?, ¿está buena la miel?

—Sí —dijo Julia mordiendo el biscote.

—Un poco más densa que de costumbre, ¿verdad?

—Sí, un poco más dura.

—Las abejas se volvieron perezosas cuando te marchaste de esta casa.

—Es posible —dijo ella sonriendo—. ¿Quieres que hablemos de abejas?

—¿Por qué no?

—¿La echaste mucho de menos?

—¡Pues claro, qué pregunta!

—¿Era mamá la mujer por la que saltaste en el charco de la calle?

Anthony rebuscó en el bolsillo interior de su chaqueta para sacar un sobre. Lo deslizó sobre la mesa hasta Julia.

—¿Qué es?

—Dos billetes para Berlín, con escala en París, sigue sin haber vuelo directo. Despegamos a las cinco de la tarde. Puedes marcharte sola, no marcharte, o puedo acompañarte, tú decides; esto también es una novedad, ¿no es cierto?

—¿Por qué haces esto?

—¿Qué has hecho con tu trocito de papel?

—¿Qué papel?

—Esa notita de Tomas que siempre llevabas encima y que aparecía como por arte de magia cuando te vaciabas los bolsillos; ese trocito de hoja arrugada que me acusaba cada vez del daño que te había hecho.

—La perdí.

—¿Qué había escrito? Oh, déjalo, no me contestes, el amor es terriblemente banal. ¿De verdad que la has perdido?

—¡Te lo acabo de decir!

—No te creo, ese tipo de cosas nunca desaparecen del todo. Un buen día vuelven a aparecer, surgen del fondo del corazón. Anda, corre a hacer la maleta.

Anthony se levantó y salió de la cocina. En el umbral de la puerta, se volvió.

—Date prisa; no necesitas pasar por tu casa, si te falta algo ya lo compraremos allí. No nos queda mucho tiempo. Te espero fuera, ya he mandado llamar un coche. Al decirte esto, tengo como una extraña sensación de haber vivido ya este momento, ¿me equivoco?

Y Julia oyó los pasos de su padre resonar en el vestíbulo de la casa.

Se llevó las manos a la cabeza y suspiró. Entre los dedos entreabiertos, miraba el tarro de miel encima de la mesa. Tenía que ir a Berlín, pero no tanto para encontrar a Tomas como para proseguir ese viaje con su padre. Y se juró, con toda la sinceridad del mundo, que no era un pretexto ni una excusa, y que seguramente Adam lo comprendería algún día.

De vuelta en su habitación, adonde fue a recoger su bolso que había dejado al pie de la cama, su mirada se dirigió a la estantería. Un libro de historia de tapas color granate sobresalía de los demás. Vaciló, lo abrió y sacó un sobre azul escondido entre las páginas. Lo guardó en su equipaje, cerró la ventana y salió del dormitorio.


Anthony y Julia llegaron justo antes de que concluyera el embarque. La azafata les entregó sus tarjetas y les aconsejó que se dieran prisa. Era tan tarde que no podía garantizarles que llegaran a la puerta antes de la última llamada.

—Pues con mi pierna, lo llevamos claro —declaró Anthony, mirando afligido a la empleada.

—¿Tiene dificultades para desplazarse, señor? —se preocupó la joven.

—Por desgracia, señorita, a mi edad ¿quién no las tiene? —contestó muy orgulloso, presentándole el certificado que daba fe de que llevaba un marcapasos.

—Espere aquí —dijo esta descolgando el teléfono.

Unos segundos más tarde, llegó un cochecito eléctrico para llevarlos a la puerta de embarque del vuelo con destino a París. Escoltados por un agente de la compañía, pasar el control de seguridad esta vez fue un juego de niños.

—¿Vuelves a tener un virus en el sistema? —le preguntó Julia mientras recorrían a toda velocidad los pasillos del aeropuerto.

—Calla, demonios —murmuró Anthony—, ¡nos van a descubrir, no me pasa nada en la pierna!

Y reanudó su conversación con el conductor, como si la vida de este de verdad lo apasionara. Apenas diez minutos más tarde, Anthony y su hija embarcaron entre los primeros pasajeros.

Mientras las dos azafatas ayudaban a Anthony Walsh a acomodarse, una colocándole almohadas en la espalda, y la otra ofreciéndole una manta, Julia volvió a la puerta del avión. Informó al sobrecargo de que tenía que hacer una última llamada. Su padre ya había embarcado, volvería dentro de un momento. Deshizo el camino andado en la pasarela y sacó su móvil.

—¿Y bien, cómo va ese misterioso periplo por Canadá? —dijo Stanley al contestar a la llamada.

—Estoy en el aeropuerto.

—¿Ya vuelves?

—¡No, me marcho!

—¡Cariño, me parece que me he perdido una etapa!

—He vuelto esta mañana, no me ha dado tiempo de pasar a visitarte, y sin embargo te juro que lo necesitaba.

—¿Y se puede saber dónde vas esta vez?, ¿a Oklahoma, a Wisconsin tal vez?

—Stanley, si encontraras una carta de Edward, escrita de su puño y letra justo antes del final, ¿la abrirías?

—Ya te lo he dicho, Julia, sus últimas palabras fueron para decirme que me amaba. ¿Qué más querría saber? ¿Otras excusas, otros motivos de arrepentimiento? Esas pocas palabras suyas valían más que todas las cosas que olvidamos decirnos.

—Entonces, ¿volverías a dejar la carta en su lugar?

—Creo que sí, pero nunca he descubierto ninguna nota de Edward en nuestro apartamento. No escribía mucho, ¿sabes?, ni siquiera la lista de la compra; siempre me tocaba a mí ocuparme de esas cosas. No te imaginas lo mucho que me cabreaba eso entonces, y sin embargo, veinte años más tarde, cada vez que voy al mercado, compro su marca de yogures preferida. Es una tontería acordarse de esa clase de cosas tanto tiempo después, ¿verdad?

—Quizá no.

—¿Has encontrado una carta de Tomas, es eso? Me hablas de Edward cada vez que te acuerdas de Tomas, ¡abre esa carta!...

—¿Por qué, si tú no lo habrías hecho?

—Tiene narices que, en veinte años de amistad, aún no hayas comprendido que soy todo menos un buen ejemplo. Abre esa carta hoy mismo, léela mañana si lo prefieres, pero sobre todo no la destruyas. Quizá te haya mentido un poco; si Edward me hubiera dejado una carta, la habría leído cien veces, durante horas, para estar seguro de comprender cada una de sus palabras, aunque supiera que él nunca hubiera tardado tanto en escribírmela. Y ahora, ¿puedes decirme adónde te marchas? Me muero de impaciencia de saber el prefijo telefónico al que podré llamarte esta noche.

—Será más bien mañana, y tendrás que marcar el 49.

—¿Eso es en el extranjero?

—En Alemania, Berlín.

Hubo un momento de silencio. Stanley respiró profundamente antes de reanudar su conversación.

—¿Has descubierto algo en esa carta que, por lo tanto, ya has abierto?

—¡Que sigue vivo!

—Evidentemente... —suspiró Stanley—. Y me llamas desde la sala de embarque para preguntarme si haces bien en ir a buscarlo, ¿es eso?

—Te llamo desde la pasarela de embarque..., y creo que ya me has respondido.

—Pues entonces corre, tonta, no pierdas ese avión.

—¿Stanley?

—¿Qué pasa ahora?

—¿Estás enfadado?

—Que no, hombre, es solo que no soporto saber que estás tan lejos, nada más. ¿Tienes alguna otra pregunta tonta más?

—¿Cómo te las apañas...?

—¿Para contestar a tus preguntas antes siquiera de que me las hagas? Las malas lenguas te dirán que soy más mujer que tú, pero puedes pensar que es porque soy tu mejor amigo. Y ahora, largo, antes de que me dé cuenta de que te voy a echar muchísimo de menos.

—Te llamaré desde allí, te lo prometo.

—¡Sí, sí, llámame!

La azafata le indicó a Julia que tenía que embarcar inmediatamente, la tripulación ya solo la esperaba a ella para cerrar la puerta del avión. Y cuando Stanley le preguntó qué debía decirle a Adam si este lo llamaba, Julia ya había colgado.

# 14

Cuando se llevaron las bandejas de la cena, la azafata disminuyó la intensidad de las luces, sumiendo el habitáculo en la penumbra. Desde el principio del viaje, Julia nunca había visto a su padre probar bocado ni dormir, ni siquiera descansar. Probablemente fuera normal para una máquina, pero se le hacía muy raro aceptar esa idea. Sobre todo porque eran los únicos detalles que le recordaban que ese viaje juntos los dos solo ofrecía unos pocos días que le robaban al tiempo. La mayor parte de los pasajeros dormía, algunos veían una película en unas pequeñas pantallas; en la última fila de asientos, un hombre revisaba unos papeles a la luz de una lamparita de lectura. Anthony hojeaba un periódico, y Julia miraba por la ventanilla los reflejos plateados de la luna sobre el ala del avión y la superficie agitada del océano en la noche azul.

*En primavera decidí dejar la carrera de Bellas Artes y no regresar a París. Tú hiciste todo lo posible por disuadirme, pero yo había tomado una decisión: como tú, sería periodista y, como tú, salía todas las mañanas en busca de un empleo, aunque como americana no tuviera ninguna esperanza de encontrarlo. Hacía pocos días que las líneas de tranvía volvían a unir ambos lados de la ciudad. A nuestro alrededor, reinaba una agitación constante; la gente hablaba de reunificar tu país para que volviera a formar uno solo, como antes, cuando las cosas de la vida no eran las de la guerra fría. Los que habían servido en las filas de la policía secreta parecían haberse evaporado, llevándose consigo sus archivos. Unos meses antes, habían emprendido ya la tarea de suprimir todos los documentos comprometedores, todos los expedientes que habían constituido sobre millones de tus conciudadanos, y tú habías sido de los primeros en manifestarse para impedírselo.*

*¿Tenías, tú también, un número en un expediente? ¿Duerme todavía en algún archivo secreto, junto con alguna fotografía tuya robada en la calle, en tu lugar de trabajo, la lista de las personas a las que frecuentabas, los nombres de tus amigos y el de tu abuela? ¿Era sospechosa tu juventud a ojos de las autoridades de entonces? ¿Cómo pudimos permitir que ocurriera todo aquello, después de lo que habíamos aprendido tras años de guerra? ¿Era acaso la única manera que encontró nuestro mundo de tomarse la revancha? Tú y yo habíamos nacido demasiado tarde para odiarnos, teníamos tantas cosas que inventar. Por las noches, cuando paseábamos por tu barrio, a menudo notaba que seguías teniendo miedo. El temor se apoderaba de ti con solo ver un uniforme o un vehículo que, según tú, circulaba demasiado despacio. «Ven, no nos quedemos aquí», decías entonces; y me arrastrabas al amparo de la primera callejuela, de la primera escalera que nos permitía escapar, despistar a un enemigo invisible. Y cuando me burlaba de ti, te enfadabas, me decías que no entendía nada, que no sabía nada de lo que habían sido capaces. ¿Cuántas veces no habré sorprendido tu mirada recorrer la sala de un pequeño restaurante al que te llevaba a veces a cenar? Cuántas veces no me habrás dicho «salgamos de aquí», al ver el rostro sombrío de un cliente que te*

recordaba un pasado inquietante. Perdóname, Tomas, tenías razón, yo no sabía lo que era tener miedo. Perdóname por haberme reído cuando nos obligabas a escondernos bajo los pilares de un puente porque un convoy militar cruzaba el río. No sabía, no podía comprender, nadie de mi gente podía hacerlo.

Cuando señalabas a alguien con el dedo en un tranvía, comprendía por tu mirada que habías reconocido a alguno de los que habían trabajado en la policía secreta.

Despojados de sus uniformes, de su autoridad y de su arrogancia, los antiguos miembros de la Stasi se disimulaban en tu ciudad, se adaptaban a la banalidad de la vida de aquellos a los que, tan solo ayer, aún perseguían, espiaban, juzgaban y a veces torturaban, y ello durante años y años. Desde la caída del Muro, la mayoría se había inventado un pasado para que no los identificaran, otros proseguían tranquilamente su carrera, y, para muchos, los remordimientos se disipaban con el paso de los meses, y, con ellos, el recuerdo de sus crímenes.

No he olvidado aquella noche en que fuimos a visitar a Knapp. Caminábamos los tres por un parque. Knapp no dejaba de hacerte preguntas sobre tu vida, sin saber lo doloroso que era para ti contestarlas. Pretendía que el Muro de Berlín había extendido su sombra hasta el Oeste, donde él vivía, cuando tú le gritabas que era el Este, donde habías vivido tú, lo que habían encerrado en hormigón. ¿Cómo podíais acostumbraros a esa existencia?, insistía Knapp. Y tú sonreías, preguntándole si de verdad lo había olvidado todo. Knapp volvía a la carga, y entonces tú capitulabas y respondías a sus preguntas. Y, con paciencia, le hablabas de una vida en la que todo estaba organizado, en la que todo era seguro, no había ninguna responsabilidad que asumir, una vida en la que el riesgo de hacer las cosas mal era muy pequeño. «Conocíamos el pleno empleo, el Estado era omnipresente», decías, encogiéndote de hombros. «Así funcionan las dictaduras», concluía Knapp. Ello convenía a mucha gente, la libertad es un reto enorme, la mayoría de los hombres aspira a ella, pero no sabe cómo emplearla. Y todavía resuena en mis oídos tu voz mientras nos decías en ese café de Berlín Occidental que, en el Este, cada uno a su manera reinventaba su vida en cálidos apartamentos. Vuestra conversación se envenenó cuando tu amigo quiso saber cuántas personas, según tú, habían colaborado con las autoridades durante esos años oscuros; nunca os pusisteis de acuerdo sobre la cifra. Knapp hablaba de un treinta por ciento de la población como máximo. Tú justificabas tu ignorancia, ¿cómo podrías haberlo sabido?, nunca habías trabajado para la Stasi.

Perdóname, Tomas, tenías razón, habré tenido que esperar a emprender el camino hacia ti para saber lo que es tener miedo.

—¿Por qué no me invitaste a tu boda? —preguntó Anthony dejando el periódico sobre su regazo.

Julia se sobresaltó.

—Perdona, no quería asustarte. ¿Estabas pensando en otra cosa?

—No, miraba por la ventanilla, nada más.

—No se ve más que la noche —replicó Anthony asomándose a mirar.

—Sí, pero hay luna llena.

—Un poco alto para saltar al agua, ¿verdad?

—Te mandé una invitación.

—Como a otras doscientas personas. Eso no es lo que yo llamo invitar a un padre. Se suponía que yo te llevaría hasta el altar, ello quizá merecía que habláramos del tema en persona.

—¿De qué hemos hablado tú y yo en los últimos veinte años? Esperaba una llamada tuya, esperaba que me pidieras que te presentara a mi futuro marido.

—Creo recordar que ya lo conocía.

—Te lo encontraste de pura casualidad, en una escalera mecánica de Bloomingdales'; yo a eso no lo llamaría conocer a alguien. No se puede concluir con ello que te interesaras por él o por mi vida.

—Fuimos los tres juntos a tomar el té, si mal no recuerdo.

—Porque te lo había propuesto él, porque resulta que él sí quería conocerte. Veinte minutos durante los cuales monopolizaste la conversación.

—No era muy hablador, tu futuro marido; más bien casi autista, llegué a creer que era mudo.

—¿Acaso le hiciste una sola pregunta siquiera?

—¿Y tú, Julia, me has hecho alguna vez preguntas, me has pedido el más mínimo consejo?

—¿De qué habría servido? ¿Para que me dijeras lo que tú hacías a mi edad o para que me dijeras lo que se suponía que tenía que hacer yo? Podría haberme callado para siempre para que comprendieras, por fin, que nunca he querido parecerme a ti.

—Quizá deberías dormir un poco —dijo Anthony Walsh—, mañana será un día muy largo. Nada más aterrizar en París, tenemos que coger otro avión antes de llegar al final de nuestro viaje.

Subió la manta de Julia hasta taparle los hombros y volvió a enfrascarse en la lectura de su periódico.


El avión acababa de aterrizar en la pista del aeropuerto Charles de Gaulle. Anthony puso en hora su reloj de acuerdo con el huso horario de París.

—Nos quedan dos horas antes de que salga nuestro avión para Berlín, no deberíamos tener ningún problema.

En ese momento, Anthony ignoraba que el aparato que se suponía debía llegar a la terminal E sería redirigido a una puerta de la terminal F; que la puerta en cuestión estaba equipada con una pasarela incompatible con su avión, lo que explicó la azafata para justificar la llegada de un autobús que los conduciría hasta la terminal B.

Anthony levantó el dedo e indicó al sobrecargo que se acercara.

—¡A la terminal E! —le dijo.

—¿Perdón? —contestó este.

—Por megafonía han dicho la terminal B, y creo que debíamos llegar a la E.

—Es posible, nosotros mismos nos hacemos un poco de lío.

—Despéjeme una duda, ¿estamos en el aeropuerto Charles de Gaulle?

—Tres puertas diferentes, nada de pasarela, y los autobuses aún no han llegado: ¡no cabe duda de que estamos en el aeropuerto Charles de Gaulle, sí!

Cuarenta y cinco minutos después de aterrizar bajaron por fin del avión. Quedaba aún pasar el control de pasaportes y encontrar la terminal desde la que salía el vuelo a Berlín.

Había dos agentes de policía encargados de controlar los centenares de pasaportes de los pasajeros que acababan de desembarcar de tres vuelos distintos. Anthony comprobó la hora en una pantalla.

—Tenemos doscientas personas por delante en la cola, me temo que no nos va a dar tiempo.

—¡Pues cogeremos el vuelo siguiente! —contestó Julia.

Una vez pasado el control, recorrieron una interminable serie de pasillos y cintas transportadoras.

—Para eso podríamos haber venido a pie desde Nueva York —se quejó Anthony.

Y, nada más terminar la frase, se desplomó.

Julia trató de retenerlo, pero la caída fue tan repentina que no pudo hacer nada por evitarla. La cinta transportadora seguía avanzando, arrastrando consigo a Anthony, tumbado cuan largo era en el suelo.

—¡Papá, papá, despierta! —gritó Julia, sacudiéndolo muy asustada.

Se oía el ruidito metálico de la cinta. Un viajero se precipitó para ayudar a Julia. Levantaron a Anthony del suelo y lo instalaron un poco más lejos. El hombre se quitó la chaqueta y la puso debajo de la cabeza de Anthony, que seguía inerte. Se ofreció a llamar a una ambulancia.

—¡No, no, no lo haga! —insistió Julia—. No es nada, un simple desmayo, estoy acostumbrada.

—¿Está usted segura? Su marido no parece estar nada bien.

—¡Es mi padre! Es que es diabético —mintió Julia—. Papá, despierta —dijo, sacudiéndolo otra vez.

—Deje que le tome el pulso.

—¡No lo toque! —gritó Julia, presa del pánico.

Anthony abrió un ojo.

—¿Dónde estamos? —preguntó, tratando de incorporarse.

El hombre que había sido tan atento con él lo ayudó a levantarse. Anthony se apoyó en la pared, mientras recuperaba del todo el equilibrio.

—¿Qué hora es?

—¿Está segura de que no es más que un simple desmayo? No parece que le funcione muy bien la cabeza...

—¡Oiga, un respeto! —replicó Anthony, repuesto del todo.

El hombre recuperó su chaqueta y se alejó.

—Al menos podrías haberle dado las gracias —le reprochó Julia.

—¿Por qué, porque trataba patéticamente de ligar contigo fingiendo socorrerme? ¡Vamos, hombre, hasta ahí podíamos llegar!

—¡Eres de lo que no hay, vaya susto me has dado!

—No es para tanto, ¿qué quieres que me ocurra? ¡Ya estoy muerto! —concluyó Anthony.

—¿Puedo saber lo que te ha pasado exactamente?

—Un cortocircuito, imagino, o una interferencia cualquiera. Habrá que notificárselo. Si alguien me apaga desconectando su teléfono móvil, la cosa se pone ya más fea.

—Nunca podré contar lo que estoy viviendo ahora —dijo Julia encogiéndose de hombros.

—¿Lo he soñado, o antes me has llamado papá?

—¡Lo has soñado! —contestó, arrastrándolo hacia la zona de embarque.

Solo les quedaba un cuarto de hora para pasar el control de seguridad.

—¡Vaya, hombre! —dijo Anthony, abriendo su pasaporte.

—¿Y ahora qué pasa?

—Mi certificado del marcapasos, que no lo encuentro.

—Lo tendrás en el fondo de algún bolsillo.

—¡Acabo de comprobar en todos y nada!

Con aire contrariado, miró los arcos que tenía enfrente.

—Si paso por debajo de una de esas cosas, pondré en alerta a todas las fuerzas policiales del aeropuerto.

—¡Entonces vuelve a buscar en tus bolsillos! —se impacientó Julia.

—No insistas, te digo que lo he perdido, se me habrá caído en el avión cuando le he dado la chaqueta a la azafata para que me la guardara. Lo siento, no encuentro ninguna solución.

—No hemos venido hasta aquí para volver ahora a Nueva

190

York. Y, de todas maneras, ¿cómo nos las apañaríamos para hacerlo?

—Alquilemos un coche y vayamos al centro. De aquí a entonces ya se me ocurrirá algo.

Anthony propuso a su hija que reservaran una habitación de hotel para pasar la noche.

—Dentro de dos horas toda Nueva York estará despierta. No tendrás más que llamar a mi médico, él te mandará por fax un duplicado del certificado.

—¿Tu médico no sabe que has muerto?

—¡No, qué tontería, ¿verdad?, pero se me ha olvidado avisarlo!

—¿Por qué no cogemos un taxi? —preguntó Julia.

—¿Un taxi en París? ¡No conoces la ciudad!

—¡Desde luego, tienes prejuicios sobre todo!

—No creo que sea el momento más adecuado para pelearnos; ya veo ahí las oficinas de alquiler de coches. Uno pequeño nos bastará. ¡Mira, no, pensándolo mejor, coge una berlina! Es una cuestión de estatus...

Julia se rindió. Era más de mediodía cuando tomaron por la salida que llevaba a la autopista A1. Anthony se inclinó sobre el parabrisas, observando atentamente los paneles indicadores.

—¡Gira a la derecha! —ordenó.

—París está a la izquierda, lo pone en letras bien grandes.

—¡Muchas gracias pero aún sé leer! Haz lo que te digo —se quejó Anthony, obligándola a girar el volante.

—¡Estás loco! ¿Se puede saber a qué juegas? —gritó Julia mientras el coche daba un peligroso bandazo.

Ya era demasiado tarde para volver a cambiar de carril. Bajo un aluvión de bocinazos, Julia no tuvo más remedio que seguir en dirección al norte.

—Mira lo que has conseguido con tus tonterías, vamos hacia Bruselas, hemos dejado atrás París.

—¡Ya lo sé! Y si no estás demasiado cansada para conducir de un tirón, seiscientos kilómetros después de Bruselas llegaremos a Berlín, dentro de nueve horas si no me he equivocado en mis cálculos. En el peor de los casos haremos una parada en el camino para que puedas dormir un poco. No hay arcos de seguridad que cruzar en las autopistas, ello resuelve nuestro problema a corto plazo; y no nos queda mucho tiempo. Solo faltan cuatro días antes de tener que regresar, a no ser que vuelva a averiarme.

—Ya tenías esta idea en la cabeza antes de que alquiláramos el coche, ¿verdad? ¡Por eso preferías una berlina!

—¿Quieres volver a ver a Tomas, sí o no? Entonces, conduce, no es necesario que te explique el camino, lo recuerdas, ¿no?

Julia encendió la radio del coche, subió el volumen al máximo y aceleró.


En veinte años, el trazado de la autopista había modificado la fisonomía del viaje. Dos horas después de salir del aeropuerto, ya cruzaban Bruselas. Anthony no se mostraba muy hablador. De vez en cuando mascullaba algo mientras contemplaba el paisaje. Julia había aprovechado que estaba distraído para inclinar el retrovisor hacia él, así podía verlo sin que se diera cuenta. Anthony bajó el volumen de la radio.

—¿Eras feliz en la escuela de Bellas Artes? —le preguntó rompiendo el silencio.

—No me quedé mucho tiempo, pero me encantaba el sitio donde vivía. Desde mi habitación, la vista era increíble. Mi mesa de trabajo daba a los tejados del Observatorio.

—A mí también me encantaba París. Tengo muchos re-cuerdos allí. Creo incluso que es la ciudad en la que me habría gustado morir.

Julia carraspeó.

—¿Qué pasa? —quiso saber Anthony—. Vaya cara más rara has puesto de repente. ¿Otra vez he dicho algo que no te ha gustado?

—No, no, de verdad que no.

—Sí, me doy perfecta cuenta de que estás rara.

—Es que... no es fácil decirlo, es tan extraño...

—¡No te hagas de rogar, anda, y dímelo!

—Moriste en París, papá.

—¿Ah, sí? —exclamó Anthony, sorprendido—. Anda, no lo sabía.

—¿No recuerdas nada de tu muerte?

—El programa de transmisión de datos de mi memoria se detiene en mi partida hacia Europa. Después de esa fecha, solo hay un inmenso agujero negro. Supongo que será mejor así, no debe de ser muy divertido que digamos recordar tu propia muer-te. Al final comprendo que el límite de tiempo que se le otorga a esta máquina es un mal necesario. Y no solo para las familias.

—Comprendo —contestó Julia, incómoda.

—Lo dudo. Créeme, esta situación no es extraña solo para ti, y cuanto más pasan las horas, más desconcertante se vuelve todo para mí también. ¿A qué día estamos ya?

—A miércoles.

—Tres días, ¿te das cuenta? Si supieras el ruido que hacen las manecillas del reloj del tiempo cuando suenan en tu cabe-za... ¿Sabes cómo...?

—Un infarto en un semáforo.

—Menos mal que no estaba en verde, encima me habrían atropellado.

—¡Estaba en verde!

—¡Vaya, hombre!

—No provocó ningún accidente, si eso te consuela.

—Para serte sincero, no me consuela en absoluto. ¿Sufrí?

—No, me aseguraron que la muerte fue instantánea.

—Sí, bueno, eso es lo que dicen siempre a las familias para tranquilizarlas. Oh, ¿y qué más da, después de todo? Pertenece al pasado. ¿Quién recuerda cómo murió la gente? Ya sería bastante si recordáramos cómo vivió.

—¿Cambiamos de tema? —suplicó Julia.

—Como quieras, pero me parecía bastante divertido poder hablar con alguien de mi propia muerte.

—Ese alguien en cuestión es tu hija, y, francamente, no parecías estar pasándotelo pipa.

—No empieces a tener razón, haz el favor.

Una hora más tarde, el coche entraba en territorio holandés; ya solo los separaban setenta kilómetros de Alemania.

—Esto es fantástico —prosiguió Anthony—, ya no hay frontera, uno casi podría creerse libre. Si eras feliz en París, ¿por qué te marchaste?

—Me dio la ventolera, en mitad de la noche; pensaba que solo estaría fuera unos días. Al principio no era más que un viajecito entre amigos.

—¿Hacía mucho que los conocías?

—Diez minutos.

—¡Naturalmente! ¿Y a qué se dedicaban en la vida esos amigos tuyos de siempre?

—Eran estudiantes, como yo; bueno, ellos de la Sorbona.

—Ya veo, ¿y por qué Alemania? España o Italia habrían sido viajes más alegres, ¿no?

—Teníamos ganas de revolución. Antoine y Mathias habían presentido que caería el Muro. Quizá no con total seguridad, pero allí estaba pasando algo importante, y quisimos ir a ver qué era con nuestros propios ojos.

—¿En qué me he podido equivocar en tu educación para que tuvieras ganas de revolución? —dijo Anthony golpeándose las rodillas.

—No te guardes rencor, probablemente ese sea tu único logro de verdad.

—¡Es una manera de ver las cosas! —masculló Anthony y, de nuevo, se volvió hacia la ventanilla.

—¿Por qué me haces ahora todas estas preguntas?

—Porque tú a mí no me haces ninguna. Me gustaba París porque allí es donde besé a tu madre por primera vez. Y puedo decirte que no fue fácil.

—No sé si quiero conocer todos los detalles.

—Si supieras lo guapa que era... Teníamos veinticinco años.

—¿Cómo hiciste para ir a París? Pensaba que estabas sin blanca cuando eras joven.

—En 1959 me encontraba haciendo el servicio militar en una base en Europa.

—¿Dónde?

—¡En Berlín! ¡Y no guardo muy feliz recuerdo de mi estancia allí!

De nuevo el rostro de Anthony se volvió hacia el paisaje, que desfilaba tras la ventanilla.

—No hace falta que me mires en el reflejo del cristal, ¿sabes?, estoy justo a tu lado —dijo Julia.

—Entonces tú devuelve ese retrovisor a su lugar, ¡así podrás ver los coches que te siguen antes de adelantar al siguiente camión!

—¿Conociste a mamá allí?

—No, nos conocimos en Francia. Cuando me liberé de

195

mis obligaciones militares, tomé un tren a París. Soñaba con ver la torre Eiffel antes de volver a casa.

—Y te gustó nada más verla.

—No está mal, pero es más pequeña que nuestros rascacielos.

—Me refería a mamá.

—Bailaba en un gran cabaret. Éramos el perfecto cliché del soldado americano que añoraba sus orígenes irlandeses y de la bailarina recién llegada del mismo país.

—¿Mamá era bailarina?

—¡Bluebell Girl! Su compañía daba una función excepcional en el Lido, en los Campos Elíseos. Un amigo nos consiguió las entradas. Tu madre era la protagonista de la revista. Si la hubieras visto en escena cuando bailaba claqué, puedo asegurarte que no tenía nada que envidiarle a Ginger Rogers.

—¿Por qué ella nunca comentó nada de todo eso?

—No somos muy locuaces en esta familia, al menos habrás heredado ese rasgo de carácter.

—¿Cómo la sedujiste?

—Creía que no querías conocer los detalles. Si aminoras un poco la marcha, te lo cuento.

—¡No conduzco de prisa! —respondió Julia mirando la aguja del velocímetro, que rondaba los 140 kilómetros por hora.

—¡Según cómo se mire! Estoy acostumbrado a nuestras autopistas, donde puedes tomarte el tiempo de contemplar el paisaje. Si sigues conduciendo así, necesitarás una llave inglesa para soltar mis dedos del picaporte de la puerta.

Julia levantó el pie del acelerador, y Anthony respiró profundamente.

—Estaba sentado a una mesa muy cerca del escenario. La revista ofreció diez funciones seguidas; no me perdí una sola, incluido el domingo, que había doble función, también por la tarde. Me las apañé, a cambio de una generosa propina a una de las camareras, para que me sentara siempre a la misma mesa.

Julia apagó la radio.

—¡Por última vez, endereza ese retrovisor y mira la carretera! —ordenó Anthony.

Julia obedeció sin protestar.

—Al sexto día, tu madre terminó por fijarse en mí. Me juró que lo había hecho desde el cuarto, pero yo estoy seguro de que fue en el sexto. El cualquier caso, me di cuenta de que me miraba varias veces durante la función. Y no es por alardear, pero estuvo a punto incluso de perder el paso. A este respecto también me juró que ese incidente no tenía nada que ver con mi presencia. Negarse a reconocerlo era una coquetería por parte de tu madre. Mandé entonces que le entregaran un ramo de flores en su camerino, para que se las encontrara al terminar el espectáculo; todas las noches el mismo ramo de pequeñas rosas inglesas, siempre sin tarjeta de visita.

—¿Por qué?

—Si no me interrumpes, lo entenderás en seguida. Al terminar la última función, fui a esperarla a la puerta por la que salían los artistas. Con una rosa blanca en el ojal.

—¡No puedo creer que hicieras una cosa así! —exclamó Julia, ahogando una carcajada.

Anthony se volvió hacia la ventanilla y ya no dijo una sola palabra.

—¿Y qué pasó después? —insistió ella.

—¡Fin de la historia!

—¿Cómo que fin de la historia?

—¡Como te burlas, pues no te sigo contando!

—¡Pero si no me burlaba en absoluto!

—Entonces, ¿qué era esa risa tan tonta?

—Lo contrario de lo que tú crees, es solo que no te había imaginado en plan joven romántico hasta la médula.

—¡Para en la próxima área de servicio, haré el resto del camino andando! —exclamó Anthony cruzándose de brazos con aire malhumorado.

—¡O me sigues contando o acelero!

—Tu madre estaba acostumbrada a que los admiradores la esperaran al otro lado de ese pasillo. Un guardia de seguridad escoltaba a las bailarinas hasta el autobús que las llevaba al hotel. Yo estaba en medio, me dijo que me apartara, con un tono un poco demasiado autoritario para mi gusto. Así que le enseñé los puños.

Julia estalló en una carcajada incontrolable.

—¡Muy bien! —declaró Anthony, furioso—. ¿Conque esas tenemos, eh? Pues no pienso contarte una palabra más.

—Te lo suplico, papá —dijo ella, risueña—. Lo siento, pero es que es irresistible.

Anthony volvió la cabeza y la miró con atención.

—Esta vez no lo he soñado, ¿de verdad me has llamado papá?

—Quizá —dijo Julia secándose las lágrimas de risa—. ¡Sigue contándome!

—Te lo advierto, Julia, si veo aunque no sea más que un amago de sonrisa, ¡se acabó! ¿Estamos?

—Prometido —aseguró ella alzando la mano derecha.

—Tu madre intervino entonces, me alejó de la compañía y le pidió al conductor del autobús que la esperara. Me preguntó qué hacía allí, a diario, sentado a la misma mesa. Creo que en ese momento todavía no se había fijado en la rosa blanca que me adornaba el ojal, de modo que se la di. Estaba tan asombrada al descubrir que yo era quien le mandaba ramos de rosas todas las noches que aproveché para contestar a su pregunta.

—¿Qué le dijiste?

—Que había ido a pedirle la mano.

Julia se volvió hacia su padre, que le ordenó que se concentrara en la carretera.

—Tu madre se echó a reír, con esa voz tan fuerte que pones tú también cuando te burlas de mí. Cuando comprendió que de verdad estaba esperando una respuesta, le indicó al conductor que se marchara sin ella y me propuso que empezara por invitarla a cenar. Caminamos hasta una cervecería en los Campos Elíseos. Déjame que te diga lo orgulloso que me sentía al bajar a su lado por la avenida más hermosa del mundo. Tendrías que haber visto todas las miradas que se posaban sobre ella. Charlamos durante toda la cena pero al final me sentía fatal y de verdad pensaba que todas mis esperanzas morirían ahí.

—Después de haberle pedido tan rápido que se casara contigo, no sé qué podrías haber hecho que fuera más pasmoso que eso.

—Era una situación incomodísima, no tenía para pagar la cuenta, por mucho que rebuscara en mis bolsillos discretamente, no me quedaba una perra. Mis ahorros de soldado se habían ido en comprar las entradas para sus funciones y en los ramos de rosas.

—¿Cómo te las apañaste entonces?

—Pedí un enésimo café, la cervecería estaba a punto de cerrar, tu madre se había ausentado para empolvarse la nariz. Llamé al camarero, decidido a confesarle que no tenía con qué pagar la cuenta, dispuesto a suplicarle que no armara un escándalo, a darle mi reloj como prenda y mis documentos de identidad, a prometerle que volvería a pagar en cuanto me fuera posible, como muy tarde al final de la semana. En lugar de la cuenta me tendió una bandejita en la que había una notita de tu madre.

—¿Qué decía?

Anthony abrió su cartera y sacó un trocito de papel amarillento que desdobló antes de leerlo con voz serena.

—«Nunca se me han dado bien las despedidas y estoy segura de que a usted tampoco. Gracias por esta deliciosa velada, las rosas inglesas son mis preferidas. A finales de febrero estaremos en Mánchester, y me encantaría volver a verlo en la sala. Si viene, esta vez dejaré que sea usted quien me invite a cenar». ¿Ves? —concluyó Anthony, enseñándole a Julia el pedacito de papel—, firmó la notita con su nombre de pila.

—¡Impresionante! —dijo Julia en voz baja—. ¿Y por qué te escribió esa nota?

—Porque tu madre se había percatado de la situación en la que me encontraba.

—¿Cómo?

—Un tipo que se bebe un café tras otro a las dos de la mañana y al que ya no se le ocurre nada que decir cuando las luces de la cervecería empiezan a apagarse...

—¿Y fuiste a Mánchester?

—Primero trabajé para ganar algo de dinero. Tenía varios empleos a la vez. Por las mañanas, a las cinco, estaba en el mercado de Les Halles descargando mercancía, después, me iba corriendo a un café del barrio donde estaba contratado como camarero. A mediodía, cambiaba el delantal por un atuendo de dependiente en un ultramarinos. Perdí cinco kilos y gané lo suficiente para ir a Inglaterra y comprar una entrada para el teatro donde bailaba tu madre y, sobre todo, para ofrecerle una cena como Dios manda. Logré el sueño imposible de estar sentado en primera fila. En cuanto se levantó el telón, ella me sonrió.

»Después de la función, fuimos juntos a un viejo pub de

la ciudad. Yo estaba extenuado. Me avergüenzo al recordarlo, pero me quedé dormido en la sala, y sabía que tu madre se había dado cuenta. Aquella noche casi no hablamos durante la cena. Intercambiamos silencios; y cuando ya le hacía una seña al camarero para que me trajera la cuenta, tu madre me miró fijamente y solo dijo: «Sí». Yo la miré a mi vez, intrigado, y ella repitió ese «sí», con una voz tan clara que aún resuena en mis oídos. «Sí, quiero casarme con usted». Estaba previsto que la revista permaneciera dos meses en cartel en Mánchester. Tu madre se despidió de la compañía, y cogimos un barco para volver a Estados Unidos. Nos casamos nada más llegar. Un cura y dos testigos que habíamos encontrado en la sala. Nadie de nuestras respectivas familias se desplazó hasta allí. Mi padre no me perdonó nunca que me casara con una bailarina.

Con sumo cuidado, Anthony guardó en su lugar el papelito amarillento.

—¡Anda, acabo de encontrar el certificado de mi marcapasos! ¡Mira que soy tonto! En lugar de meterlo en el pasaporte, lo había guardado en la cartera, como un idiota.

Julia asintió con la cabeza, dubitativa.

—¿Esto de ir a Berlín era la típica idea tuya para proseguir nuestro viaje?

—¿Tan poco me conoces para que necesites hacerme esa pregunta?

—Y lo del coche alquilado, tu certificado supuestamente perdido, ¿también lo has hecho a propósito para que fuéramos juntos durante todo el trayecto?

—Aunque todo hubiera sido premeditado, tampoco habría sido tan mala idea, ¿no?

Un cartel indicaba que entraban en Alemania. Con una expresión de descontento, Julia devolvió el retrovisor a su sitio.

—¿Qué pasa, ya no dices nada? —quiso saber Anthony.

—La víspera del día en que apareciste en nuestra habitación para descalabrar a Tomas, habíamos decidido casarnos. Eso no se hace, mi padre no soportaba que yo quisiera casarme con un hombre que no pertenecía a su mundo.

Anthony se volvió hacia la ventanilla.

# 15

Desde la frontera alemana, Anthony y Julia no habían intercambiado una sola palabra. De vez en cuando, Julia subía el volumen de la radio, y Anthony lo bajaba al instante. Un bosque de pinos se erguía en el paisaje. En el lindero de la pineda, una hilera de bloques de hormigón cerraba un desvío que ya no se utilizaba. Julia reconoció a lo lejos las formas siniestras de los antiguos edificios de la zona fronteriza de Marienborn, hoy en día convertidos en memorial.

—¿Cómo os las apañasteis para pasar la frontera? —preguntó Anthony, mirando desfilar tras el cristal los miradores decrépitos.

—¡Le echamos cara! Uno de los amigos con los que viajaba era hijo de diplomático, así que dijimos que íbamos a visitar a nuestros padres, que estaban destinados en Berlín Occidental.

Anthony se echó a reír.

—En lo que a ti respecta, la excusa no estaba exenta de ironía.

Apoyó las manos sobre las rodillas.

—Siento mucho que no se me ocurriera entregarte esa carta antes —añadió.

—¿Lo dices de verdad?

—No lo sé, en cualquier caso, me siento más ligero ahora que te lo he dicho. ¿Te importa parar cuando puedas?

—¿Por qué?

—No sería ninguna tontería que tú descansaras un poco, y además a mí me gustaría estirar las piernas.

Un cartel anunciaba un área de servicio a diez kilómetros de allí. Julia prometió detenerse en ella.

—¿Por qué os fuisteis mamá y tú a Montreal?

—No teníamos mucho dinero, bueno, sobre todo yo, tu madre tenía unos ahorros que no tardamos en gastar. La vida en Nueva York se hacía cada vez más difícil. Fuimos felices allí, ¿sabes? Creo incluso que fueron nuestros mejores años.

—Eso te enorgullece, ¿verdad? —preguntó Julia con voz agridulce.

—¿El qué?

—Haberte marchado sin blanca y haber triunfado.

—¿A ti no? ¿A ti no te enorgullece tu audacia? ¿No te sientes satisfecha cuando ves a un niño jugar con un peluche que es el fruto de tu imaginación? Cuando te paseas por un centro comercial y descubres en un cine el cartel de una película cuya historia has creado tú, ¿no te sientes orgullosa?

—Me contento con alegrarme, que no es poco.

El coche tomó la salida del área de servicio. Julia aparcó junto a una acera que delimitaba una gran extensión de césped. Anthony abrió la puerta y miró fijamente a su hija justo antes de salir.

—¡Bueno, vaaale...! —dijo, y se alejó.

Ella apagó el motor y apoyó la cabeza sobre el volante.

—Pero ¿qué estoy haciendo aquí?

Anthony atravesó una zona de juegos reservada a los niños y entró en la gasolinera. Unos momentos después, regresó cargado con una bolsa de provisiones, abrió la puerta y dejó sus compras sobre el asiento.

—Ve a refrescarte un poco, he comprado lo necesario para que recuperes fuerzas. Mientras tanto yo vigilaré el coche.

Julia obedeció. Rodeó los columpios, evitó la zona de arena y entró ella también en la gasolinera. Cuando salió, encontró a Anthony tumbado a los pies de un tobogán, con los ojos fijos en el cielo.

—¿Estás bien? —preguntó, inquieta.

—¿Crees que estoy ahí arriba?

Desconcertada por la pregunta, Julia se sentó en la hierba, justo a su lado. A su vez, levantó la cabeza.

—No tengo ni idea. Durante mucho tiempo, busqué a Tomas entre las nubes. Estaba segura de haberlo reconocido varias veces y, sin embargo, está vivo.

—Tu madre no creía en Dios, yo sí. Entonces, ¿qué crees tú, que estoy en el Cielo sí o no?

—Perdóname si no puedo contestar a tu pregunta, no lo consigo.

—¿No consigues creer en Dios?

—No consigo aceptar la idea de que estás aquí, a mi lado, que te estoy hablando cuando...

—¡Cuando estoy muerto! Ya te lo he dicho, aprende a no tener miedo de las palabras. Las palabras adecuadas son importantes. Por ejemplo, si me hubieras dicho antes: «Papá, eres un cerdo y un imbécil que nunca entendió nada de mi vida, un egoísta que quería moldear mi vida a semejanza de la suya propia; un padre como muchos otros, que me hacía daño diciéndome que era por mi bien cuando en realidad era por el suyo», quizá te habría escuchado. Quizá no habríamos perdido todo este tiempo, quizá habríamos sido amigos. Reconoce que habría sido estupendo ser amigos.

Julia se quedó callada.

—Mira, por ejemplo, estas palabras son pertinentes: a falta de ser un buen padre, me habría gustado ser tu amigo.

—Deberíamos reemprender camino —dijo Julia con voz temblorosa.

—Esperemos un poco todavía, creo que mis reservas de energía no están a la altura de lo que prometía el folleto; si sigo gastándolas de este modo, temo que nuestro viaje no dure todo lo que teníamos previsto.

—Podemos tomarnos todo el tiempo que necesites. Berlín ya no está tan lejos, y, además, habiendo transcurrido veinte años, poco importa que lleguemos unas horas antes o después.

—Diecisiete años, Julia, no veinte.

—La cosa no cambia mucho.

—¿Tres años de vida? Sí, sí, es mucho. Créeme, sé de lo que hablo.

Padre e hija permanecieron así tumbados con los brazos cruzados detrás de la cabeza, ella en la hierba, él, a los pies del tobogán, ambos inmóviles, escrutando el cielo.

Había pasado una hora, Julia se había quedado dormida, y Anthony la contemplaba dormir. Su sueño parecía tranquilo. De vez en cuando fruncía el ceño, pues le molestaba el pelo, que el viento empujaba sobre su rostro. Con una mano titubeante, Anthony le apartó un mechón de la cara. Cuando Julia volvió a abrir los ojos, el cielo se teñía ya del color sombrío del atardecer. Anthony ya no estaba a su lado. Oteó el horizonte buscándolo y reconoció su silueta, sentado en el coche. Julia volvió a calzarse los zapatos, que sin embargo no recordaba haberse quitado, y corrió hacia el aparcamiento.

—¿He dormido mucho rato? —preguntó, arrancando el motor.

—Dos horas, quizá más. No he llevado cuenta del tiempo.

—¿Y tú, mientras, qué hacías?

—Esperar.

El coche abandonó el área de servicio y volvió a la autopista. Solo quedaban ochenta kilómetros hasta Potsdam.

—Llegaremos al caer la noche —dijo Julia—. No tengo la menor idea de qué hacer para encontrar a Tomas. Ni siquiera sé si sigue viviendo allí. Después de todo, es verdad, me sacaste de allí de repente, ¿quién nos dice que sigue viviendo en Berlín?

—Sí, en efecto, cabe esa posibilidad, entre el alza de los precios de las casas, su mujer, sus trillizos y su familia política, que se ha ido a vivir con ellos, quizá se hayan instalado en un elegante chalet en el campo.

Julia miró rabiosa a su padre, que, de nuevo, le indicó que se concentrara en la carretera.

—Es fascinante cómo puede el miedo inhibir el espíritu —prosiguió él.

—¿Qué estás insinuando?

—Nada, una idea como otra cualquiera. A propósito, no querría meterme donde no me llaman, pero ya sería hora de que le dieras noticias tuyas a Adam. Hazlo al menos por mí, ya no soporto a Gloria Gaynor, no ha parado de berrear en tu bolso mientras dormías.

Y Anthony entonó una endiablada parodia de *I Will Survive*. Julia hizo lo posible por no echarse a reír, pero cuanto más fuerte cantaba Anthony, más risa le daba. Cuando se adentraron en la periferia de Berlín ambos reían.

Anthony guio a Julia hasta el hotel Brandenburger Hof. Nada más llegar los recibió un botones, que saludó al señor Walsh al bajar del coche. «Buenas noches, señor Walsh», dijo a su vez el portero, poniendo en marcha la puerta giratoria. Anthony cruzó el vestíbulo y se dirigió a la recepción, donde el empleado lo saludó por su nombre. Aunque no habían reservado, y en esa época del año el hotel estaba completo, les aseguró que pondrían a su disposición dos habitaciones de la mejor categoría. Lo sentían mucho, pero no podrían estar en el mismo piso. Anthony le dio las gracias, añadiendo que no tenía importancia. Al entregarle las llaves al mozo de las maletas, el recepcionista le preguntó a Anthony si deseaba que les reservara una mesa en el restaurante gastronómico del hotel.

—¿Quieres que cenemos aquí? —le preguntó Anthony a Julia, volviéndose hacia ella.

—¿Eres accionista de este hotel? —quiso saber ella.

—En caso contrario —prosiguió Anthony—, conozco un fantástico restaurante asiático a dos minutos de aquí. ¿Te sigue gustando tanto la cocina china?

Y como Julia no contestaba, Anthony rogó al recepcionista que les reservara mesa para dos en la terraza del China Garden.

Tras refrescarse un poco, Julia se reunió con su padre y se marcharon a pie hasta el restaurante.

—¿Estás contrariada?

—Es increíble cómo ha cambiado todo —contestó ella.

—¿Has hablado con Adam?

—Sí, lo he llamado desde mi habitación.

—¿Y qué ha dicho?

—Que me echaba de menos, que no entendía por qué me había marchado así, ni tras qué corría de esa manera, que había ido a buscarme a Montreal, pero que nos habíamos cruzado; una hora menos y habríamos coincidido.

—¡Imagínate qué cara habría puesto si nos hubiera encontrado juntos!

—También me ha pedido cuatro veces que le prometiera que estaba sola.

—¿Y?

—¡Le he mentido cuatro veces!

Anthony empujó la puerta del restaurante y le cedió el paso a su hija.

—Si sigues así, vas a terminar por cogerle gusto —rio.

—¡No sé qué te parece tan gracioso!

—Lo gracioso es que estamos en Berlín en busca de tu primer amor, y tú te sientes culpable por no poder confesarle a tu prometido que estabas en Montreal en compañía de tu padre. Quizá me equivoque, pero lo encuentro bastante cómico, femenino, pero cómico.

Anthony aprovechó la cena para urdir un plan. Nada más levantarse al día siguiente, irían al sindicato de periodistas para comprobar si un tal Tomas Meyer seguía siendo titular de un carnet de prensa. En el camino de regreso al hotel, Julia arrastró a su padre al Tiergarten Park.

—Yo dormí ahí una vez —dijo señalando un gran árbol a lo lejos—. Es increíble, me siento como si hubiera sido ayer.

Anthony miró a su hija con aire malicioso. Se agachó, unió las manos y estiró los brazos.

—¿Qué haces?

—Una escalera para que trepes, vamos, date prisa, vamos a aprovechar que no hay nadie a la vista.

Julia no se hizo de rogar, tomó apoyo en las manos de su padre y trepó la verja.

—¿Y tú? —preguntó, pasando al otro lado.

—Pasaré por los torniquetes de entrada —dijo señalando un acceso algo más lejos—. El parque no cierra hasta medianoche, a mi edad será más fácil por ahí.

En cuanto se hubo reunido con Julia, la condujo hacia el césped y se sentó al pie del gran tilo que ella le había señalado.

—Es curioso, yo también me eché alguna que otra siesta bajo este árbol cuando estaba en Alemania. Era mi rincón preferido. Cada vez que tenía permiso, venía a instalarme aquí con un libro y miraba a las chicas que paseaban por el parque. Cuando teníamos la misma edad, estábamos sentados en el mismo lugar, bueno, con varios decenios de intervalo. Con el rascacielos de Montreal, ya tenemos dos lugares donde compartir recuerdos, estoy contento.

—Es aquí donde solíamos venir Tomas y yo —dijo Julia.

—Ese chico empieza a caerme simpático.

A lo lejos se oyó el bramido de un elefante. El zoo de Berlín estaba a unos metros a sus espaldas, en el lindero del parque.

Anthony se puso en pie e instó a su hija a que lo siguiera.

—De niña, odiabas los zoológicos. No te gustaba que los animales estuvieran encerrados en jaulas. Era la época en que de mayor querías ser veterinaria. Supongo que ya no te acordarás, pero cuando cumpliste seis años te regalé un peluche muy grande; era una nutria, si mal no recuerdo. No debí de elegirla muy bien, estaba siempre enferma y te pasabas el rato curándola.

—No estarás sugiriendo que si más tarde dibujé una nutria fue gracias a ti...

—¡Vaya ideas se te ocurren! Como si nuestra infancia pudiera desempeñar algún papel en nuestra vida adulta... Con todo lo que me reprochas, no me faltaba más que eso.

Anthony le confesó que sentía que le fallaban las fuerzas a un ritmo que lo preocupaba. Era hora de regresar, de modo que tomaron un taxi.

De vuelta en el hotel, Anthony se despidió de su hija cuando salió del ascensor y siguió camino hasta el último piso, donde se encontraba su habitación.


Tumbada en la cama, Julia pasó largo rato consultando la agenda de su móvil. Se decidió a volver a llamar a Adam, pero cuando contestó su buzón de voz, colgó para, al instante, marcar el número de Stanley.

—¿Y bien, has encontrado lo que habías ido a buscar? —le preguntó su amigo.

—Todavía no, acabo de llegar.

—¿Has ido a pie todo el camino?

—En coche desde París, es una larga historia.

—¿Me echas un poquito de menos? —quiso saber él.

—¡No irás a creer que te llamo solo para darte noticias mías!

Stanley le confió que había pasado por su portal al volver del trabajo; no le pillaba de camino pero, sin darse cuenta, sus pasos lo habían llevado a la esquina de Horatio con Greenwich Street.

—Qué triste se ve el barrio cuando tú no estás.

—Lo dices solo para agradar.

—Me he cruzado con tu vecino, el de la zapatería.

—¿Has hablado con el señor Zimoure?

—Con todo el tiempo que llevamos haciéndole malefi-cios... Estaba en la puerta de su tienda, me ha saludado, y yo le he devuelto el saludo.

—Desde luego, no puedo dejarte solo, en cuanto me alejo unos días, empiezas a juntarte con quien no debes.

—Eres un demonio; al final, tampoco es tan desagradable, el hombre...

—Stanley, ¿no estarás tratando de decirme algo?

—Pero ¿en qué estás pensando?

—Te conozco mejor que nadie, cuando conoces a alguien, y de primeras no te cae mal, eso ya de por sí es sospechoso, así que si me dices que el señor Zimoure «no es tan desagradable», ¡ganas me dan de volver mañana mismo!

—Vas a necesitar otro pretexto para volver, querida. Nos he-mos saludado, nada más. También Adam ha venido a visitarme.

—¡Desde luego, ahora sois inseparables!

—Eres tú más bien la que parece querer separarse de él. Y no es culpa mía si vive a dos calles de mi tienda. Por si todavía te interesa, no me ha dado la impresión de que estuviera muy bien. De todas maneras, para que se acerque a visitarme no puede estar muy bien. Te echa de menos, Julia, está preocupado, y creo que tiene motivos para estarlo.

—Stanley, te juro que no es eso, es incluso lo contrario.

—¡Ah, no, no se te ocurra jurar! ¿Te crees siquiera lo que me acabas de decir?

—¡Sí! —contestó Julia sin vacilar.

—No sabes lo triste que me pongo cuando eres tan tonta. ¿De verdad sabes dónde te arrastra este misterioso viaje?

—No —murmuró Julia.

—Entonces, ¿cómo quieres que lo sepa él? Te dejo, aquí son más de las siete y he de prepararme, esta noche tengo una cena.

—¿Con quién?

—¿Y tú con quién has cenado?

—Sola.

—Como me horroriza que me mientas, voy a colgar, llámame mañana. Un beso.

Julia no pudo prolongar la conversación, oyó un clic: Stanley ya se había marchado, probablemente hacia su vestidor.


La despertó un timbre. Julia se estiró cuan larga era, descolgó el teléfono y solo oyó un pitido. Se levantó, cruzó la habitación, se dio cuenta entonces de que estaba desnuda y se puso en seguida un albornoz que la noche anterior había dejado al pie de la cama.

Al otro lado de la puerta esperaba un botones. Cuando Julia le abrió, este empujó al interior de la habitación un carrito

en el que habían servido un desayuno continental y dos huevos pasados por agua.

—Yo no he pedido nada —le dijo al joven, que ya estaba
sirviéndolo todo en la mesita baja.

—Tres minutos y medio, el tiempo ideal para usted, para
los huevos pasados por agua, por supuesto, ¿no es así?

—Exactamente —contestó Julia ahuecándose el pelo.

—¡Eso mismo nos ha precisado el señor Walsh!

—Pero no tengo hambre... —añadió mientras el camarero
quitaba con cuidado la parte superior de la cáscara de los huevos.

—El señor Walsh me advirtió de que también diría usted
eso. Ah, una última cosa antes de irme: la espera en el vestíbulo
del hotel a las ocho, es decir, dentro de treinta y siete minutos
—dijo consultando su reloj—. Que pase un buen día, señorita Walsh, hace un tiempo magnífico, eso debería asegurarle una
feliz estancia en Berlín.

Y el joven se marchó ante la mirada pasmada de Julia.

Contempló la mesa, el zumo de naranja, los cereales, los
panecillos frescos, no faltaba nada. Decidida a hacer caso omiso de ese desayuno, se dirigió al cuarto de baño, dio media vuelta y se sentó en el sofá. Metió un dedo en el huevo, y al final se
comió casi todo lo que tenía delante.

Tras una ducha rápida se vistió mientras se secaba el pelo,
se calzó saltando a la pata coja y salió de la habitación. ¡Eran
las ocho en punto!

Anthony esperaba junto a la recepción.

—¡Llegas tarde! —le dijo justo cuando salía del ascensor.

—¿Tres minutos y medio? —contestó ella, mirándolo dubitativa.

—Así es como te gustan los huevos, ¿verdad? No perda-
mos tiempo, tenemos una reunión dentro de media hora y, con
los atascos, llegaremos muy justos.

213

—¿Dónde hemos quedado y con quién?

—En la sede del sindicato de prensa alemán. Por algún sitio teníamos que empezar nuestra investigación, ¿no?

Anthony salió por la puerta giratoria y pidió un taxi.

—¿Cómo lo has hecho? —quiso saber Julia, acomodándose en el interior del Mercedes amarillo.

—He llamado esta mañana a primera hora, ¡mientras tú dormías!

—¿Hablas alemán?

—Podría decirte que una de las maravillas tecnológicas de las que estoy equipado me permite hablar con soltura quince lenguas; eso quizá te impresionará, o quizá no, pero conténtate con la explicación de que pasé varios años destinado aquí, si no se te ha olvidado ya. De esa estancia he conservado algunos rudimentos de alemán gracias a los cuales puedo hacerme comprender cuando lo necesito. Y tú que querías vivir aquí, ¿practicas un poco la lengua de Goethe?

—¡Se me ha olvidado todo lo que sabía!


El taxi recorría veloz la Stülerstrasse, en el cruce siguiente tomó a la izquierda y atravesó el parque. La sombra de un gran tilo se extendía sobre un césped que lucía distintas tonalidades de verde.

El coche bordeaba ahora las orillas transformadas del río Spree. A cada lado, edificios a cual más moderno rivalizaban en transparencia, la arquitectura rompedora característica de Berlín, testigo de que los tiempos habían cambiado. El barrio que ahora descubrían lindaba con la antigua frontera donde antaño se elevaba el siniestro Muro. Pero nada subsistía de esa época. Ante sí, un gigantesco mercado albergaba un centro de conferencias bajo su gran cristalera. Un poco más lejos, un complejo más importante aún se extendía a ambos lados del río, al que se accedía por una pasarela blanca de formas livianas. Empujaron una puerta y siguieron el camino que llevaba a las oficinas del sindicato de prensa. Los recibió un empleado en la planta baja. Con un alemán bastante digno, Anthony explicó que intentaba localizar a un tal Tomas Meyer.

—¿Con qué intención? —preguntó el empleado sin levantar los ojos de lo que estaba leyendo.

—Debo confiar cierta información al señor Tomas Meyer que solo él puede recibir —respondió Anthony con amabilidad.

Y como este último comentario pareció por fin atraer la atención de su interlocutor, se apresuró a añadir que le estaría infinitamente agradecido al sindicato si tenía a bien comunicarle una dirección en la que pudiera ponerse en contacto con el señor Meyer. No sus señas personales, por supuesto, sino las del organismo de prensa para el que trabajaba.

El recepcionista le pidió que esperara unos minutos y fue a buscar a su superior.

El subdirector convocó a Anthony y a Julia en su despacho. Acomodado en un sofá, bajo una gran fotografía mural que representaba a su anfitrión sujetando con el brazo tendido un considerable trofeo de pesca, Anthony repitió el mismo rollo palabra por palabra. El hombre calibró a Anthony con una mirada insistente.

—¿Busca a ese tal Tomas Meyer para confiarle exactamente qué clase de información? —preguntó mesándose el bigote.

—Es precisamente lo que no puedo revelarle, pero tenga por seguro que es primordial para él —prometió Anthony con toda la sinceridad del mundo.

—Ahora mismo no recuerdo artículos importantes publicados por ningún Tomas Meyer —dijo el subdirector, dubitativo.

—Y eso es exactamente lo que podría cambiar si gracias a usted encontráramos la manera de ponernos en contacto con él.

—¿Y qué tiene que ver la señorita en toda esta historia? —preguntó el subdirector, volviendo su sillón giratorio hacia la ventana.

Anthony miró a Julia, que no había pronunciado palabra desde que habían llegado.

—Nada en absoluto —contestó—. La señorita Julia es mi asistente personal.

—No estoy autorizado a darle la más mínima información sobre ninguno de nuestros miembros sindicados —concluyó el subdirector poniéndose en pie.

Anthony se levantó a su vez y fue a su encuentro, poniéndole una mano en el hombro.

—Lo que he de revelarle al señor Meyer, y solo a él —insistió en tono autoritario—, podría cambiar el curso de su vida, para bien, puede estar seguro. No me haga creer que un responsable sindical de su competencia obstaculizaría una mejora espectacular en la carrera de uno de sus miembros. Pues, de ser así, no tendría ninguna dificultad en hacer público un comportamiento como el suyo.

El hombre se frotó el bigote y volvió a sentarse. Tecleó algo en su ordenador y volvió la pantalla hacia Anthony.

—Mire, en nuestras listas no figura ningún Tomas Meyer. Lo siento. Y aunque no tuviera carnet, lo cual es imposible, tampoco aparece en el anuario profesional, puede comprobarlo usted mismo. Y ahora, tengo trabajo, de modo que si solo ese tal señor Meyer puede recibir sus valiosas confidencias, voy a tener que pedirle que concluyamos aquí esta entrevista.

Anthony se levantó e indicó a Julia con un gesto que lo siguiera. Se mostró muy agradecido con su interlocutor por el tiempo que les había dedicado y abandonó el recinto del sindicato.

—Supongo que tenías tú razón —masculló recorriendo la acera a pie.

—¿Tu asistente personal? —preguntó Julia frunciendo el ceño.

—¡Oh, te lo ruego, no pongas esa cara, algo se me tenía que ocurrir!

—¡Señorita Julia! Lo que me faltaba por oír...

Anthony llamó a un taxi que circulaba por el otro lado de la calzada.

—Tu Tomas quizá haya cambiado de profesión.

—De ninguna manera: ser periodista no era un trabajo para él, sino una vocación. No alcanzo a imaginar que se dedique a otra cosa en la vida.

—¡Quizá él sí! Recuérdame el nombre de esa calle sórdida en la que vivíais los dos —le pidió a su hija.

—Comeniusplatz, está detrás de la avenida Karl Marx.

—¡Vaya, vaya!

—¿Cómo que vaya, vaya?

—Nada, solo buenos recuerdos, ¿verdad?

Anthony le dio las señas al taxista.

El coche cruzó la ciudad. Esta vez ya no había puestos de control, ni rastro del Muro, nada que recordara dónde terminaba el Oeste y dónde empezaba el Este. Pasaron delante de la torre de la televisión, flecha escultural cuya cúspide y antena se erguían hacia el cielo. Y cuanto más avanzaban, más cambiaba cuanto los rodeaba. Cuando llegaron a su destino, Julia no reconoció nada del barrio en el que había vivido. Ahora era todo tan diferente que su memoria parecía referirse a otra vida.

—Entonces, ¿es en este magnífico lugar donde se supone que se desarrollaron los momentos más bellos de tu vida cuando eras joven? —preguntó Anthony en tono sarcástico—. Reconozco que tiene cierto encanto.

—¡Ya basta! —gritó ella.

A Anthony le sorprendió el repentino enfado de su hija.

—Pero ¿y ahora qué he dicho de malo?

—Te lo suplico, cállate.

Los antiguos edificios y las viejas casas que antes ocupaban la calle habían cedido paso a construcciones más recientes. No subsistía ya nada de lo que había poblado los recuerdos de Julia, excepto el parque público.

Avanzó hasta el número 2 de la calle. Antes había allí un edificio frágil y, al otro lado de la puerta verde, una escalera de madera que ascendía hasta la primera planta; Julia ayudaba a la abuela de Tomas a subir los últimos peldaños. Cerró los ojos y recordó. Primero el olor a cera cuando uno se acercaba a la cómoda, los visillos siempre cerrados que filtraban la luz y protegían de las miradas ajenas; el eterno mantel de muletón sobre la mesa, las tres sillas del comedor; un poco más allá, el sofá desgastado, frente al televisor en blanco y negro. La abuela de Tomas no había vuelto a encenderlo desde que se limitaba a difundir las buenas noticias que el gobierno quería dar. Y, detrás, el fino tabique que separaba el salón de su habitación. ¿Cuántas veces no había estado a punto Tomas de ahogar a Julia con la almohada cuando se reía de sus torpes caricias?

—Tenías el cabello más largo —dijo Anthony sacándola de su ensimismamiento.

—¿Qué? —preguntó ella, volviéndose.

—Cuando tenías dieciocho años, llevabas el cabello más largo.

Anthony recorrió el horizonte con la mirada.

—No queda gran cosa, ¿verdad?

—No queda nada de nada, querrás decir —balbuceó Julia.

—Ven, vamos a sentarnos en ese banco de ahí enfrente, estás muy pálida, tienes que reponerte un poco.

Se instalaron en un rincón del césped, amarillento por el ir y venir de los niños.

Julia estaba callada. Anthony levantó el brazo, como si quisiera rodearle los hombros con él, pero su mano terminó por posarse en el respaldo del banco.

—¿Sabes?, había otras casas aquí. Las fachadas eran decrépitas, no tenían muy buen aspecto, pero por dentro eran acogedoras, era...

—Mejor en tu recuerdo, sí, así es como suele ser —dijo Anthony con voz tranquilizadora—. La memoria es una artista extraña, redibuja los colores de la vida, borra lo mediocre y solo conserva los trazos más hermosos, las curvas más conmovedoras.

—Al cabo de la calle, en lugar de esa horrible biblioteca, había un pequeño bar. Nunca había visto nada más cutre; una sala gris, del techo colgaban unos neones, había unas mesas de formica, la mayoría cojas, pero si supieras cuánto nos reímos en ese barucho sórdido, si supieras lo felices que fuimos allí. Solo servían vodka y cerveza de mala calidad. A menudo ayudaba al dueño cuando tenía muchos clientes, me ponía un delantal y hacía de camarera. Mira, era allí —dijo Julia, señalando la biblioteca que había reemplazado al bar.

Anthony carraspeó.

—¿Estás segura de que no era más bien al otro lado de la calle? Estoy viendo ahora un pequeño bar que recuerda bastante a lo que acabas de describirme.

Julia volvió la cabeza. En la esquina del bulevar y en el lado contrario al que ella le había señalado, parpadeaba un rótulo luminoso sobre la fachada deslucida de un viejo bar.

Julia se levantó, y Anthony la siguió. Subió la calle, aceleró

219

y echó a correr, sintiendo que los últimos metros no terminaban nunca. Jadeante, abrió la puerta del bar y entró.

Habían vuelto a pintar las paredes de la sala, dos lámparas de araña sustituían ahora a los neones, pero las mesas de formica eran las mismas y le daban al lugar un estilo retro sumamente atractivo. Detrás del mostrador, que no había cambiado, un hombre de cabello blanco la reconoció.

Un solo cliente ocupaba una silla al fondo del local. Sentado de espaldas, se adivinaba que estaba leyendo el periódico. Conteniendo la respiración, Julia avanzó hacia él.

—¿Tomas?

# 16

En Roma, el jefe del gobierno italiano acababa de anunciar su dimisión. Una vez terminada la conferencia de prensa, por última vez aceptó prestarse al juego de los fotógrafos. Los flashes chisporrotearon, irradiando el estrado. Al fondo de la sala, un hombre acodado sobre el radiador guardaba su material.

—¿No inmortalizas la escena? —preguntó una joven a su lado.

—No, Marina, hacer la misma foto que otros cincuenta tipos no tiene ningún interés. Francamente, no es lo que yo llamo un reportaje.

—¡Qué malas pulgas tienes, menos mal que al menos eres guapo y así compensas!

—Es una manera como otra cualquiera de decirme que tengo razón. ¿Y si en lugar de escuchar tus sermones te llevara a comer?

—¿Tienes algún restaurante en mente? —preguntó la periodista.

—¡No, pero estoy seguro de que tú, sí!

Un periodista de la RAI pasó junto a ellos y le besó la mano a Marina antes de desaparecer.

—¿Quién es?

—Un idiota —contestó ella.

—En cualquier caso, un idiota al que no pareces dejar indiferente.

—Precisamente lo que yo decía, ¿nos vamos?

—Recogemos nuestras credenciales en la entrada y nos largamos de aquí pitando.

Cogidos del brazo, salieron de la gran sala donde había tenido lugar la rueda de prensa y enfilaron el pasillo que conducía hacia la salida.

—¿Qué proyectos tienes? —preguntó Marina, mostrándole su carnet de prensa al guardia de seguridad.

—Espero noticias de mi redacción. Llevo tres semanas dedicándome a cosas sin ningún interés, como hoy, esperando a diario que me den luz verde para ir a Somalia.

—¡Excelentes noticias para mí!

A su vez, el periodista tendió su carnet de prensa para que el guardia de seguridad le devolviera el documento de identidad que cada visitante estaba obligado a entregar para poder entrar en el recinto del *palazzo* Montecitorio.

—¿Señor Ullmann? —preguntó el agente.

—Sí, ya lo sé, mi apellido de periodista difiere del que aparece en mi pasaporte, pero mire la fotografía de mi carnet de prensa, así como el nombre de pila, y verá que son iguales.

El guardia comprobó la semejanza de los rostros y, sin hacer más preguntas, le devolvió el pasaporte a su dueño.

—¿Cómo es que no firmas tus artículos con tu verdadero nombre? ¿Es una coquetería de divo?

—La razón es algo más sutil —contestó el periodista cogiendo a Marina por la cintura.

Cruzaron la *piazza* Colonna bajo un sol de justicia. Numerosos turistas buscaban refrescarse tomando un helado.

—Menos mal que has conservado el nombre de pila.

—¿Qué habría cambiado eso?

—Me gusta el nombre de Tomas, además te va como anillo al dedo, tienes cara de llamarte Tomas.

—¿Ah, sí? ¿Qué pasa, que ahora los nombres tienen cara? ¡Vaya ideas se te ocurren!

—Pues claro que sí —prosiguió Marina—, no podrías haberte llamado de otra manera; no te pega nada Massimo, ni Alfredo, ni siquiera Karl. Tomas es exactamente lo que necesitas.

—No dices más que tonterías. Bueno, ¿qué?, ¿adónde me llevas?

—Este calor y ver a toda esa gente comiendo helado me han dado ganas de un granizado, vamos a la Tazza d'Oro, está en la plaza del Panteón, no muy lejos de aquí.

Tomas se detuvo al pie de la columna Antonina. Abrió su bolsa, escogió una cámara a la que le ajustó un objetivo, se arrodilló y fotografió a Marina mientras esta contemplaba los bajorrelieves esculpidos a la gloria de Marco Aurelio.

—¿Y esta no es una foto que sacan igual cincuenta tipos? —preguntó la muchacha riendo.

—No sabía que tuvieras tantos admiradores —sonrió Tomas volviendo a pulsar el botón, esta vez para un primer plano.

—¡Me refiero a la columna! ¿Me estás sacando a mí?

—La columna se parece a la de la Victoria de Berlín, pero tú eres única.

—Lo que yo decía, el mérito es todo de tu cara bonita; eres un ligón patético, Tomas, en Italia no tendrías ninguna oportunidad. Anda, vamos, hace demasiado calor aquí.

Marina cogió a Tomas de la mano y se alejaron, dejando la columna Antonina a su espalda.

\* \* \*

La mirada de Julia recorrió de arriba abajo la columna de la Victoria, que se erguía en el cielo de Berlín. Sentado en la base, Anthony se encogió de hombros.

—Tampoco podíamos dar con él a la primera —suspiró—. Reconocerás que si ese tipo del bar hubiera sido tu Tomas, la coincidencia habría sido de lo más pasmosa.

—Ya lo sé, me he equivocado y ya está.

—Quizá sea porque querías que fuera él.

—De espaldas tenía la misma silueta, el mismo corte de pelo, una manera parecida de pasar las páginas del periódico, al revés.

—¿Por qué ha puesto esa cara el dueño cuando le hemos preguntado si se acordaba de él? Se había mostrado más bien amable cuando le has rememorado vuestros buenos recuerdos.

—En cualquier caso, ha sido muy amable al decirme que no había cambiado, nunca hubiera imaginado que me reconocería.

—Pero ¿a ti quién podría olvidarte, hija mía?

Julia le dio un codazo de complicidad a su padre.

—Estoy seguro de que nos ha mentido y que se acordaba perfectamente de tu Tomas, ha sido justo cuando has pronunciado su nombre cuando se le ha ensombrecido el rostro.

—Para de decir «mi Tomas». Ya no sé siquiera qué estamos haciendo aquí, ni de qué sirve todo esto.

—¡Pues sirve para recordarme una vez más que elegí bien la fecha al morir la semana pasada!

—¡Quieres parar ya con eso! ¡Si crees que voy a dejar a Adam para perseguir a un fantasma, estás muy equivocado!

—Hija mía, aun a riesgo de irritarte un poco más, permíteme que te diga que el único fantasma en tu vida soy yo. Me lo has repetido bastantes veces, ¡así que no te creas que en estas circunstancias me vas a quitar ese privilegio!

—No me haces ni pizca de gracia...

—No te hago ni pizca de gracia porque en cuanto abro la boca me interrumpes... De acuerdo, no soy divertido, y no te apetece oír lo que te digo, pero a juzgar por tu reacción en ese bar cuando has creído reconocer a Tomas, no me gustaría estar en el lugar de Adam. ¡Y ahora, anda, dime que estoy equivocado!

—¡Estás equivocado!

—¡Pues mira, al menos habré permanecido fiel a esa costumbre! —replicó Anthony cruzándose de brazos.

Julia sonrió.

—¿Y ahora qué he hecho?

—Nada, nada —contestó Julia.

—¡Vamos, por favor!

—No sé, tienes un lado como chapado a la antigua que no conocía.

—¡No seas hiriente, por favor! —contestó Anthony poniéndose en pie—. Anda, ven, te invito a comer, son las tres y no has probado bocado desde esta mañana.


De camino hacia su oficina, Adam pasó por una licorería. El dueño le propuso un vino de California con un tanino excelente, mucho cuerpo, quizá un poco fuerte. La idea lo seducía, pero buscaba algo más refinado, a imagen y semejanza de la persona a quien iba destinada la botella. Comprendiendo lo que su cliente deseaba, el comerciante desapareció en la trastienda y volvió con un gran vino de Burdeos. Una añada así no se situaba por supuesto en la misma gama de precios, pero ¿acaso tenía precio la excelencia? ¿No le había dicho Julia que su mejor amigo no sabía resistirse a un buen vino y que, cuando este era excepcional, Stanley ya no era capaz de controlarse?

Dos botellas tendrían que bastar para emborracharlo y, lo quisiera o no, terminaría por confesarle dónde estaba Julia.

—Reconsideremos las cosas desde el principio —dijo Anthony, instalado en la terraza de una cafetería—. Hemos probado en el sindicato, y no aparece en ninguna lista. Estás convencida de que sigue siendo periodista; bien, puede ser, fiémonos de tu instinto, aunque todo nos indique lo contrario. Hemos vuelto allí donde vivía, pero han echado abajo el edificio. Desde luego, es lo que se llama destruir el pasado y empezar de cero. Lo que me lleva a preguntarme si todo esto no tiene un porqué.

—Mensaje recibido. Pero ¿dónde quieres llegar exactamente? Tomas ha roto con la época que nos unía; entonces ¿qué estamos haciendo aquí? ¡Regresemos, si de verdad es lo que piensas! —se enojó Julia, rechazando con un gesto el capuchino que le servía el camarero.

Anthony le indicó que lo dejara sobre la mesa.

—Ya sé que no te gusta el café, pero preparado así está delicioso.

—¿Qué más te da que prefiera el té?

—Nada, es solo que me gustaría que hicieras un esfuerzo, ¡no te pido gran cosa!

Julia bebió un trago haciendo muchas muecas.

—No hace falta que dejes claro que te da asco, ya me he dado cuenta, pero ya te lo he dicho: un día superarás la impresión de amargor que te impide apreciar el sabor de las cosas. Y si piensas que tu amigo ha buscado borrar todos los vínculos que lo unían a vuestra historia, te otorgas demasiada importancia. Quizá simplemente haya roto con su pasado, y no con el vuestro. No me parece que hayas comprendido todas las dificultades que habrá tenido que superar para adaptarse a un mundo en el que las costumbres eran contrarias a todo lo que había conocido hasta entonces. Un sistema en el que todas y cada una de las libertades se asentaban a costa de negar los valores de su infancia.

—¿Y ahora lo defiendes?

—Rectificar es de sabios. El aeropuerto está a treinta minutos de aquí, podemos pasar por el hotel, recoger nuestras cosas y tomar el último vuelo. Esta noche dormirás en tu precioso apartamento de Nueva York. Aun a riesgo de repetirme, rectificar es de sabios, ¡más te valdría reflexionar un poco sobre eso antes de que sea demasiado tarde! ¿Quieres regresar o prefieres proseguir con la investigación?

Julia se levantó; se bebió el capuchino de un trago, sin una sola mueca, se limpió la boca con el dorso de la mano y dejó la taza sobre la mesa, haciendo mucho ruido.

—Y bien, Sherlock, ¿tienes alguna nueva pista que proponernos?

Anthony dejó unas monedas en el platillo y se levantó a su vez.

—¿No me hablaste un día de un amigo íntimo de Tomas al que solíais ver a menudo?

—¿Knapp? Era su mejor amigo, pero no recuerdo haberte hablado de él.

—Entonces digamos que tengo mejor memoria que tú. ¿Y a qué se dedicaba ese Knapp? ¿No era periodista?

—¡Sí, claro!

—¿Y no te pareció sensato mencionar su nombre esta mañana cuando tuvimos acceso a la agenda de la prensa profesional?

—No se me ocurrió ni por un momento...

—¿Lo ves? ¡Lo que yo decía, te estás volviendo tonta por completo! ¡Anda, vamos!

—¿De vuelta al sindicato?

—¡Qué idea más estúpida! —dijo Anthony con un gesto de exasperación—. No creo que nos recibieran muy bien.

—Entonces ¿adónde?

—¿Acaso tiene un hombre de mi edad que descubrirle las maravillas de Internet a una joven que se pasa la vida pegada a una pantalla de ordenador? ¡Es patético! Busquemos un cibercafé por aquí y, por favor, recógete el pelo, con este viento ya no se te ve la cara.


Marina se había empeñado en invitar a Tomas. Después de todo, se encontraban en su terreno, y cuando ella iba a visitarlo a Berlín, él siempre pagaba la cuenta. Por dos simples granizados de café, Tomas no había puesto objeciones.

—¿Tienes trabajo hoy? —le preguntó.

—Ya has visto la hora que es, se ha pasado casi la tarde, y además mi trabajo eres tú. ¡Si no hay foto, no hay artículo!

—Entonces ¿qué quieres hacer?

—Hasta que llegue la noche no me importaría ir a pasear un poco, por fin hace menos calor, estamos en el centro, hay que aprovechar.

—Tengo que llamar a Knapp antes de que se marche de la redacción.

Marina le acarició la mejilla.

—Sé que estás dispuesto a todo para separarte de mí lo antes posible, pero no te preocupes tanto, ya te irás a Somalia. Knapp te necesita allí, me lo has dicho cien veces. Conozco la historia de memoria. Tiene en mente el puesto de director de la redacción, eres su mejor reportero, y tu trabajo es vital para su ascenso. Déjale el tiempo de preparar bien el terreno.

—¡Pero ya lleva tres semanas preparándolo, maldita sea!

—¿Va con más cuidado porque se trata de ti? ¿Y qué pasa?

¡No le puedes reprochar que también sea tu amigo! Anda, llévame de paseo por la ciudad.

—¿No estarás invirtiendo los papeles, por casualidad?

—¡Sí, pero es que contigo me encanta hacerlo!

—¿Te estás burlando de mí?

—¡Totalmente! —replicó Marina, echándose a reír.

Y tiró de él hacia los escalones de la *piazza* di Spagna, señalando con el dedo las dos cúpulas de la iglesia de la Trinità dei Monti.

—¿Hay algún lugar más hermoso que este? —quiso saber Marina.

—¡Berlín! —contestó Tomas sin pensarlo un segundo.

—¡Ni remotamente! Y si dejas de decir tonterías, luego te llevo al café Greco, ¡cuando hayas probado el capuchino me dices si en Berlín lo sirven tan bueno!


Sin apartar la vista del ordenador, Anthony trataba de descifrar las indicaciones que aparecían en la pantalla.

—Creía que hablabas bien alemán —comentó Julia.

—Hablarlo lo hablo, pero leerlo y escribirlo no es exactamente lo mismo, y además no es un problema de idioma, sino de que no entiendo nada de estas máquinas.

—¡Pues quita! —ordenó Julia, sentándose ante el teclado.

Se puso a escribir a toda velocidad, y el motor de búsqueda entregó sus resultados. Tecleó el nombre de Knapp en la casilla indicada y se interrumpió de pronto.

—¿Qué pasa?

—No recuerdo su nombre, no sé siquiera si Knapp es un nombre de pila o un apellido. Siempre lo llamábamos así.

—¡Quita! —ordenó a su vez Anthony y, junto a Knapp, añadió «*Journalist*».

229

Al instante apareció una lista con once nombres. Siete hombres y cuatro mujeres respondían al nombre de Knapp, y todos ejercían la misma profesión.

—¡Es él! —exclamó Anthony señalando la tercera línea—. ¡Jürgen Knapp!

—¿Por qué ese precisamente?

—Porque seguro que la palabra *Chefredakteur* significa redactor jefe.

—¡No me digas!

—Si no recuerdo mal cómo hablabas de ese joven, me imagino que a los cuarenta habrá sido lo bastante inteligente para hacer carrera, si no, seguramente habría cambiado de profesión, como tu Tomas. En lugar de ponerte así, mejor felicítame por mi perspicacia.

—No creo haberte hablado de Knapp, y no entiendo cómo haces para trazar su perfil psicológico —respondió Julia, estupefacta.

—¿De verdad quieres que hablemos de la agudeza de tu memoria? ¿Quieres recordarme en qué lado de la calle se encontraba el bar en el que tantos momentos maravillosos viviste? Tu Knapp trabaja en la redacción del *Tagesspiegel,* sección de información internacional. ¿Vamos a hacerle una visita, o prefieres que nos quedemos aquí diciendo tonterías?


A la hora en que empezaban a cerrar las oficinas, tardaron mucho en cruzar Berlín, sumida en atascos sin fin. El taxi los dejó ante la Puerta de Brandemburgo. Después de afrontar el tráfico, ahora tenían que abrirse camino entre la densa multitud de berlineses que volvían del trabajo y las manadas de turistas que habían ido a visitar los monumentos. Allí, un día un presidente norteamericano había instado a su homólogo soviético, al otro lado del Muro, a restaurar la paz en el mundo, a echar abajo esa frontera de hormigón que antaño se elevaba detrás de las columnas del gran arco. Y, por una vez, los dos jefes de Estado se habían escuchado y puesto de acuerdo para reunir el Este con el Oeste.

Julia apretó el paso, a Anthony le costaba seguirla. Varias veces gritó su nombre, seguro de haberla perdido, pero siempre terminaba por distinguir su silueta entre la muchedumbre que había invadido la Pariserplatz.

Lo esperó en la puerta del edificio. Se presentaron juntos en la recepción. Anthony pidió ver a Jürgen Knapp. La recepcionista estaba hablando por teléfono. Puso la llamada en espera y les preguntó si habían concertado una cita.

—No, pero estoy seguro de que estará encantado de recibirnos —afirmó Anthony.

—¿A quién anuncio? —preguntó la recepcionista, admirando el pañuelo con el que se había recogido el cabello la mujer acodada al mostrador.

—Julia Walsh —contestó ella.

Sentado tras su escritorio en la segunda planta, Jürgen Knapp le pidió a la señorita que le repitiera si era tan amable el nombre que acababa de pronunciar. Le dijo que esperara un momento, ahogó el auricular con la palma de la mano y avanzó hasta la gran luna de cristal que dominaba la planta de abajo.

Desde ahí disfrutaba de una vista que abarcaba todo el vestíbulo y, en especial, la recepción. La mujer que se quitaba el pañuelo para acariciarse el cabello, aunque lo llevara ahora más corto de lo que él recordaba, esa mujer de elegancia natural que caminaba nerviosa de un lado a otro bajo su ventana, era sin lugar a dudas la mujer a la que había conocido hacía dieciocho años.

Volvió a llevarse el auricular al oído.

—Dígale que no estoy, que esta semana estoy de viaje, dígale incluso que no volveré hasta final de mes. Y, se lo ruego, ¡sea creíble!

—Muy bien —dijo la recepcionista, velando por no pronunciar el nombre de su interlocutor—. Tengo una llamada para usted. ¿Se la paso?

—¿Quién es?

—No me ha dado tiempo a preguntarlo.

—Pásemela.

La recepcionista colgó el teléfono e interpretó su papel a la perfección.

—¿Jürgen?

—¿Quién es?

—Tomas, ¿ya no reconoces mi voz?

—Sí, claro, perdóname, estaba distraído.

—¡Llevo esperando cinco minutos por lo menos, te llamo desde el extranjero! ¿Qué pasa, es que estabas hablando con un ministro para hacerme esperar tanto?

—No, no, lo siento, no era nada importante. Tengo una buena noticia para ti, pensaba anunciártela esta noche: ya me han dado luz verde, te vas a Somalia.

—¡Fantástico! —exclamó Tomas—. Vuelvo a Berlín y me marcho corriendo para allá.

—No es necesario, quédate en Roma, te saco un billete electrónico y te enviamos por mensajero todos los documentos importantes, los tendrás mañana por la mañana.

—¿Estás seguro de que no es mejor que pase a verte por la redacción?

—No, hazme caso, ya hemos esperado bastante para tener las autorizaciones, no podemos perder un solo día más. Tu vuelo para África sale del aeropuerto de Fiumicino a última hora de la tarde, te llamo mañana por la mañana con todos los detalles.

—¿Estás bien? —quiso saber Tomas—. Tienes una voz muy rara...

—Todo va muy bien. Ya me conoces, es solo que me hubiera gustado estar contigo para celebrar tu marcha.

—No sé cómo darte las gracias, Jürgen; ¡me traeré de Somalia un premio Pulitzer para mí y un ascenso a director de la redacción de la sección internacional para ti!

Tomas colgó el teléfono. Knapp miró a Julia y al hombre que la acompañaba cruzar el vestíbulo y salir del recinto del periódico.

Volvió a su escritorio y colgó a su vez el teléfono.

# 17

Tomas se reunió con Marina, que lo esperaba sentada en lo alto de la gran escalinata de la *piazza* di Spagna, atestada de gente.

—¿Qué, has hablado con él? —le preguntó ella.

—Ven, hay mucha gente aquí, no se puede ni respirar; vamos a mirar escaparates, y si encontramos la tienda donde viste ese pañuelo de colorines, te lo regalo.

Marina se ajustó las gafas de sol y se puso en pie sin añadir palabra.

—¡Pero que la tienda no estaba por ahí en absoluto! —le gritó Tomas a su amiga, que se alejaba a paso rápido hacia la fuente.

—¡No, voy en dirección contraria incluso, y de todas maneras no quiero tu pañuelo!

Tomas corrió tras ella y la alcanzó al pie de la escalinata.

—¡Pero si ayer te morías por tenerlo!

—¡Ayer era ayer, y hoy ya no lo quiero! Así son las mujeres, cambian de opinión de la noche a la mañana, y vosotros los hombres sois unos imbéciles.

—Pero ¿qué pasa? —quiso saber Tomas.

—Pues lo que pasa es que si de verdad querías hacerme un regalo, tenías que elegirlo tú, envolverlo en un paquete bonito y esconderlo como una sorpresa, porque habría sido una sorpresa. A eso se le llama ser detallista, Tomas, es un rasgo poco frecuente y difícil de encontrar en un hombre que a las mujeres les gusta mucho. Y si con esto te intranquilizo, tampoco vayas a pensar que con detalles de ese tipo os vamos a saltar al cuello y a daros el «sí, quiero».

—Lo siento mucho, yo pensaba que te gustaría.

—Pues ya ves que no, más bien al contrario. No quiero que me den un regalo a cambio de mi perdón.

—¡Pero si yo no quiero que me perdones por nada!

—¿Ah, no? ¡Mira cómo te crece la nariz, pareces Pinocho! Anda, vamos mejor a celebrar tu marcha en lugar de pelearnos. Porque es lo que te ha anunciado Knapp al teléfono, ¿verdad? Ya puedes ir encontrando un buen sitio para invitarme a cenar esta noche.

Y Marina echó a andar de nuevo sin esperar a Tomas.


Julia abrió la portezuela del taxi, y Anthony avanzó hacia la puerta giratoria del hotel.

—Seguro que hay una solución. Tu Tomas no ha podido desvanecerse en el aire. Tiene que estar en alguna parte, y nosotros lo encontraremos, es solo cuestión de tener paciencia.

—¿En veinticuatro horas? Solo nos queda mañana, cogemos el avión de vuelta el sábado. ¿O es que se te ha olvidado?

—Soy yo quien tiene los días contados, Julia, tú tienes toda la vida por delante. Si quieres llegar hasta el final de esta aventura, volverás a Berlín; sola, pero volverás. Al menos este viaje nos habrá reconciliado a los dos con esta ciudad. Que no es poco.

—¿Por eso me has arrastrado hasta aquí? ¿Para tranquilizar tu conciencia?

—Eres libre de verlo así si quieres. No puedo obligarte a perdonarme por lo que quizá volviera a hacer si me hallara de nuevo en las mismas circunstancias. Pero no nos peleemos, por una vez hagamos ambos un esfuerzo. En un día puede suceder de todo, nunca es tarde, créeme.

Julia apartó la mirada. Su mano rozaba la de Anthony; este vaciló un instante, pero renunció, cruzó el vestíbulo y se detuvo ante los ascensores.

—Temo no poder hacerte compañía esta noche —le declaró—. No te enfades conmigo, estoy cansado. Lo más juicioso sería no malgastar mi batería, la necesitaré mañana; nunca hubiera imaginado que se pudiera decir esta frase en sentido literal.

—Ve a descansar. Yo también estoy agotada, cenaré en mi habitación. Nos vemos mañana para el desayuno, lo tomaré contigo si quieres.

—Muy bien —dijo Anthony sonriendo.

El ascensor los condujo hacia sus respectivas plantas, y Julia se apeó la primera. Cuando las puertas se cerraron, se despidió de su padre con la mano y permaneció en el rellano, mirando los numeritos rojos que desfilaban por la pantalla encima de su cabeza.

De regreso a su habitación, se preparó un baño bien caliente, vertió en el agua el contenido de dos frasquitos de aceites esenciales que adornaban el borde de la bañera y volvió sobre sus pasos para encargarle al servicio de habitaciones un cuenco de cereales y un plato de fruta variada. Aprovechó para encender el televisor de plasma que colgaba de la pared, justo enfrente de la cama, donde dejó su bolso y sus cosas antes de volver al cuarto de baño.

Knapp se examinó largo rato en el espejo. Se ajustó el nudo de la corbata y se echó una última ojeada antes de salir del cuarto de baño. A las ocho en punto, en el palacio de la Fotografía, el ministro de Cultura inauguraría la exposición que él mismo había concebido y organizado. La sobrecarga de trabajo que había implicado ese proyecto había sido considerable, pero era muy importante, capital para no estancarse en su carrera. Si la velada resultaba un éxito, si sus colegas de la prensa escrita alababan en las ediciones del día siguiente el fruto de sus esfuerzos, ya no tardaría en instalarse en el gran despacho de cristal situado en la entrada de la sala de redacción. Knapp consultó el reloj en la pared del edificio, iba con un cuarto de hora de adelanto, por lo que tenía tiempo de sobra de cruzar andando la Pariserplatz y situarse al pie de la escalera, sobre la alfombra roja, para recibir al ministro y a las cámaras de televisión.

Adam hizo una bola con la hoja de celofán que envolvía su sándwich y apuntó para encestar en la papelera colgada de una farola del parque. Erró el tiro y se levantó para recoger el envoltorio grasiento. En cuanto se acercó al césped, una ardilla levantó la cabeza y se irguió sobre las patas traseras.

—Lo siento, amiga —dijo Adam—, no tengo avellanas en el bolsillo, y Julia no está en la ciudad. Nos ha dejado plantados a los dos.

El animalillo lo miró sacudiendo suavemente la cabeza con cada palabra.

—No creo que a las ardillas os guste el embutido —dijo lanzándole un trozo de jamón que asomaba entre las dos rebanadas de pan.

El roedor rechazó lo que se le ofrecía y trepó por el tronco de un árbol. Una joven que estaba haciendo *footing* se detuvo junto a Adam.

—¿Habla con las ardillas? Yo también, me encanta cuando acuden y agitan la carita a un lado y a otro.

—Ya lo sé, las mujeres las encuentran irresistibles, y eso que son primas hermanas de las ratas —masculló Adam.

Tiró el sándwich a la papelera y se alejó con las manos en los bolsillos.


Llamaron a la puerta. Julia cogió la esponja y se limpió rápidamente la mascarilla que le cubría el rostro. Salió de la bañera y se puso el albornoz que colgaba de un gancho. Cruzó la habitación, abrió la puerta al camarero y le pidió que dejara la bandeja sobre la cama. Cogió un billete de su bolso y lo metió dentro de la nota, antes de firmarla y entregársela al joven. En cuanto este se hubo marchado, Julia se instaló bajo las sábanas y se puso a picotear del cuenco de cereales. Mando en mano, zapeó por las cadenas de televisión, en busca de algún programa que no estuviera en alemán.

Tres cadenas españolas, una suiza y dos francesas más tarde, renunció a ver las imágenes de guerra que transmitía la CNN —demasiado violentas—, las de las cotizaciones de Bolsa que ofrecía Bloomberg —no le interesaban nada, era un desastre en matemáticas—, el concurso de la RAI —la presentadora era demasiado vulgar para su gusto—, y volvió a empezar desde el principio.


El cortejo llegó, precedido por dos agentes de policía en moto. Knapp se puso de puntillas. Su vecino trató de colarse, pero él contestó con un codazo para recuperar su puesto, su colega no tenía más que haber llegado antes. Justo en ese momento se detuvo ante sí la berlina negra. Un guardaespaldas abrió la puerta del coche, y el ministro se apeó, acogido por un enjambre de cámaras. Acompañado por el comisario de la exposición, Knapp dio un paso adelante y se inclinó para saludar al alto funcionario, antes de escoltarlo por la alfombra roja.

Julia consultaba la carta, pensativa. En el cuenco de cereales solo quedaba una pasa, y, en el plato de frutas, dos pepitas. Le resultaba imposible decidirse, dudaba entre un *fondant* de chocolate, un *strudel*, tortitas y un sándwich club. Se examinó atentamente la tripa y las caderas y lanzó despedida la carta al otro extremo de la habitación. El noticiario terminaba con las imágenes superglamurosas de una inauguración mundana. Hombres y mujeres, personas importantes vestidas de gala, recorrían la alfombra roja bajo el resplandor de los flashes. Un elegante vestido largo, lucido por una actriz o una cantante, probablemente berlinesa, llamó su atención. No le resultaba familiar ningún rostro entre todo ese elenco de personalidades, ¡salvo uno! Se puso en pie de un salto, tirando al suelo la bandeja, y se acercó a la pantalla de televisión. Estaba segura de haber reconocido al hombre que acababa de entrar en el edificio, sonriendo al objetivo que lo enfocaba. La cámara se alejó para ofrecer una perspectiva general de las columnas de la Puerta de Brandemburgo.

—¡Será cabrón! —exclamó Julia, precipitándose hacia el cuarto de baño.

El recepcionista del hotel le aseguró que la velada en cuestión solo podía celebrarse en el Stiftung Brandenburger. El palacio formaba parte de las últimas novedades arquitectónicas de Berlín, y, en efecto, desde la escalinata se podía disfrutar de una vista perfecta sobre las columnas. La inauguración de la que le hablaba Julia sin duda sería la que organizaba el *Tagesspiegel*. La señorita Walsh no tenía por qué precipitarse de esa manera, la gran exposición de fotografía periodística permanecería hasta la fecha que conmemoraba la caída del Muro, por lo que aún quedaban cinco meses. Si la señorita Walsh así lo deseaba, podría desde luego conseguirle dos invitaciones antes del día siguiente a mediodía. Pero lo que Julia quería era la manera de conseguir inmediatamente un vestido de noche.

—¡Pero si ya son casi las nueve, señorita Walsh!

Julia abrió su bolso y vació el contenido sobre el mostrador, inspeccionándolo. Había dólares, euros, monedas diversas, encontró incluso un viejo marco alemán del que nunca se había separado. Se quitó el reloj y lo empujó todo con las dos manos hacia el empleado del hotel, como lo haría un jugador sobre el mantel verde de la fortuna.

—Rojo, violeta, amarillo, me da igual, pero se lo suplico, encuéntreme un vestido de noche.

El recepcionista la miró consternado, arqueando la ceja izquierda. Movido por su conciencia profesional, no podía dejar así a la hija del señor Walsh. Encontraría una solución a su problema.

—Guarde ese batiburrillo en su bolso y sígame —dijo, conduciendo a Julia hacia la lavandería.

Incluso en la penumbra de la habitación, el vestido que le presentó parecía muy hermoso. Pertenecía a una cliente que ocupaba la suite 1206. El taller de costura lo había entregado en el hotel a una hora en la que ya no se importunaba a la señora condesa, explicó el empleado. Se daba por supuesto que no se toleraría ninguna mancha y que, como Cenicienta, Julia debía devolverlo antes de que la última campanada marcara la medianoche.

La dejó sola en la lavandería, no sin antes invitarla a colgar su ropa de una percha.

Julia se desvistió y se puso la delicada pieza de alta costura con sumo cuidado. No había ningún espejo donde mirarse, buscó su reflejo en el metal de un perchero, pero el cilindro le devolvía una imagen deformada. Se soltó el cabello, se maquilló a tientas, dejó allí su bolso con su pantalón y su jersey, y regresó al vestíbulo por un pasillo oscuro.

El recepcionista le indicó con un gesto que se acercara. Julia obedeció sin rechistar. Un espejo cubría la pared a su espalda, pero en cuanto Julia quiso comprobar su apariencia, el empleado del hotel se lo impidió, colocándose delante.

—¡No, no, no! —dijo mientras Julia hacía un segundo intento—. Si la señorita me lo permite...

Sacando un pañuelo de papel de un cajón, corrigió un trazo del pintalabios.

—¡Ahora ya puede admirarse! —concluyó, apartándose del espejo.

Julia no había visto nunca nada tan espectacular como ese vestido. Mucho más bello que todos aquellos con los que había soñado en los escaparates de los grandes modistos.

—¡No sé cómo darle las gracias! —murmuró, pasmada.

—Honra usted al creador de este vestido, estoy seguro de que le sienta mil veces mejor que a la condesa —susurró—. Le he llamado un coche, la esperará en la puerta del palacio de la Fotografía y la llevará de vuelta al hotel.

—Podría haber cogido un taxi.

—¡Con un vestido como este no lo dirá usted en serio! Considere que es su carroza, y mi garantía. Cenicienta, ¿recuerda?

Que pase una agradable velada, señorita Walsh —dijo el recepcionista acompañándola hasta la limusina.

Una vez en la calle, Julia se puso de puntillas para besar al empleado.

—Señorita Walsh, un último favor...

—¡Lo que usted quiera!

—Tenemos la suerte de que este vestido sea largo, muy largo incluso. Así que, se lo ruego, no se lo levante de ese modo. ¡Sus alpargatas desentonan bastante con el resto de su atuendo!


El camarero dejó un plato de *antipasti* en la mesa. Tomas le sirvió a Marina unas verduritas a la brasa.

—¿Se puede saber por qué llevas gafas de sol en un restaurante en el que la luz es tan tenue que ni siquiera he podido leer la carta?

—¡Porque sí! —contestó Marina.

—Tu explicación al menos tiene el mérito de ser clarísima —replicó Tomas burlándose de ella.

—Porque no quiero que veas la mirada.

—¿Qué mirada?

—LA mirada.

—¡Ah! Perdona, pero no entiendo una palabra de lo que dices.

—Te hablo de esa mirada que, vosotros, los hombres, veis en nuestros ojos cuando nos sentimos bien con vosotros.

—No sabía que hubiera una mirada específica para eso.

—¡Sí, eres como los demás hombres, así que sabes reconocerla muy bien, confiesa!

—¡Bueno, si tú lo dices! ¿Y por qué no debería yo ver esa mirada que según tú traiciona el hecho de que, por una vez, estás bien conmigo?

—Porque si la vieras, en seguida empezarías a pensar en la mejor manera de dejarme.

—Pero ¿de qué estás hablando?

—Tomas, la mayoría de los hombres que colma su soledad cultivando una complicidad sin ataduras, con palabras cariñosas, pero nunca de amor, ¡todos esos hombres temen ver algún día LA mirada en los ojos de la mujer con la que salen!

—Pero ¿qué mirada es esa? No te sigo en absoluto.

—¡La que os hace creer que estamos perdidamente enamoradas de vosotros! Que querríamos tener algo más. Cosas estúpidas como hacer proyectos de vacaciones, ¡o proyectos a secas! Y si tenemos la desgracia de sonreír delante de vosotros al cruzarnos por la calle con un bebé en su cochecito, ¡entonces ya estamos perdidas!

—Y detrás de esas gafas de sol ¿estaría entonces esa mirada?

—¡Mira que eres pretencioso! Me duelen los ojos, nada más, ¿o qué te habías imaginado?

—¿Por qué me dices todo esto, Marina?

—¿Cuándo te vas a atrever a decirme que te marchas a Somalia, antes o después del tiramisú?

—¿Quién te dice que voy a tomar un tiramisú?

—Hace dos años que te conozco y que trabajamos juntos, todo ese tiempo he estado observando cómo eres y cómo vives.

Marina se deslizó las gafas por el puente de la nariz y las dejó caer sobre su plato.

—¡Vale, de acuerdo, me marcho mañana! Pero justo acabo de enterarme ahora.

—¿Vuelves mañana a Berlín?

—Knapp prefiere que tome el avión para Mogadiscio directamente desde aquí.

—Hace tres meses que esperas esa partida, tres meses que

esperas que por fin te hable de ello, ¡y ahora tu amigo no tiene más que chasquear los dedos, y tú obedeces!

—Solo se trata de ganar un día, ya hemos perdido bastante tiempo.

—Es él quien te ha hecho perder el tiempo, y el favor se lo haces tú a él. Él te necesita a ti para conseguir su ascenso, mientras que tú no lo necesitas a él para conseguir un premio. ¡Con el talento que tienes, podrías obtenerlo solo con fotografiar a un perro meando junto a una farola!

—¿Adónde quieres llegar con todo esto?

—Afírmate, Tomas, deja de pasarte la vida huyendo de la gente a la que quieres en lugar de afrontarla. Yo la primera. ¡Dime por ejemplo que esta conversación te parece una tontería, que solo somos amantes y que no tengo por qué echarte sermones, y dile a Knapp que uno no se va a Somalia sin pasar antes por su casa, sin hacer el equipaje y despedirse de sus amigos! Sobre todo si no sabes cuándo vas a volver.

—Quizá tengas razón.

Tomas cogió su móvil.

—¿Qué haces?

—Pues ya lo ves, le estoy mandando un mensaje a Knapp para avisarle de que me saque un billete para el sábado y desde Berlín.

—¡Te creeré cuando hayas pulsado el botón de enviar!

—¿Y si lo hago me permitirás ver La mirada?

—Quizá...


La limusina se detuvo ante la alfombra roja. Julia tuvo que contorsionarse para salir sin que se le vieran las alpargatas. Subió la escalinata, y una serie de flashes la recibió en los últimos escalones.

—¡No soy nadie! —le dijo al cámara, que no entendía inglés. En la entrada, el portero admiró el increíble vestido de Julia. Cegado por la cruda luz de la cámara que filmaba su entrada, juzgó inútil pedirle su invitación.

La sala era inmensa. Julia recorrió la muchedumbre con la mirada. Con una copa en la mano, los invitados deambulaban de un lado a otro, admirando las gigantescas fotografías. Julia contestó con una sonrisa forzada a los saludos de gente a la que no conocía, privilegio de la vida mundana. Un poco más lejos, una arpista sobre un estrado interpretaba a Mozart. Cruzando lo que a todas luces parecía un *ballet* ridículo, Julia fue en busca de su presa.

Una fotografía de unos tres metros de altura atrajo su mirada. La habían sacado en las montañas de Kandahar o de Tayikistán, ¿o quizá en la frontera de Pakistán? El uniforme del soldado que yacía en el barranco no permitía afirmarlo con seguridad, y el niño que estaba a su lado, descalzo, y que parecía querer tranquilizarlo, se parecía a todos los niños del mundo.

Una mano se posó en su hombro y la hizo sobresaltarse.

—No has cambiado. ¿Qué haces aquí? No sabía que figurases en la lista de invitados. Es una agradable sorpresa, ¿estás de paso en nuestra ciudad? —preguntó Knapp.

—¿Y tú, qué haces aquí? Pensaba que estabas de viaje hasta final de mes, al menos es lo que me han dicho cuando me he presentado en tu oficina esta tarde. ¿No te han dejado un mensaje de mi parte?

—He vuelto antes de lo previsto. He venido directamente desde el aeropuerto.

—Tendrás que practicar un poco más porque mientes muy mal, Knapp, sé de lo que hablo; he adquirido cierta experiencia en la materia estos últimos días.

—Bueno, de acuerdo. Pero ¿cómo querías que me imaginara que eras tú quien quería hablar conmigo? Hace veinte años que no sé nada de ti.

—¡Dieciocho! ¿Acaso conoces a otras Julia Walsh?

—Había olvidado tu apellido, Julia; tu nombre no, desde luego, pero no me decía nada. Ahora tengo responsabilidades, y hay tanta gente que intenta venderme historias sin interés que no tengo más remedio que filtrar un poco.

—¡Vaya, muchas gracias!

—¿Qué has venido a hacer en Berlín, Julia?

Levantó los ojos hacia la fotografía colgada de la pared. La firmaba un tal T. Ullmann.

—Tomas podría haber sacado esa foto, cuadra con su forma de ser —dijo Julia con voz triste.

—¡Pero si hace años que Tomas ya no es periodista! Ni siquiera vive ya en Alemania. Ha dejado atrás todo eso.

Julia encajó el golpe, esforzándose por que no se le notara nada. Knapp prosiguió:

—Vive en el extranjero.

—¿Dónde?

—En Italia, con su mujer. Ya no hablamos tan a menudo como antes; una vez al año, como mucho, y no todos los años.

—¿Estáis enfadados?

—No, qué va, en absoluto; cosas de la vida, nada más. Hice cuanto pude por ayudarlo a cumplir su sueño, pero, a su vuelta de Afganistán, ya no era el mismo. Deberías saberlo mejor que yo, ¿no? Eligió otro camino.

—¡Pues no, no sabía nada! —replicó Julia, apretando las mandíbulas con fuerza.

—Lo último que sé de él es que regentaba un restaurante con su mujer en Roma. Y ahora, si me disculpas, tengo que ocuparme de mis invitados. Ha sido un placer volver a verte, siento mucho que nuestro reencuentro haya tenido que ser tan breve. ¿Te marchas pronto?

—¡Mañana mismo, por la mañana! —contestó ella.

—Todavía no me has revelado el motivo de tu visita a Berlín, ¿un viaje por cuestiones profesionales?

—Adiós, Knapp.

Julia se marchó sin volverse. Aceleró el paso y, en cuanto hubo franqueado las grandes puertas acristaladas, echó a correr por la alfombra roja hacia el coche que la esperaba.


Una vez en el hotel, cruzó de prisa el vestíbulo y se metió por la puerta escondida que se abría sobre el pasillo de la lavandería. Se quitó el vestido, lo dejó en su sitio en la percha y se puso su vaquero y su jersey. Oyó un carraspeo a su espalda.

—¿Está usted visible? —preguntó el recepcionista, tapándose los ojos con una mano mientras con la otra le tendía una caja de pañuelos de papel.

—¡No! —respondió Julia entre hipidos.

El recepcionista sacó un pañuelo y se lo ofreció por encima del hombro.

—Gracias —dijo ella.

—Me había parecido al verla pasar que se le había corrido un poquito el maquillaje. ¿La velada no ha estado a la altura de sus esperanzas?

—Es lo menos que se puede decir —contestó Julia sorbiendo por la nariz.

—Por desgracia a veces ocurre así... ¡Los imprevistos siempre tienen cierto riesgo!

—¡Pero nada de esto estaba previsto! Ni este viaje, ni este hotel, ni esta ciudad, ni todos estos esfuerzos inútiles. Yo llevaba la vida que quería, entonces ¿por qué...?

247

El recepcionista avanzó un paso hacia ella, lo justo para que Julia se abandonara sobre su hombro, y le dio unos suaves golpecitos en la espalda, tratando de consolarla lo mejor que podía.

—No sé qué la entristece de esta manera, pero si me lo permite..., debería compartir su pena con su padre, seguro que sería muy reconfortante para usted. Tiene la suerte de que esté aún a su lado, y parecen tener tanta complicidad... Estoy seguro de que es un hombre que sabe escuchar.

—Ah, si usted supiera, se equivoca en todo lo que dice, se equivoca por completo; ¿mi padre y yo cómplices? ¿Que mi padre sabe escuchar a los demás? No creo que hablemos de la misma persona.

—He tenido el placer de atender varias veces al señor Walsh, señorita, y puedo asegurarle que siempre ha sido un perfecto caballero.

—¡No hay persona más individualista que él!

—En efecto, no hablamos de la misma persona. El hombre que yo conozco siempre ha sido amable y atento. Habla de usted como de lo único que le ha salido bien en la vida.

Julia se quedó sin habla.

—Vaya a ver a su padre, estoy seguro de que la escuchará con atención cómplice.

—Nada en mi vida tiene ya sentido. De todas maneras, ahora duerme, estaba agotado.

—Debe de haber recuperado fuerzas, pues acaban de subirle la cena a su habitación.

—¿Mi padre ha pedido algo de cenar?

—Es exactamente lo que acabo de decirle, señorita.

Julia se puso las alpargatas y dio las gracias al recepcionista con un beso en la mejilla.

—Por supuesto, esta conversación nunca ha tenido lugar, ¿puedo confiar en usted? —preguntó el hombre.

—¡Ni siquiera nos hemos visto! —prometió ella.

—¿Y podemos guardar este vestido donde estaba sin temor de que pueda tener alguna mancha?

Julia alzó la mano derecha en señal de promesa y le devolvió la sonrisa al empleado, que le sugirió que se marchara corriendo.

Ella volvió a cruzar el vestíbulo y tomó el ascensor. La cabina se detuvo en el sexto piso; Julia vaciló y pulsó el botón de la última planta.

Se oía el sonido de la televisión desde el pasillo. Llamó a la puerta, y su padre acudió a abrir en seguida.

—Estabas sublime con ese vestido —dijo volviendo a tumbarse en la cama.

Julia miró la pantalla: las noticias de la noche retransmitían las imágenes de la inauguración.

—Como para no fijarse en una aparición así. Nunca te había visto tan elegante, pero ello no hace sino confirmar lo que pensaba antes: ya sería hora de que abandonaras esos vaqueros rotos que no van con tu edad. Si hubiese estado al corriente de tus planes, te habría acompañado. Me habría sentido tremendamente orgulloso de llevarte del brazo.

—No tenía planes, estaba viendo el mismo programa que tú, Knapp apareció en la alfombra roja, así que allá que fui.

—¡Interesante! —dijo Anthony incorporándose—. Para alguien que pretendía estar fuera de Berlín hasta final de mes... O nos ha mentido, o tiene el don de la ubicuidad. No te pregunto cómo ha ido vuestro encuentro. Te veo algo alterada.

—Tenía yo razón, Tomas está casado. Y también tenías tú razón, ya no es periodista... —explicó Julia, dejándose caer sobre una butaca. Miró la bandeja con la cena sobre la mesa baja.

—¿Has pedido la cena?

—La he pedido para ti.

—¿Sabías que vendría a llamar a tu puerta?

—Sé más cosas de las que crees. Cuando te he visto en esa inauguración, conociendo tu escaso entusiasmo por esas frivolidades, me he olido que pasaba algo. He pensado que Tomas debía de haber aparecido, para que te marcharas corriendo de esa manera en mitad de la noche. Bueno, al menos es lo que me he dicho cuando el recepcionista me ha llamado para pedirme permiso para hacer venir una limusina para ti. Había preparado un detallito por si tu velada no transcurría como esperabas. Levanta la campana, no son más que tortitas; no sustituyen al amor, pero con su tarrito de sirope de arce al lado, quizá basten para consolar tus penas.

En la suite de al lado, una condesa veía, ella también, la edición de la noche de las noticias. Le pidió a su marido que le recordara al día siguiente felicitar a su amigo Karl. No podía por menos de advertirle que la próxima vez que diseñara un vestido exclusivo para ella, sería preferible que fuera de verdad único y que no lo viera adornando el cuerpo de ninguna otra joven, por añadidura con mejor tipo que ella. Karl comprendería sin duda que se lo devolviera, ¡el traje, aunque suntuoso, ya no tenía ningún interés para ella!

Julia le contó a su padre la velada con todo detalle. La salida inopinada hacia el maldito baile, su conversación con Knapp y su patético regreso, sin comprender ni confesarse por qué la había afectado tanto. No había sido por enterarse de que Tomas había rehecho su vida, eso ya se lo imaginaba desde el principio, ¿cómo podía ser de otro modo? Lo más duro, y Julia no habría sabido decir por qué, era enterarse de que había renunciado al periodismo. Anthony la escuchó sin interrumpirla, absteniéndose del más mínimo comentario. Tras el último bocado de tortitas, Julia le dio las gracias a su padre por esa sorpresa que, si no la había ayudado a aclararse las ideas, al menos sí seguramente a engordar un kilo. Ya no tenía ningún sentido seguir allí. Existieran o no las señales de la vida, ya no había nada que buscar, solo le quedaba poner un poco de orden en la suya. Haría el equipaje antes de acostarse, y podrían tomar el avión al día siguiente por la mañana. Esa vez, añadió antes de salir, era ella quien tenía una impresión como de *déjà vu*, una impresión muy acusada, para ser precisos.

Se quitó los zapatos en el pasillo y bajó a su habitación por la escalera de servicio.

En cuanto se hubo marchado, Anthony cogió el teléfono. Eran las cuatro de la tarde en San Francisco, la persona a la que llamaba respondió al primer timbrazo.

—¡Pilguez al aparato!

—¿Te molesto? Soy Anthony.

—Los viejos amigos no molestan jamás. ¿A qué debo el placer de oírte, después de tanto tiempo?

—Quería pedirte un favor, que hagas para mí una pequeña investigación, si es que aún te manejas por esos terrenos.

—Si supieras lo que me aburro desde que estoy jubilado... ¡Aunque me llamaras para decirme que has perdido las llaves, estaría encantado de ocuparme del caso!

—¿Conservas algún contacto en la policía de fronteras, alguien en la oficina de visados que pueda hacer una búsqueda para nosotros?

—¡Todavía tengo el brazo muy largo, a ver qué te crees!

—Pues bien, necesito que lo estires al máximo, te diré de qué se trata...

La conversación entre los dos viejos amigos duró algo más de media hora. El ex inspector Pilguez le prometió a Anthony que le conseguiría la información que quería lo antes posible.

Eran las ocho de la tarde en Nueva York. De la puerta del anticuario colgaba un cartelito que indicaba que la tienda estaría cerrada hasta el día siguiente. En el interior, Stanley montaba los estantes de una biblioteca de finales del siglo xix que le habían llevado por la tarde. Adam llamó al cristal del escaparate.

—¡Qué pesado! —suspiró Stanley, escondiéndose detrás de un aparador.

—¡Stanley, soy yo, Adam! ¡Sé que estás ahí!

Stanley se agachó, conteniendo la respiración.

—¡Tengo dos botellas de château lafite!

Stanley levantó despacio la cabeza.

—¡De 1989! —gritó Adam desde la calle.

La puerta de la tienda se abrió.

—Lo siento, no te había oído, estaba ordenando la mercancía —dijo Stanley, dejando pasar a su visitante—. ¿Has cenado ya?

# 18

Tomas se desperezó y salió de la cama, con cuidado de no despertar a Marina, que dormía a su lado. Bajó la escalera de caracol y cruzó el salón, en la planta baja del dúplex. Pasando por detrás de la barra del bar, colocó una taza en la cafetera, cubrió el aparato con una servilleta para ahogar el ruido y le dio al botón. Abrió la cristalera y salió a la terraza para aprovechar los primeros rayos de sol que ya acariciaban los tejados de Roma. Se acercó a la barandilla y miró la calle allá abajo. Un repartidor descargaba cajas de verduras delante de la tienda de alimentación contigua al café, en la planta baja del edificio de Marina.

Un intenso olor a pan tostado precedió una sarta de tacos en italiano. Marina apareció en albornoz con aire malhumorado.

—¡Dos cosas! —anunció—. La primera es que estás en pelotas, y dudo mucho que mis vecinos de enfrente aprecien el espectáculo para amenizar su desayuno.

—¿Y la segunda? —preguntó Tomas sin volverse.

—El desayuno lo tomamos abajo en el café, en casa no hay nada.

—¿No compramos *ciabattas* anoche? —preguntó Tomas con tono burlón.

—¡Vístete! —replicó Marina volviendo al interior.

—¡Al menos podrías darme los buenos días! —gruñó él.

Una anciana que estaba regando las plantas le dedicó un saludo con la mano desde su balcón situado al otro lado de la callejuela. Tomas le sonrió y salió de la terraza.

Aún no eran las ocho de la mañana, y ya soplaba una cálida brisa. El dueño de la *trattoria* adornaba su escaparate; Tomas lo ayudó a sacar las sombrillas a la acera. Marina se sentó a una mesa y cogió un *cornetto* de un cestito con bollería.

—¿Piensas estar de mal humor todo el día? —preguntó Tomas cogiendo uno a su vez—. ¿Estás enfadada porque me voy?

—Ahora ya sé lo que tanto me gusta de ti, Tomas, y es lo oportuno que sabes ser siempre.

El propietario les sirvió sendos capuchinos humeantes. Levantó los ojos al cielo, rezando por que estallara una tormenta antes de que terminara el día, y le soltó un piropo a Marina alabando lo guapa que estaba esa mañana. Antes de volver al interior de su establecimiento, le dedicó un guiño a Tomas.

—¿Podemos intentar no arruinarnos la mañana? —dijo él.

—Claro, hombre, qué buena idea. Por qué no te terminas el *cornetto* y luego subes a echarme un polvo; después una buena ducha en mi cuarto de baño mientras yo, como una idiota, te hago la maleta. Un besito en el umbral, y desapareces durante dos o tres meses, o para siempre. No, déjalo, no digas nada, cualquier cosa que respondas ahora solo puede ser una tontería.

—¡Vente conmigo!

—Soy corresponsal, no reportera.

—Nos vamos juntos, pasamos la tarde y la noche en Berlín, y mañana, cuando coja el avión para Mogadiscio, tú regresas a Roma.

Marina se volvió para indicarle al dueño que le sirviera otro café.

—Tienes razón, es mucho mejor despedirse en el aeropuerto, un poco de drama y patetismo siempre viene bien, ¡¿verdad?!

—Lo que no vendría mal es que te pasaras por la redacción del periódico —añadió Tomas.

—¡Tómate el café mientras aún está caliente!

—Si dijeras que sí en lugar de quejarte tanto, te sacaría un billete.


Apareció un sobre por debajo de la puerta. Anthony hizo una mueca al agacharse para recogerlo del suelo. Lo abrió y leyó el fax dirigido a él: «Lo siento, aún no he obtenido ningún resultado, pero no tiro la toalla. Espero conseguir algo un poco más tarde». George Pilguez había firmado el mensaje con sus iniciales, G. P.

Anthony Walsh se instaló en el escritorio de su suite y garabateó un mensaje para Julia. Llamó a la recepción para pedir que pusieran a su disposición un coche con chófer. Salió de su habitación e hizo una corta escala en la sexta planta. Avanzó sin hacer ruido hasta la suite de su hija, deslizó el mensaje por debajo de la puerta y se marchó en seguida.

—Al 31 de Karl-Liebknecht-Strasse, por favor —le anunció al chófer.

La berlina negra arrancó al instante.


Julia desayunó un té rápidamente, cogió su bolsa de viaje del armario y la dejó sobre la cama. Empezó por doblar su ropa y al final decidió amontonarla de cualquier manera. Interrumpiendo sus preparativos, se acercó a la ventana. Una lluvia fina caía sobre la ciudad. Abajo, en la calle, se alejaba una berlina.

—Tráeme tu neceser si quieres que te lo guarde en la maleta —gritó Marina desde la habitación.

Tomas asomó la cabeza en el cuarto de baño.

—Puedo hacerme yo mismo la maleta, ¿sabes?

—¡Mal! Te la puedes hacer tú mismo mal, y yo no estaré luego en Somalia para plancharte la ropa.

—¿Es que ya lo has hecho? —preguntó Tomas, casi preocupado.

—¡No! Pero podría haberlo hecho.

—¿Has tomado una decisión?

—¿Sobre qué? ¿Sobre si te dejo ahora mismo o mañana? Tienes suerte, he decidido que sería bueno para mi carrera ir a saludar a nuestro futuro director de redacción. Buena noticia para ti, pero no quieras ver en ella ninguna relación con tu partida, simplemente tendrás la suerte de poder pasar una velada más conmigo.

—Estoy encantado —afirmó Tomas.

—¿En serio? —dijo Marina cerrando la cremallera de su maleta—. Tenemos que salir de Roma antes de mediodía, ¿piensas monopolizar el cuarto de baño toda la mañana?

—Pensaba que de los dos era yo el gruñón.

—Todo se contagia, querido, yo no tengo la culpa.

Marina empujó a Tomas a un lado para entrar en el cuarto de baño; se desató el cinturón del albornoz y lo arrastró consigo bajo la ducha.


El Mercedes negro giró y se detuvo en un aparcamiento ante una hilera de edificios grises. Anthony le pidió al chófer que lo esperara allí, pensaba estar de vuelta una hora más tarde.

Subió la pequeña escalinata protegida por una marquesina y entró en el edificio que albergaba en la actualidad los archivos de la Stasi.

Anthony se presentó en la recepción y preguntó dónde tenía que dirigirse.

El pasillo que recorrió daba escalofríos. A un lado y a otro, detrás de unas vitrinas estaban expuestos diferentes modelos de micrófonos, cámaras, máquinas fotográficas, sifones de vapor para abrir el correo y pegadoras para cerrarlo una vez leído, copiado y archivado. Material de todo tipo para espiar la vida cotidiana de una población entera, prisionera de un Estado policial. Panfletos, manuales de propaganda, sistemas de escucha cada vez más sofisticados conforme iban pasando los años. Millones de personas habían sido espiadas y juzgadas, se les había arruinado la vida para garantizar la seguridad de un Estado absoluto. Enfrascado en esos pensamientos, Anthony se detuvo delante de la fotografía de una celda para interrogatorio.

*Sé que hice mal. Una vez que el Muro hubo caído, el proceso era irreversible, pero ¿quién podría haberlo asegurado, Julia? ¿Los que habían conocido la Primavera de Praga? ¿Nuestros demócratas, que desde entonces habían permitido que se perpetraran tantos crímenes e injusticias? ¿Y quién podría prometer hoy que Rusia se ha liberado para siempre de sus déspotas de ayer? De modo que sí, tuve miedo, un miedo terrible de que la dictadura volviera a cerrar sus puertas apenas abiertas a la libertad y te aprisionara con su tenaza totalitaria. Tuve miedo de ser para siempre un padre separado de su hija, no porque esta lo hubiera elegido así, sino porque una dictadura lo hubiera decidido por ella. Sé que siempre me guardarás rencor por ello, pero si las cosas hubieran salido mal, yo sí que no me habría perdonado jamás a mí mismo no haber ido a buscarte, y tengo que reconocerte que, de alguna manera, me alegro de haber hecho mal.*

—¿Se ha perdido? —preguntó una voz al fondo del pasillo.

—Estoy buscando los archivos —balbuceó Anthony.

—Es aquí, señor, ¿qué puedo hacer por usted?

Unos días después de la caída del Muro, los empleados de la policía política de la RDA, presintiendo el desmantelamiento ineluctable de su régimen, empezaron a destruir todo aquello que pudiera dar fe de sus operaciones. Pero ¿cómo hacer trizas rápidamente millones de fichas individuales de información, recopiladas durante cerca de cuarenta años de totalitarismo? En diciembre de 1989, la población, advertida de lo que trataba de llevar a cabo la policía, ocupó todas las sedes de la Seguridad del Estado. En cada ciudad de Alemania Oriental, los ciudadanos ocuparon las oficinas de la Stasi e impidieron así la destrucción de lo que representaban ciento ochenta kilómetros de informes de todo tipo, documentos que en la actualidad eran accesibles al público.

Anthony solicitó consultar el expediente de un tal Tomas Meyer, que antaño residía en Comeniusplatz, 2, Berlín Este.

—Desgraciadamente, no puedo satisfacer su petición, señor —se disculpó el encargado.

—Creía que una ley establecía el libre acceso a los archivos.

—Eso es exacto, pero esa ley tiene también el objetivo de proteger a nuestros conciudadanos contra todo atentado a su vida privada que pudiera resultar de la utilización de sus datos personales —replicó el empleado recitando un discurso que parecía conocer de memoria.

—Ahí es donde resulta tan importante la interpretación de los textos. Si no me equivoco, el primer objeto de esta ley que nos interesa a ambos es el de facilitar a cada ciudadano el acceso a las fichas de la Stasi para que pueda aclarar la influencia que el

Servicio de Seguridad del Estado ha podido ejercer en su propio destino, ¿no es cierto? —prosiguió Anthony, quien esta vez repetía el texto grabado en una placa en la entrada del edificio.

—Sí, claro —reconoció el empleado, que no sabía a dónde quería llegar su visitante.

—Tomas Meyer es mi yerno —mintió Anthony con un aplomo inquebrantable—. Ahora vive en Estados Unidos, y me honra anunciarle que pronto seré abuelo. No dudará usted de lo importante que es que algún día pueda hablarles a sus hijos de su pasado. ¿Quién no desearía poder hacerlo? ¿Tiene usted hijos, señor...?

—¡Hans Dietrich! —respondió el empleado—. Tengo dos hijas preciosas, Emma y Anna, de cinco y siete años.

—¡Qué maravilla! —exclamó Anthony uniendo las manos—. Qué contento debe de estar usted.

—¡Me tienen loco perdido!

—Pobre Tomas, los trágicos acontecimientos que marcaron su adolescencia son todavía demasiado dolorosos para él como para poder hacer él mismo esta gestión. He venido desde muy lejos, en su nombre, para darle la oportunidad de reconciliarse con su pasado y, quién sabe, quizá algún día tenga ánimo de acompañar a su hija hasta aquí; pues, entre usted y yo, sé que es una nieta lo que voy a tener. Acompañarla, como le iba diciendo, a la tierra de sus antepasados para que pueda recuperar sus raíces. Querido Hans —prosiguió solemnemente Anthony—, es como futuro abuelo como hablo ahora al padre de dos preciosas niñas: ayúdeme, ayude a la hija de su compatriota Tomas Meyer; sea usted aquel que, mediante un gesto generoso, le dará la felicidad que todos soñamos para ella.

Profundamente emocionado, Hans Dietrich no sabía qué pensar. Los ojos empañados de su visitante fueron ya la puntilla. Le ofreció un pañuelo.

—¿Ha dicho Tomas Meyer?

—¡Eso es! —contestó Anthony.

—Acomódese en una mesa de la sala, voy a ver si tenemos algo sobre él.

Un cuarto de hora más tarde, Hans Dietrich dejó un archivador de hierro sobre la mesa en la que aguardaba Anthony Walsh.

—Me parece que he encontrado el expediente de su yerno —anunció, radiante—. Tenemos la suerte de que no formara parte de los que fueron destruidos, todavía falta mucho para concluir la reconstitución de los ficheros destruidos, estamos aún a la espera de los créditos necesarios.

Anthony le dio las gracias efusivamente, haciéndole comprender con una mirada de fingida incomodidad que ahora necesitaba un poco de intimidad para estudiar el pasado de su yerno. Hans se marchó en seguida, y Anthony se enfrascó en la lectura de un voluminoso expediente iniciado en 1980 sobre un joven estrechamente vigilado durante nueve años. Decenas de páginas reseñaban hechos y gestos, amistades y conocidos, aptitudes, preferencias literarias, informes detallados de lo que Tomas había dicho tanto en privado como en público, opiniones y apego a los valores del Estado. Ambiciones, esperanzas, primeros amores, primeras experiencias y primeras decepciones, nada de lo que iba a moldear la personalidad de Tomas parecía haberse pasado por alto. Como no dominaba la lengua, Anthony se decidió a recurrir a Hans Dietrich para que lo ayudara a comprender la ficha de síntesis que se encontraba al final del expediente, puesta al día por última vez el 9 de octubre de 1989.

Tomas Meyer, huérfano de padre y madre, era un estudiante sospechoso. Su mejor amigo y vecino, al que frecuentaba desde muy pequeño, había logrado evadirse a Occidente. El llamado Jürgen Knapp había cruzado el Muro, probablemente escondido bajo el asiento trasero de un coche, y no había regresado jamás a la RDA. No se había encontrado ninguna prueba que demostrara la complicidad de Tomas Meyer, y el candor con el que hablaba al informador de los servicios de seguridad acerca de los proyectos de su amigo indicaba su probable inocencia. El agente que había engrosado el expediente había descubierto de este modo los preparativos de huida, pero por desgracia demasiado tarde como para permitir la detención de Jürgen Knapp. No obstante, los estrechos lazos que Tomas mantenía con aquel que había traicionado a su país, y el hecho de que no hubiera denunciado antes la evasión de su amigo no permitían considerarlo como un elemento prometedor de la República Democrática. Dados los hechos establecidos en su expediente, no se recomendaba perseguirlo, pero desde luego no podría desempeñar nunca ninguna función importante al servicio del Estado. El informe recomendaba por último mantenerlo bajo vigilancia activa para asegurarse de que en el futuro no mantuviera ninguna relación con su antiguo amigo ni con ninguna otra persona residente en Occidente. Se recomendaba también un período probatorio, que habría de durar hasta que cumpliera treinta años, antes de revisar o clausurar su expediente.

Hans Dietrich terminó su lectura. Estupefacto, leyó dos veces el nombre del informador que había servido de fuente para el expediente para asegurarse de que no se equivocaba, sin acertar a disimular su turbación.

—¡Quién podría haber imaginado algo así! —dijo Anthony sin apartar los ojos del nombre que figuraba al final de la ficha—. ¡Qué tristeza!

Hans Dietrich compartía su consternación.

Anthony le agradeció su valiosa ayuda. Atraído por un detalle, el empleado de los archivos vaciló un momento antes de revelar lo que acababa de descubrir.

—Creo necesario, en el marco de la gestión que está llevando a cabo, confiarle que su yerno seguramente también haya hecho ese triste descubrimiento. Una anotación en su expediente da fe de que lo ha consultado él mismo.

Anthony le reiteró a Dietrich su gratitud; contribuiría a su humilde manera a la financiación de la reconstrucción de los archivos, pues era más consciente hoy que ayer de cuán importante resultaba la comprensión del pasado para que los hombres pudieran entender su porvenir.


Al salir del edificio, Anthony sintió la necesidad de que le diera un poco el aire para recuperarse del todo. Fue a sentarse un momento en un banco de un jardincito junto a un aparcamiento.

Pensando de nuevo en la confidencia de Dietrich, levantó los ojos al cielo y exclamó:

—¡Pero cómo no se me había ocurrido antes!

Se levantó y se dirigió hacia el coche. Nada más instalarse, cogió su móvil y marcó un número de San Francisco.

—¿Te despierto?

—¡Claro que no, son las tres de la madrugada!

—Lo siento, pero creo disponer de una información importante.

George Pilguez encendió la luz de su mesilla de noche, abrió el cajón y buscó un bolígrafo.

—¡Te escucho! —dijo.

—Tengo ahora todos los motivos para pensar que nuestro hombre puede haber querido librarse de su apellido, no tener que utilizarlo nunca más o, al menos, haber querido que se lo recordaran lo menos posible.

—¿Por qué?

—Es una larga historia...

—¿Y tienes idea de su nueva identidad?

—¡Ni la más mínima!

—¡Perfecto, has hecho bien en llamarme en mitad de la noche, ahora voy a poder progresar mucho en mi investigación! —replicó Pilguez, sarcástico, antes de colgar.

Apagó la luz, cruzó los brazos detrás de la nuca y trató en vano de conciliar el sueño. Media hora más tarde, su mujer le ordenó que se pusiera a trabajar. Poco importaba que aún no hubiera amanecido, ya estaba harta de que diera vueltas nervioso en la cama, y ella sí tenía intención de volver a dormirse.

George Pilguez se puso un batín y se fue a la cocina mascullando. Empezó por prepararse un bocadillo y aprovechó para untarse una generosa ración de mantequilla en ambas rebanadas de pan, puesto que no estaba allí Natalia para echarle un sermón sobre su colesterol. Se llevó el tentempié y fue a instalarse ante su escritorio. Algunas administraciones no cerraban nunca, descolgó el teléfono y llamó a un amigo que trabajaba en la policía de fronteras.

—Si una persona que hubiera cambiado legalmente de nombre entrara en nuestro territorio, ¿figuraría su nombre original en nuestros ficheros?

—¿De qué nacionalidad es?

—Alemán, nacido en la RDA.

—En ese caso, para obtener un visado de alguna de nuestras oficinas consulares, es más que probable que sí, seguramente habría algún rastro en alguna parte.

—¿Tienes lápiz y papel para poder apuntar? —quiso saber George.

263

—Estoy ante un teclado de ordenador —contestó su amigo Rick Bram, agente de las oficinas de inmigración del aeropuerto John Fitzgerald Kennedy.


El Mercedes se dirigía hacia el hotel. Anthony contemplaba el paisaje por la ventanilla. Un rótulo luminoso desfilaba en la fachada de una farmacia, indicando intermitentemente la fecha, la hora y la temperatura exterior. Era casi mediodía en Berlín, 21 grados centígrados...

—Y solo quedan dos días —murmuró Anthony Walsh.


Julia recorría nerviosa el vestíbulo de un extremo a otro, con el equipaje en el suelo.

—Le aseguro, señorita Walsh, que no tengo la más mínima idea de dónde ha ido su padre. Nos ha pedido un coche esta mañana temprano, sin darnos más indicaciones, y desde entonces no ha vuelto a aparecer por aquí. He intentado llamar al chófer, pero no tiene el móvil encendido.

El recepcionista miró la maleta de Julia.

—El señor Walsh tampoco me ha pedido que modifique su reserva ni me ha avisado de que pensaran marcharse hoy. ¿Está usted segura de que eso es lo que ha decidido?

—¡Lo he decidido yo! Había quedado con él esta mañana, el avión despega a las tres, y es el último vuelo posible si no queremos perder la correspondencia en París para Nueva York.

—También pueden volar a Nueva York vía Amsterdam, ganarían tiempo; será un placer para mí gestionárselo.

—Pues entonces sea tan amable de hacerlo ahora mismo —contestó Julia, rebuscando en sus bolsillos.

Desesperada, dejó caer la cabeza sobre el mostrador, ante la mirada estupefacta del empleado.

—¿Algún problema, señorita?

—¡Los billetes los tiene mi padre!

—Estoy seguro de que ya no tardará en volver. No se preocupe, si de verdad tienen que estar en Nueva York esta noche, todavía les queda tiempo.

Una berlina negra aparcó delante del hotel, Anthony Walsh se apeó y entró por la puerta giratoria.

—Pero ¿dónde te habías metido? —le preguntó Julia, yendo a su encuentro—. Me tenías preocupadísima.

—Es la primera vez que te veo inquieta por cómo ocupo mi tiempo o por lo que haya podido pasarme, ¡qué día más maravilloso!

—¡Lo que me preocupa es que vamos a perder el avión!

—¿Qué avión?

—Anoche convinimos en que volvíamos hoy a Nueva York, ¿te acuerdas?

El recepcionista interrumpió su conversación entregándole a Anthony un sobre que acababan de enviarle por fax. Anthony Walsh lo abrió y miró a Julia mientras se informaba de su contenido.

—Claro, pero eso fue anoche —contestó, jovial.

Echó una ojeada a la bolsa de Julia y le pidió al botones que hiciera el favor de subirla a la habitación de su hija.

—Ven, te invito a comer, tenemos que hablar.

—¿De qué? —quiso saber ella, inquieta.

—¡De mí! Anda, no pongas esa cara, que era una broma, de verdad...

Se instalaron en la veranda del restaurante del hotel.

\* \* \*

La alarma del despertador sacó a Stanley de un mal sueño. Secuela de una velada en la que el vino había corrido generosamente, notó una temible jaqueca nada más abrir los ojos. Se levantó y fue tambaleándose hasta el cuarto de baño.

Calibrando su aspecto en el espejo, se juró no volver a probar una gota de alcohol antes de que terminara el mes, lo cual era bastante razonable teniendo en cuenta que hoy era día 29. Exceptuando el martillo neumático que parecía funcionar bajo sus sienes, el día se anunciaba bastante bueno. A la hora de comer, le propondría a Julia recogerla en su oficina e ir a pasear a la orilla del río. Frunciendo el ceño, recordó sucesivamente que su mejor amiga estaba fuera y que el día anterior no había tenido noticias suyas. Pero fue incapaz de recordar la conversación de la víspera durante esa cena en la que había bebido más de la cuenta. Tan solo algo más tarde, tras tomar una gran taza de té, se preguntó si al final no se le habría escapado la palabra «Berlín» durante su conversación con Adam. Una vez duchado, sopesó el interés de comentarle a Julia esa duda que crecía en su interior. Tendría tal vez que llamarla... ¡o tal vez no!

—¡Quien miente una vez no miente una sola! —exclamó Anthony ofreciéndole la carta a Julia.

—¿Lo dices por mí?

—¡No eres el centro del mundo, querida! ¡Lo decía por tu amigo Knapp!

Julia dejó la carta sobre la mesa e indicó al camarero, que ya se acercaba, que los dejara solos.

—¿De qué estás hablando?

—¿De qué quieres que hable en Berlín en un restaurante en el que estoy almorzando contigo?

—¿Qué has descubierto?

—Tomas Meyer, alias Tomas Ullmann, periodista de investigación del *Tagesspiegel;* pondría la mano en el fuego a que trabaja todos los días con ese miserable que nos ha contado mentiras.

—¿Por qué mentiría Knapp?

—Eso ya se lo preguntarás tú misma. Imagino que tendrá sus razones.

—¿Cómo te has enterado de eso?

—¡Tengo superpoderes! Es una de las ventajas de estar reducido al estado de máquina.

Julia miró a su padre, desconcertada.

—¿Y por qué no? —prosiguió Anthony—. Tú inventas animales sabios que hablan con los niños, ¿y yo no tendría derecho a poseer algunas cualidades extraordinarias a ojos de mi hija?

Él avanzó la mano hacia la de Julia, cambió de idea y cogió un vaso que se llevó a los labios.

—¡Es agua! —gritó ella.

Anthony dio un respingo.

—No estoy segura de que sea muy aconsejable para tus circuitos eléctricos —murmuró, incómoda al haber atraído la atención de sus vecinos.

Anthony abrió unos ojos como platos.

—Creo que acabas de salvarme la vida... —dijo, dejando el vaso sobre la mesa—. ¡Aunque, claro, es una manera de hablar!

—¿Cómo te has enterado de todo esto? —insistió Julia.

Anthony observó largo rato a su hija y renunció a contarle su visita matinal a los archivos de la Stasi. Después de todo, lo único que contaba era el resultado de sus pesquisas.

—Se puede cambiar uno de nombre para firmar los artículos que escribe, ¡pero para cruzar fronteras, la cosa es muy distinta! Si encontramos ese famoso dibujo en Montreal es porque Tomas fue allí, lo que me hizo pensar que, con un poco de suerte, también habría ido a Estados Unidos.

—¡Entonces de verdad tienes poderes sobrenaturales!

—Sobre todo lo que tengo es un viejo amigo que trabajaba en la policía.

—Gracias —murmuró Julia.

—¿Qué piensas hacer?

—Eso mismo me pregunto yo. Lo único que sé es que estoy feliz de que Tomas sea lo que siempre soñó ser.

—¿Y tú qué sabes de eso?

—Quería ser periodista de investigación.

—¿Y crees que ese era su único sueño? ¿De verdad crees que el día que eche la vista atrás sobre su vida lo que mire sea un álbum de fotografías de reportajes periodísticos? ¡Una carrera profesional, vaya una cosa! Si supieras cuántos hombres, al verse solos, se han dado cuenta de que ese logro, ese triunfo que creían haber conseguido o al que creían haberse acercado tanto, en realidad los había alejado de los suyos, por no decir de sí mismos.

Julia miró a su padre y adivinó la tristeza que se ocultaba tras su sonrisa.

—Vuelvo a hacerte la misma pregunta, Julia, ¿qué piensas hacer?

—Regresar a Berlín sería desde luego lo más sensato.

—¡Bendito lapsus! Has dicho Berlín. Es en Nueva York donde vives.

—No ha sido más que una coincidencia tonta.

—Tiene gracia, ayer, sin ir más lejos, lo habrías considerado una señal.

—Pero como bien decías tú antes, ayer era ayer, y hoy es hoy.

—No te equivoques, Julia, la vida no se vive en recuerdos que se confunden con anhelos. La felicidad necesita algunas certezas, por pequeñas que sean. Ahora te corresponde a ti, y solo a ti, elegir. Yo ya no estaré aquí para decidir por ti, y de hecho hace ya mucho tiempo que no lo hago. Pero cuidado con la soledad, es una compañía peligrosa.

—¿Es que tú has conocido la soledad?

—Nos hemos frecuentado mucho ella y yo, largos años, si es lo que quieres saber, pero me bastaba con pensar en ti para ahuyentarla. Digamos que he tomado conciencia de varias cosas, un poco demasiado tarde, desde luego; y, con todo, no puedo quejarme, la mayoría de los estúpidos como yo no pueden disfrutar de una partida extra, aunque solo dure unos días. Mira, aquí tienes otras palabras sinceras: te he echado de menos, Julia, y ya no puedo hacer nada para recuperar esos años perdidos. Los dejé pasar como un idiota porque tenía que trabajar, porque creía tener obligaciones, un papel que interpretar, cuando el único y el verdadero escenario de mi vida eras tú. Bueno, basta de charlas, no nos pega nada, ni a ti ni a mí. Te habría acompañado con gusto a darle una bofetada a Knapp y sonsacarle, pero estoy demasiado cansado y, además, ya te lo he dicho, es tu vida.

Anthony se inclinó para coger un periódico que había en una mesa vecina. Lo abrió y se puso a hojearlo.

—Pensaba que no entendías bien el alemán —dijo Julia con un nudo en la garganta.

—¿Sigues aquí? —replicó él, pasando la página.

Julia dobló su servilleta, apartó su silla y se levantó.

—Te llamo en cuanto haya visto a Knapp —dijo alejándose.

—¡Anda, dicen que mejorará el tiempo al final de la tarde! —replicó Anthony mirando al cielo a través de los cristales de la veranda.

Pero Julia ya estaba en la acera, llamando un taxi. Anthony dobló el periódico y suspiró.

* * *

El taxi se detuvo ante la terminal del aeropuerto Fiumicino de Roma. Tomas pagó la carrera y rodeó el vehículo para abrirle la puerta a Marina. Tras facturar y pasar el control de seguridad, él, con su mochila al hombro, consultó su reloj. El vuelo despegaba una hora después. Marina miraba los escaparates de las tiendas, la cogió de la mano y la llevó al bar.

—¿Qué quieres hacer esta noche? —le preguntó al tiempo que pedía dos cafés en la barra.

—Ver tu apartamento, hace siglos que me pregunto cómo será tu guarida.

—Una habitación grande, con una mesa de trabajo junto a la ventana y una cama enfrente, pegada a la pared.

—Por mí perfecto, no necesito nada más —declaró ella.


Julia empujó la puerta del *Taggespiegel* y se presentó en la recepción. Dijo que quería ver a Jürgen Knapp. La recepcionista descolgó el teléfono.

—Dígale que me quedaré esperando en el vestíbulo hasta que llegue, aunque tenga que pasarme aquí toda la tarde.

Apoyado contra la pared de cristal que descendía despacio hacia la planta baja, Knapp no apartaba los ojos de su visitante. Julia iba y venía de un lado a otro del vestíbulo, contemplando las vitrinas tras las cuales estaban colgadas de la pared con chinchetas las páginas de la edición del día del periódico.

Las puertas del ascensor se abrieron, y Knapp cruzó el vestíbulo.

—¿Qué puedo hacer por ti, Julia?

—¡Podrías empezar por decirme por qué me has mentido!

—Sígueme, vamos a un lugar más tranquilo.

Knapp la condujo hacia la escalera. La invitó a sentarse en un saloncito junto a la cafetería, mientras rebuscaba en sus bolsillos para encontrar algo de suelto.

—¿Café, té? —le preguntó acercándose a la máquina expendedora de bebidas.

—¡Nada!

—¿Qué has venido a buscar a Berlín, Julia?

—¿Tan poco perspicaz eres?

—Hace casi veinte años que no nos vemos, ¿cómo podría adivinar lo que te trae por aquí?

—¡Tomas!

—Reconocerás que después de tantos años es, cuando menos, sorprendente.

—¿Dónde está?

—Ya te lo he dicho, en Italia.

—Con su mujer y sus hijos, y ha renunciado al periodismo, ya lo sé. Pero todo o parte de esa hermosa fábula es falso. Se ha cambiado el apellido, pero sigue siendo periodista.

—Puesto que lo sabes, ¿por qué pierdes el tiempo aquí?

—Si quieres jugar al juego de las preguntas y las respuestas, responde primero a la mía: ¿por qué me has ocultado la verdad?

—¿Quieres que nos hagamos preguntas de verdad? Tengo algunas para ti. ¿Te has preguntado siquiera si Tomas querría volver a verte? ¿Con qué derecho reapareces así de repente? ¿Qué pasa, es que has decidido simplemente que había llegado el momento? ¿Porque de repente te ha dado la gana? Resurges de pronto de otra época, ¡pero ya no hay muro que derrumbar, ya no hay revolución, ni éxtasis, ni maravilla, ni locura! Solo queda un poco de sensatez, la de adultos que hacen lo posible por avanzar en la vida, por sacar adelante sus carreras. Lárgate

271

de aquí, Julia, vete de Berlín y vuelve a tu casa. Ya has hecho bastante daño.

—Te prohíbo decirme esas cosas —replicó ella y, al hacerlo, le temblaron los labios.

—¿Por qué, acaso no tendría derecho? Sigamos con el juego de las preguntas. ¿Dónde estabas cuando Tomas pisó una mina y saltó por los aires? ¿Estabas al pie de la pasarela cuando bajó del avión que lo traía cojo de Kabul? ¿Lo acompañabas todas las mañanas a rehabilitación? ¿Estabas ahí para consolarlo cuando se desesperaba? No pienses, conozco la respuesta, ¡puesto que era tu ausencia lo que lo afligía tanto! ¿Tienes la menor idea del daño que le hiciste, de la soledad en la que lo sumiste, y sabes cuánto duró? ¿Te das cuenta de que ese pobre tonto tenía el corazón tan roto que todavía encontraba la manera de defenderte, cuando yo hacía todo lo posible por que por fin te odiara?

Las lágrimas resbalaban por las mejillas de Julia, pero nada podría haber callado a Knapp.

—¿Puedes contar los años que tuvieron que transcurrir para que Tomas aceptara pasar página, para que lograra olvidarte? No había un solo rincón de Berlín por el que camináramos por la noche en el que no me hablara de un recuerdo vuestro que le evocaban la entrada de un café, un banco de un parque, una mesa en una taberna, las orillas de un canal. ¿Sabes acaso a cuántas mujeres conoció en vano, cuántas mujeres que trataron de amarlo se toparon unas veces con tu perfume, otras con el eco de tus palabras estúpidas que le hacían reír?

»Tuve que saberlo todo de ti: la suavidad de tu piel, tu humor por la mañana, que a él le parecía tan encantador sin que yo entendiera por qué, lo que tomabas para desayunar, la manera que tenías de recogerte el pelo, de maquillarte los ojos, la ropa que más te gustaba, el lado de la cama en el que dormías.

Tuve que escuchar mil veces las piezas que aprendías en tus clases de piano de los miércoles, porque, con el alma destrozada, Tomas seguía tocándolas, semana tras semana, año tras año. Tuve que mirar todos esos dibujos que hacías con acuarelas o a lápiz, esos estúpidos animales cuyos nombres Tomas conocía. ¿Ante cuántos escaparates lo habré visto pararse porque tal o cual vestido te habría sentado bien, porque te habría gustado tal o cual cuadro, tal o cual ramo de flores? ¿Y cuántas otras veces me habré preguntado qué habías podido hacerle para que te añorara hasta ese punto?

»Y cuando por fin empezaba a estar mejor, temía que pudiéramos cruzarnos con una silueta que se te pareciera, un fantasma que le habría hecho desandar todo el camino andado. Fue largo el camino hacia esa otra libertad. ¿Querías saber por qué te he mentido? Espero que ahora hayas comprendido la respuesta.

—Yo nunca quise hacerle daño, Knapp, nunca —balbuceó Julia, ahogada de emoción.

Él cogió una servilleta de papel y se la tendió.

—¿Por qué lloras? ¿En qué momento de tu vida estás, Julia? ¿Casada, divorciada tal vez? ¿Tienes hijos? ¿Acaban de destinarte a Berlín por trabajo?

—¡No hace falta que seas tan desagradable!

—No irás tú a hablarme de crueldad.

—Tú no sabes nada...

—¡Pero adivino! Has cambiado de idea, al cabo de veinte años, ¿es eso? Pues es demasiado tarde. Te escribió al volver de Kabul, no me digas que no, yo lo ayudé a encontrar las palabras adecuadas. Yo estaba ahí cada vez que volvía del aeropuerto, con esa expresión de profunda tristeza, cada último día del mes cuando iba a esperarte. Tú elegiste, él respetó tu elección sin jamás guardarte rencor por ello, ¿es eso lo que querías saber? Pues ya puedes marcharte tranquila.

273

—Yo no elegí nada, Knapp, esa carta de Tomas la recibí anteayer.


El avión sobrevolaba la cadena montañosa de los Alpes. Marina se había quedado dormida, con la cabeza apoyada sobre el hombro de Tomas. Él bajó la persiana de la ventanilla y cerró los ojos, tratando también de dormir algo. Al cabo de una hora llegarían a Berlín.


Julia le contó toda su historia, y Knapp no la interrumpió una sola vez. A ella también le había llevado mucho tiempo superar el duelo de un hombre al que creía muerto. Una vez terminado su relato, se levantó, se disculpó una vez más por todo el mal que había hecho, sin quererlo, sin saber nunca nada, se despidió del amigo de Tomas y le hizo jurar que nunca le diría que había ido a Berlín. Knapp la contempló alejarse por el largo pasillo que llevaba a la escalera. Justo cuando ponía el pie en el primer escalón, gritó su nombre. Julia se volvió.

—No puedo cumplir esa promesa, no puedo perder a mi mejor amigo. Tomas está ahora mismo en un avión, su vuelo aterriza dentro de tres cuartos de hora, procedente de Roma.

# 19

Treinta y cinco minutos, eso se tardaba en llegar al aeropuerto. Al subirse al taxi, Julia le dijo al conductor que le pagaría el doble si llegaban a tiempo. En el segundo cruce, abrió bruscamente la puerta trasera para sentarse a su lado justo antes de que el semáforo se pusiera en verde.

—Los pasajeros tienen que ir sentados detrás —exclamó el taxista.

—Puede ser, pero el espejito está delante —dijo ella bajando la visera—. ¡Vamos, *schnell, schnell!*

Lo que veía no le gustaba nada. Tenía los párpados hinchados, y los ojos y la punta de la nariz seguían colorados. Veinte años de espera para caer en los brazos de un conejo albino, para eso más valía dar media vuelta. Una curva vertiginosa le hizo fallar su primer intento de aplicarse el maquillaje. Julia se quejó, y el conductor le dijo que tenía que elegir: ¡o llegaban en quince minutos, o se paraba en la cuneta para que terminara de pintarrajearse la cara!

—¡Siga conduciendo, y de prisa! —gritó Julia volviendo a armarse con el tubito de rímel.

Había muchos coches en la carretera. Le suplicó a su piloto que adelantara pese a la línea continua. Se arriesgaba a perder su licencia por una infracción así, pero Julia prometió que si les paraba la policía fingiría que estaba a punto de dar a luz. El conductor le hizo observar que no tenía las proporciones requeridas para que tamaña mentira resultara mínimamente creíble. Julia hinchó la tripa y se puso a gemir, con las manos detrás de la espalda. «Vale, vale», dijo el taxista, pisando el acelerador.

—Un poco más gorda sí que estoy, ¿no? —se preocupó Julia, mirándose la cintura.

Las seis y veintidós minutos, saltó fuera del coche antes de que este se hubiera parado del todo. La terminal se extendía ante sí.

Julia preguntó dónde estaban las llegadas internacionales. El ayudante de vuelo que pasaba por ahí le indicó el extremo oeste. Tras una loca carrera, sin aliento, Julia levantó los ojos hacia la pantalla. No había ningún vuelo en proveniencia de Roma. Se quitó los zapatos y echó a correr a toda velocidad en dirección opuesta. Allí una multitud aguardaba la salida de los pasajeros. Julia se abrió paso a codazos por un lado, hasta la barandilla. Surgió una primera oleada, las puertas correderas se abrían y se cerraban conforme los viajeros iban abandonando la zona de recogida de equipaje. Turistas, gente que iba de vacaciones, comerciantes, hombres y mujeres de negocios, cada uno iba vestido según su circunstancia. Las manos se alzaban, se agitaban en el aire, algunos viajeros se besaban, se abrazaban, otros se contentaban con saludarse a distancia; allí hablaban francés, allá español, un poco más lejos, inglés, por fin, en la cuarta oleada, Julia oyó hablar italiano. Dos estudiantes, con la espalda encorvada, avanzaban cogidos del brazo, parecían dos tortugas; un cura aferrado a su breviario tenía todo el aspecto de una urraca; un copiloto y una azafata se intercambiaban las direcciones, esos habían sido jirafas en una vida anterior; un hombre, con pinta de búho, que acudía a Berlín para asistir a un congreso, buscaba a su grupo estirando el cuello; una niña cigala corría hacia los brazos de su madre; un marido oso se re-encontraba con su mujer y, de pronto, entre un centenar de rostros, apareció la mirada de Tomas, idéntica a como era hacía veinte años.

Unas arruguitas alrededor de los párpados, el hoyuelo de la barbilla un poco menos pronunciado, una barba ligera, pero esos ojos, dulces como una caricia, esa mirada que la había hecho volar sobre los tejados de Berlín, emocionarse bajo la luna llena del parque Tiergarten, no habían cambiado. Conteniendo el aliento, Julia se puso de puntillas, se arrimó cuanto pudo a la barandilla y levantó el brazo. Tomas volvió la cabeza para hablar con la joven que lo cogía por la cintura; pasaron justo por delante de Julia, cuyos talones acababan de retomar tierra. La pareja salió de la terminal y desapareció.

—¿Quieres que pasemos primero por mi casa? —preguntó Tomas, cerrando la puerta del taxi.

—No me voy a morir porque tardemos un par de horas más en descubrir la madriguera en la que vives. Antes deberíamos ir al periódico. Ya es tarde, Knapp podría marcharse, y era importante para mi carrera que me viera, al menos ese es el pretexto que hemos puesto para que te acompañe a Berlín, ¿no?

—Potsdamerstrasse —indicó Tomas al taxista.

Diez coches por detrás de ellos, una mujer se subía a otro taxi, en dirección a su hotel.

El recepcionista informó a Julia de que su padre la estaba esperando en el bar. Lo encontró sentado a una mesa junto a la ventana.

—No parece que las cosas hayan ido muy bien —dijo poniéndose en pie para recibirla.

Ella se dejó caer en una butaca.

—Digamos que no podrían haber salido peor. Knapp no había mentido del todo.

—¿Has visto a Tomas?

—En el aeropuerto, venía de Roma... acompañado por su mujer.

—¿Habéis hablado?

—Él no me ha visto.

Anthony llamó al camarero.

—¿Quieres tomar algo?

—Querría volver a casa.

—¿Llevaban alianza?

—Ella iba cogida de su cintura, no iba a pedirles el certificado de matrimonio.

—Me imagino que, hace apenas unos días, alguien te cogía a ti también por la cintura. No estaba ahí para verlo, puesto que se celebraban mis exequias, aunque sí, de alguna manera estaba presente... Lo siento, es que me divierte decir estas cosas.

—Pues, francamente, yo no veo qué tiene de cómico. Debíamos casarnos ese día. Este absurdo viaje termina mañana, y sin duda es mejor así. Knapp tenía razón: ¿qué derecho tengo a reaparecer en la vida de Tomas de repente?

—¿El derecho a una segunda oportunidad, tal vez?

—¿Para él, para ti o para mí? Era una acción egoísta y abocada al fracaso.

—¿Qué piensas hacer ahora?

—La maleta y acostarme.

—Quería decir después de nuestro regreso.

—Hacer balance, tratar de reparar los platos rotos, olvidarlo todo y retomar mi vida, esta vez no tengo otra alternativa.

—Claro que sí, puedes llegar al final de este asunto, tener las cosas claras del todo.

—¿Eres tú quien va a darme lecciones sobre el amor?

Anthony miró a su hija con atención y acercó su butaca a la suya.

—¿Recuerdas lo que hacías casi todas las noches cuando eras pequeña, bueno, hasta que te caías de sueño?

—Leía bajo las mantas con una linterna.

—¿Por qué no encendías la lámpara de tu habitación?

—Para que pensaras que dormía, cuando en realidad leía a escondidas...

—¿Nunca te preguntaste si tu linterna era mágica?

—No, ¿por qué debería habérmelo preguntado?

—¿Se apagó una sola vez durante todos esos años?

—No —contestó Julia, confusa.

—Y, sin embargo, nunca le cambiaste las pilas... Julia mía, ¿qué sabes del amor, tú, que solo has amado siempre a quienes te devolvían una imagen hermosa de ti misma? Mírame a los ojos y háblame de tu boda, de tus proyectos de futuro; júrame que, exceptuando este periplo imprevisto, nada podría haber alterado tu amor por Adam. ¿Y se supone que tú lo sabrías todo de los sentimientos de Tomas, del sentido de la vida, cuando no tienes ni la más mínima idea de qué dirección darle a la tuya, solo porque una mujer lo cogía por la cintura? Quieres que hablemos a corazón abierto, entonces me gustaría hacerte una pregunta y que me prometas responder con sinceridad. ¿Cuánto tiempo habrá durado tu historia de amor más larga? No te hablo de Tomas, ni de sentimientos soñados, sino de una relación vivida. ¿Dos, tres, cuatro, cinco años tal vez? Qué más da, dicen que el amor dura siete años. Vamos, sé sincera y contéstame. ¿Serías capaz durante siete años de entregarte a alguien sin reservas, de darlo todo, sin límites, sin dudas ni temores, sabiendo que esa persona a la que quieres más que a nada en el mundo olvidará casi todo lo que habréis vivido juntos? ¿Aceptarías que tus atenciones, tus gestos de amor se borraran de su memoria, y que la naturaleza, a la que le horroriza el vacío, llenara un día esa amnesia con reproches y anhelos no cumplidos? Consciente de que todo ello es inevitable, ¿encontrarías pese a todo la fuerza de levantarte en mitad de la noche cuando la persona a la que quieres tiene sed, o simplemente una pesadilla? ¿Tendrías ganas todas las mañanas, de prepararle el desayuno, de velar por distraerla todo el día, divertirla, leerle cuentos cuando se aburra, cantarle canciones, salir porque necesitará que le dé el aire, incluso cuando hace un frío helador? Y, al llegar la noche, ¿ignorarás el cansancio, irás a sentarte al pie de su cama para aplacar sus miedos y hablarle de un porvenir que, irremediablemente, vivirá lejos de ti? Si tu respuesta a cada una de esas preguntas es sí, entonces perdóname por haberte juzgado mal, sabes de verdad lo que es amar.

—¿Me estás hablando de mamá?

—No, querida, te estoy hablando de ti. Este amor que acabo de describirte es el de un padre o una madre por sus hijos. Cuántos días y cuántas noches pasados velando por vosotros, al acecho del más mínimo peligro que pudiera amenazaros, mirándoos, ayudándoos a crecer, secando vuestras lágrimas, haciéndoos reír; cuántos parques en invierno y cuántas playas en verano, cuántos kilómetros recorridos, cuántas palabras repetidas, cuánto tiempo dedicado a vosotros. Y, sin embargo, sin embargo..., ¿a qué edad se remontan vuestros primeros recuerdos de infancia?

»¿Te imaginas hasta qué punto hay que amar para aprender a no vivir más que por vosotros, sabiendo que lo olvidaréis todo de vuestros primeros años, que en los años venideros sufriréis por lo que no hayamos hecho bien, que llegará un día, irremediablemente, en que os separaréis de nosotros, orgullosos de vuestra libertad?

»Me reprochas mis ausencias; ¿sabes cómo se sufre el día en que los hijos se van? ¿Te has imaginado siquiera el sabor de esa ruptura? Voy a decirte lo que ocurre, uno está ahí como un idiota en la puerta mirándoos marchar, convenciéndose de que tiene que alegrarse de esa partida necesaria, amar la despreocupación que os empuja y a nosotros nos desposee de nuestra propia carne. Una vez cerrada la puerta, hay que volver a aprenderlo todo; volver a aprender a amueblar las habitaciones vacías, a no acechar ya más el ruido de vuestros pasos, a olvidar esos crujidos tranquilizadores en la escalera cuando volvíais tarde por la noche, y uno se dormía por fin tranquilo, mientras que ahora tiene que tratar de conciliar el sueño, en vano, puesto que ya no volveréis. ¿Ves, Julia mía?, sin embargo, ningún padre ni ninguna madre se vanagloria de ello, en eso consiste amar, y no tenemos elección puesto que os amamos. Siempre me guardarás rencor por haberte separado de Tomas; por última vez te pido perdón por no haberte entregado antes esa carta.

Anthony levantó el brazo y pidió al camarero que les llevara agua. Su frente estaba perlada de sudor, y se sacó un pañuelo del bolsillo para enjugárselo.

—Te pido perdón —repitió, con el brazo aún en alto—, te pido perdón, te pido perdón, te pido perdón.

—¿Te encuentras mal? —se preocupó Julia.

—Te pido perdón —repitió Anthony tres veces seguidas.

—¿Papá?

—Te pido perdón, te pido perdón...

Se levantó, tambaleándose, y volvió a dejarse caer sobre la butaca.

Julia pidió ayuda al camarero, pero Anthony le aseguró con un gesto que no era necesario.

—¿Dónde estamos? —preguntó, aturdido.

—¡En Berlín, en el bar del hotel!

—Pero ¿dónde estamos ahora? ¿Qué día es hoy? ¿Qué estoy haciendo aquí?

—¡Para! —suplicó Julia, muy asustada—. Estamos a viernes, hemos hecho juntos este viaje. Salimos de Nueva York hace cuatro días para encontrar a Tomas, ¿te acuerdas? Fue por ese dibujo tan tonto que vi en un muelle en Montreal. Tú me lo regalaste, querías venir aquí, dime que lo recuerdas. Estás cansado, nada más, tienes que ahorrar batería; sé que es absurdo, pero me lo explicaste tú. Querías que habláramos de todo, y solo hemos hablado de mí. Tienes que recuperarte, nos quedan dos días, para nosotros dos solos, para decirnos todas las cosas que nunca nos dijimos. Quiero volver a saber todo lo que he olvidado, volver a oír los cuentos que me contabas. El de ese aviador que se perdió en las orillas de un río de la selva amazónica, cuando su avión, sin carburante, tuvo que aterrizar, y la nutria que lo guio. Recuerdo el color de su pelaje, era azul, de un azul que solo tú podías describir, como si tus palabras fueran lápices de colores.

Julia tomó a su padre del brazo para acompañarlo hasta su habitación.

—Tienes mala cara, duerme y mañana habrás recuperado las fuerzas.

Anthony no quiso tumbarse en la cama. La butaca junto a la ventana le bastaba.

—¿Sabes? —dijo sentándose—, tiene gracia, todos encontramos buenas excusas para no permitirnos amar, por miedo a sufrir, por miedo a que un día nos abandonen. Y, sin embargo, cuánto amamos la vida, pese a saber que algún día nos abandonará.

—No digas eso...

—Deja de proyectarte en el futuro, Julia. No hay platos rotos que reparar. Solo hay cosas que vivir, y nunca ocurre como uno había previsto. Pero lo que puedo decirte es que la vida pasa a una velocidad de vértigo. ¿Qué haces aquí conmigo en esta habitación? Vete, ve a caminar tras los pasos de tus recuerdos. Querías hacer balance, así que vete, vete corriendo. Hace veinte años estabas aquí, ve a recuperar esos años mientras aún estás a tiempo. Tomas está en la misma ciudad que tú esta noche, ¿qué importa que lo veas o no? Respiráis el mismo aire. Sabes que está aquí, más cerca de ti de lo que lo estará nunca. Sal, párate bajo cada ventana iluminada, levanta la cabeza, pregúntate qué sientes cuando creas reconocer su silueta tras una cortina; y si piensas que es él, grita su nombre desde la calle, te oirá, bajará o no, te dirá que te ama o que te largues para siempre, pero al menos sabrás a qué atenerte.

Rogó a Julia que lo dejara solo. Esta se acercó a él, y Anthony sonrió.

—Siento mucho haberte asustado antes en el bar, no debería haberlo hecho —dijo con un tonillo de falso remordimiento.

—No irás a decirme que has simulado ese malestar...

—¿Crees que no eché de menos a tu madre cuando empezó a perder la memoria? No eres la única que perdió a quien amaba. Viví cuatro años a su lado sin que ella tuviera la más mínima idea de quién era yo. ¡Y ahora vete, corre, es tu última noche en Berlín!


Julia fue a su habitación y se tumbó en la cama. Los programas de televisión no tenían ningún interés, las revistas que había en la mesita baja estaban todas en alemán. Se levantó y se decidió por fin a disfrutar de la cálida temperatura nocturna. Para qué quedarse en la habitación, mejor ir a pasear por la ciudad y aprovechar esos últimos momentos en Berlín. Rebuscó en su maleta para encontrar un jersey; en el fondo, su mano rozó el sobre azul que en el pasado había escondido entre las páginas de un libro de historia guardado en la estantería de la habitación de su infancia. Miró la letra manuscrita y se guardó la carta en el bolsillo.

Antes de salir del hotel, volvió al último piso y llamó a la puerta de la suite donde descansaba su padre.

—¿Has olvidado algo? —preguntó Anthony al abrirle.

Julia no contestó.

—No sé adónde vas, y seguro que es mejor así, pero no te olvides de que mañana a las ocho te estaré esperando en el vestíbulo. He reservado un coche, no podemos perder ese avión, tienes que llevarme de vuelta a Nueva York.

—¿Crees que algún día se deja de sufrir por amor? —preguntó Julia en el umbral de la puerta.

—¡Si tienes suerte, nunca!

—Entonces, me toca a mí pedirte perdón; debería haber compartido esto contigo antes. Me pertenecía y quería tenerlo solo para mí, pero te concierne a ti también.

—¿De qué se trata?

—De la última carta que me escribió mamá.

Se la tendió a su padre y se marchó.

Anthony contempló a su hija alejarse. Su mirada se posó en el sobre que le había entregado. En seguida reconoció la letra de su mujer, respiró profundamente y, sintiendo un peso en los hombros, fue a sentarse en una butaca para leerla.

*Julia:*

*Entras en esta habitación, tu silueta se recorta en este rayo de luz que inventa la puerta que entornas. Oigo avanzar tus pasos hacia mí. Conozco bien los rasgos de tu rostro, a veces busco tu nombre, conozco tu olor familiar, puesto que me sienta bien. Solo* esa fragancia especial me aleja de esta inquietud que me atenaza desde hace tan largos días. Debes de ser esa muchacha que viene a menudo al caer la tarde, entonces la noche debe de estar cerca puesto que avanzas hasta mi cama. Tus palabras son dulces, más tranquilas que las del hombre del mediodía. A él también lo creo cuando dice que me ama, puesto que parece querer que esté bien. Sus gestos son los que son dulces; a veces se levanta y va hacia la otra luz que domina los árboles al otro lado de la ventana; a veces apoya la cabeza en ella y llora por una pena que yo no entiendo. Me llama por un nombre que tampoco conozco pero que vuelvo a hacer mío cada instante, solo para complacerlo. Tengo que confesarte que cuando le sonrío al llamarme por ese nombre lo noto como más despreocupado. Entonces le sonrío también para agradecerle el haberme alimentado.

Te has sentado junto a mí, en el borde de la cama. Sigo con la mirada los dedos finos de tu mano, que acarician mi frente. Ya no tengo miedo. No dejas de llamarme, y leo en tus ojos que tú también quieres que te dé un nombre. Pero en tus ojos ya no hay tristeza, por eso me gusta tu visita. Cierro los míos cuando tu muñeca pasa por encima de mi nariz. Tu piel huele a mi infancia, ¿o era la tuya? Eres mi hija, amor mío, ahora lo sé, y durante algunos segundos más todavía. Tantas cosas que decirte y tan poco tiempo. Quisiera que rieras, mi vida, que corras a decirle a tu padre, que va a esconderse a la ventana para llorar, que no llore más, que lo reconozco a veces, dile que sé quién es, dile que recuerdo cómo nos hemos amado puesto que lo amo de nuevo cada vez que viene a verme.

Buenas noches, mi amor, aquí duermo, y espero.

Tu madre

# 20

Knapp los estaba esperando en recepción. Tomas lo había llamado al salir del aeropuerto para avisarle de su llegada. Después de saludar a Marina y abrazar a su amigo, los llevó a los dos a su despacho.

—Qué bien que estés aquí —le dijo a Marina—, me vienes de perlas para resolverme un problema. Vuestro primer ministro está de visita en Berlín esta noche, y la periodista que debía cubrir el acontecimiento y la fiesta de gala ofrecida en su honor se ha puesto enferma. Tenemos tres columnas reservadas en la edición de mañana, así que tienes que cambiarte de ropa y marcharte ahora mismo. Necesitaré tu artículo antes de las dos de la madrugada, para que pueda enviarlo al corrector. Tiene que estar en las rotativas antes de las tres. Siento mucho interferir en vuestros planes si es que teníais alguno para esta noche, ¡pero es urgente, y el periódico es lo más importante!

Marina se levantó, se despidió de Knapp, besó a Tomas en la frente y le murmuró al oído «*Arrivederci*, tontorrón», antes de marcharse.

Tomas pidió disculpas a Knapp y corrió a alcanzarla en el pasillo.

—¿No irás a obedecerlo sin rechistar? ¿Y qué hay de nuestra cena íntima?

—¿Y tú, acaso no lo obedeces sin rechistar? Recuérdame a qué hora salía tu avión para Mogadiscio. Tomas, me lo has dicho mil veces, la carrera es lo primero, ¿no? Mañana ya no estarás aquí, y Dios sabe durante cuánto tiempo. Cuídate. Si los vientos nos son propicios, nuestras vidas terminarán por volver a cruzarse en una ciudad o en otra.

—Coge al menos las llaves de mi apartamento, ven a escribir tu artículo en casa.

—Estaré mejor en el hotel. Difícilmente creo que pueda concentrarme, la tentación de visitar tu palacio sería irresistible.

—Solo hay una habitación, ¿sabes?, se ve todo en un momento.

—Desde luego eres mi tontorrón preferido, estaba hablando de darte un revolcón, idiota. Habrá que dejarlo para otra vez, Tomas, y si cambio de opinión, me encantará despertarte llamando a tu puerta. ¡Hasta pronto!

Marina le dirigió un *ciao* con la mano y se alejó.


—¿Te encuentras bien? —le preguntó Knapp a Tomas cuando este volvió al despacho y cerró con un sonoro portazo.

—¡Eres un asqueroso! Vengo una noche a Berlín con Marina, la última antes de marcharme, y te las apañas para quitármela. ¿Quieres hacerme creer que no tenías a nadie más a quien recurrir? ¿Qué pasa, maldita sea? ¿Te gusta, y estás celoso? ¿Te has vuelto tan ambicioso que ya solo cuenta tu periódico? ¿Querías que pasáramos la velada juntos?

—¿Has terminado? —preguntó Knapp volviendo a sentarse a su mesa de trabajo.

—¡Reconoce lo cabrón que eres! —prosiguió Tomas, furioso.

—Dudo mucho de que compartamos esta velada. Siéntate en esa butaca, tengo que hablarte y, visto lo que tengo que decirte, prefiero que estés sentado.


El parque Tiergarten estaba sumido en la luz del anochecer. Unas viejas farolas difundían su halo amarillento por todo el camino de adoquines. Julia avanzó hasta el canal. En el lago, los barqueros amarraban sus embarcaciones unas a otras. Julia continuó su camino hasta el lindero del zoo. Algo más lejos, un puente se levantaba sobre el río. Atajó por el bosque, sin miedo a perderse, como si cada sendero, cada árbol que cruzaba, le fueran familiares. Ante sí se erguía la columna de la Victoria. Dejó atrás la rotonda, sus pasos la guiaban hacia la Puerta de Brandemburgo. De pronto reconoció el lugar en el que se encontraba y se detuvo. Hacía casi veinte años, al cabo de esa avenida se levantaba un trozo de Muro. Era allí donde, por primera vez, había visto a Tomas. Hoy, un banco bajo un tilo recibía a los visitantes.

—Estaba seguro de que te encontraría aquí —dijo una voz a su espalda—. Conservas aún los mismos andares.

Con el corazón en un puño, Julia dio un respingo.

—¿Tomas?

—No sé qué se hace en estas circunstancias, ¿darse la mano, besarse? —dijo con voz vacilante.

—Yo tampoco lo sé —dijo ella.

—Cuando Knapp me ha dicho que estabas en Berlín, sin poder precisarme dónde encontrarte, primero he pensado en llamar a todos los albergues juveniles de la ciudad, pero ahora hay demasiados. Así que he pensado que, con un poco de suerte, volverías aquí.

—Tu voz es la misma, un poco más grave —dijo ella con una sonrisa frágil.

Tomas avanzó un paso hacia ella.

—Si lo prefieres, podría trepar a ese árbol y saltar desde esa rama de ahí, es casi la misma altura que la primera vez que me caí encima de ti.

Dio un paso más y la abrazó.

—El tiempo ha pasado de prisa y tan despacio a la vez —dijo abrazándola aún más fuerte.

—¿Estás llorando? —le preguntó Julia acariciándole la mejilla.

—No, no es más que una mota de polvo que se me ha metido en el ojo, ¿y tú?

—Otra mota igual, su hermana gemela será, qué tontería porque no hay viento.

—Entonces cierra los ojos —le pidió él.

Y, recuperando los gestos del pasado, le rozó los labios con las yemas de los dedos antes de besar cada uno de sus párpados.

—Era la manera más bonita de darme los buenos días.

Julia abandonó su rostro contra la nuca de Tomas.

—Hueles igual que antes, nunca podría olvidar ese olor.

—Ven —dijo—, hace frío, estás temblando.

Tomas cogió a Julia de la mano y la llevó hacia la Puerta de Brandemburgo.

—¿Has ido antes al aeropuerto?

—Sí, ¿cómo lo sabes?

—¿Por qué no me has hecho un gesto o algo?

—Creo que no me apetecía mucho saludar a tu mujer.

—Se llama Marina.

—Un bonito nombre.

—Es una amiga con la que tengo una relación epistolar.

—¿Quieres decir episódica?

—¡Ah, sí...!, sigo sin hablar perfectamente tu idioma.

—Pues yo diría que te las apañas bastante bien.

Abandonaron el parque y cruzaron la plaza. Tomas la llevó a la terraza de un café. Se instalaron a una mesa y permanecieron largo rato mirándose en silencio, incapaces de encontrar las palabras que decirse.

—Es increíble, no has cambiado nada —dijo entonces él.

—Sí, te aseguro que he cambiado en veinte años. Si me vieras al despertarme por las mañanas, te darías cuenta de que han pasado los años.

—No lo necesito. He contado cada uno de esos años.

El camarero descorchó la botella de vino blanco que Tomas había pedido.

—Tomas, en cuanto a tu carta, tienes que saber...

—Knapp me lo ha contado todo sobre vuestro encuentro. ¡Tu padre, siempre fiel a su proyecto de separarnos!

Alzó su copa y brindó delicadamente. Delante de ellos, una pareja se detuvo en la plaza, maravillada por la belleza de las columnas.

—¿Eres feliz?

Julia no dijo nada.

—¿Qué es de tu vida? —quiso saber Tomas.

—En este momento de mi vida estoy en Berlín, contigo, tan desamparada como hace veinte años.

—¿Por qué este viaje?

—No tenía ninguna dirección a la que contestarte. Tu carta había tardado veinte años en llegarme, ya no confiaba en el correo.

—¿Estás casada, tienes hijos?

—Todavía no —contestó Julia.

—¿Todavía no tienes hijos o todavía no estás casada?

—Las dos cosas.

—¿Y proyectos?

—Antes no tenías esa cicatriz en la barbilla.

—Antes solo había saltado desde lo alto de un muro, aún no había saltado por los aires tras pisar una mina.

—Se te ve más robusto ahora —dijo Julia sonriendo.

—¡Gracias!

—Era un cumplido, te lo prometo, te sienta muy bien.

—Qué mal mientes, pero he envejecido, es indiscutible. ¿Tienes hambre?

—No —contestó Julia bajando los ojos.

—Yo tampoco. ¿Quieres que caminemos un poco?

—Tengo la impresión de que cada palabra que digo es una tontería.

—No, hombre, no, pero aún no me has desvelado nada sobre tu vida —dijo Tomas con aire triste.

—He encontrado nuestro bar, ¿sabes?

—Pues yo nunca he vuelto allí.

—El dueño me reconoció.

—¿Ves como no has cambiado?

—Han derruido el viejo edificio en el que vivíamos y han construido uno nuevo en su lugar. De nuestra calle solo queda el jardincito de enfrente.

—Quizá sea mejor así. No guardaba buenos recuerdos de allí, salvo los pocos meses que pasamos juntos. Ahora vivo en Berlín Oeste. Para muchos, eso ya no significa nada, pero yo, desde las ventanas de mi casa, todavía veo la frontera.

—Knapp me ha hablado de ti —dijo Julia.

—¿Qué te ha dicho?

—Que tenías un restaurante en Italia y toda una patulea de hijos que te ayudaban a cocinar pizzas —contestó ella.

—Qué idiota... ¿De dónde habrá sacado una tontería así?

—Del recuerdo del daño que te he hecho.

—Supongo que yo también te habré hecho daño a ti, puesto que me creías muerto...

Tomas miró a Julia entornando los párpados.

—Es algo pretencioso lo que acabo de decir, ¿verdad?

—Sí, un poco, pero es cierto.

Tomas tomó la mano de Julia entre las suyas.

—Cada uno siguió su camino, la vida lo decidió así. Tu padre contribuyó mucho a ello, pero parece que el destino no quería reunirnos.

—O quería protegernos... Quizá habríamos terminado por no soportarnos; nos habríamos divorciado, tú serías el hombre al que más odiaría en el mundo, y ahora no estaríamos pasando esta velada juntos.

—¡Sí, para discutir sobre la educación de nuestros hijos! Y hay parejas que se separan y aun así siguen siendo amigos. ¿Hay alguien en tu vida? ¡Si pudieras no escurrir la pregunta esta vez!

—¡Eludir!

—¿Qué?

—Querías decir eludir la pregunta, escurrir se aplica más bien a algo que está mojado y quieres quitarle el agua.

—Hablando de agua, me estás dando una idea. ¡Sígueme!

En la terraza vecina había un restaurante de marisco. Tomas corrió a sentarse a una mesa, obviando las miradas furiosas de unos turistas que esperaban su turno.

—¿Ahora haces cosas así? —preguntó Julia sentándose—. No es muy civilizado. ¡Nos van a echar!

—¡En mi oficio, hay que tener recursos! Además, el dueño es amigo mío, tenemos que aprovechar.

Este vino precisamente a saludar a Tomas.

—La próxima vez, intenta ser más discreto, me vas a enemistar con mi clientela —le susurró al oído el dueño del restaurante.

Tomas le presentó a Julia a su amigo.

—¿Qué recomendarías a dos personas que no tienen nada de hambre? —le preguntó.

—¡Pues voy a empezar por traeros un cóctel de gambas, porque el comer, como el rascar, todo es empezar!

El dueño desapareció. Antes de entrar en la cocina, se volvió, levantó el pulgar y, con un guiño muy elocuente, le dio a entender a Tomas que encontraba guapísima a Julia.

—Me he convertido en dibujante.

—Ya lo sé. Me encanta tu nutria azul...

—¿La has visto?

—Te mentiría si te dijera que no me pierdo una sola de tus películas de dibujos animados, pero como en mi profesión todo se sabe, el nombre de su creadora ha llegado hasta mis oídos. Estaba en Madrid, una tarde que tenía un poco de tiempo libre. Me fijé en el cartel y entré en la sala; tengo que confesarte que no entendí todos los diálogos, el español no es mi fuerte, pero creo que capté lo esencial de la historia. ¿Puedo preguntarte una cosa?

—Todo lo que quieras.

—¿No te habrás inspirado en mí por casualidad para crear el personaje del oso?

—Según Stanley, el del erizo se parece más a ti.

—¿Quién es Stanley?

—Mi mejor amigo.

—¿Y cómo puede saber que me parezco a un erizo?

—Será porque es muy intuitivo y perspicaz, o porque le hablaba a menudo de ti.

—Vaya, parece que tiene muchas virtudes, ese Stanley. Y ¿qué tipo de amigo es?

—Un amigo viudo con el que he compartido muchos momentos.

—Lo siento por él.

—Me refería a buenos momentos.

—Y yo al hecho de que hubiera perdido a su mujer, ¿hace tiempo que murió?

—Su compañero...

—Entonces lo siento aún más por él.

—¡Qué tonto eres!

—Ya lo sé, es una tontería, pero me cae más simpático ahora que me dices que amaba a un hombre. ¿Y quién te inspiró el personaje de la comadreja?

—Mi vecino de abajo, que tiene una zapatería. Háblame de cuando fuiste a ver mis dibujos animados, ¿cómo fue esa tarde?

—Triste, cuando terminó la película.

—Te he echado de menos, Tomas.

—Yo también a ti, mucho más de lo que puedes imaginar. Pero deberíamos cambiar de tema. En este restaurante no hay polvo al que podamos tachar de nuestras lágrimas.

—¡Al que podamos culpar! Eso es lo que querías decir.

—Qué más da. Días como los que viví en España he conocido centenares, aquí o en otra parte, y todavía me pasa a veces. ¿Ves?, de verdad tenemos que hablar de otra cosa, de lo contrario me voy a culpar a mí mismo de aburrirte con mi nostalgia.

—¿Y en Roma?

—Todavía no me has dicho nada de tu vida, Julia.

—Veinte años no se cuentan en un momento, ¿sabes?

—¿Te espera alguien?

—No, esta noche no.

—¿Y mañana?

—Sí, tengo a alguien en Nueva York.

—¿La cosa va en serio?

—Iba a casarme... el sábado pasado.

—¿Ibas?

—Tuvimos que anular la ceremonia.

—¿Por él o por ti?

—Mi padre...

—Decididamente, qué manía tiene. ¿También ha hecho añicos la mandíbula de tu futuro marido?

—No, esta vez la cosa es aún más sorprendente.

—Lo siento.

—No, no creo que lo sientas, y no puedo guardarte rencor por ello.

—No te creas, me habría encantado que le partiera la cara a tu prometido... Esta vez siento sinceramente lo que acabo de decir.

Julia dejó escapar una risita, otra más, y al final le entró la risa floja.

—¿Qué tiene de gracioso?

—Deberías haber visto la cara que has puesto —dijo Julia sin parar de reír—, parecías un niño al que acabaran de pillar in fraganti en la despensa con la boca llena de churretes de chocolate. Ahora entiendo mucho mejor por qué me has inspirado todos esos personajes. Nadie más que tú puede hacer esas muecas. ¡Cuánto te he echado de menos!

—Deja de repetir eso, Julia.

—¿Por qué?

—Porque ibas a casarte el sábado pasado.

El dueño del restaurante llegó hasta su mesa con una gran fuente en los brazos.

—He encontrado lo que os conviene —lanzó muy contento—. Dos lenguados ligeritos, unas verduritas a la brasa para acompañar y una salsa de hierbas frescas, justo lo necesario para abrir el apetito. ¿Os los preparo?

—Discúlpame —le dijo Tomas a su amigo—, no nos vamos a quedar, tráeme la cuenta.

—Pero ¿qué es lo que oigo? No sé lo que habrá pasado entre vosotros desde hace un momento, pero ni hablar de que os marchéis de mi restaurante sin haber probado mi cocina.

Así que cabreaos bien, soltaos todo lo que queráis, mientras yo os preparo estas dos maravillas, y me haréis el favor de reconciliaros antes de probar mis pescados, ¡es una orden, Tomas!

El dueño se alejó para servir los dos lenguados sin apartar la mirada de los dos comensales.

—Me parece que no tienes elección, vas a tener que soportarme un poquito más, si no tu amigo se puede enfadar mucho, mucho —dijo Julia.

—Eso me parece a mí también —dijo Tomas esbozando una sonrisa—. Perdóname, Julia, no debería haber...

—Deja de pedir perdón todo el rato, no te pega nada. Vamos a intentar comer algo, y luego me acompañas a mi hotel, tengo ganas de caminar a tu lado. ¿Eso puedo decirlo?

—Sí —respondió él—. ¿Cómo ha hecho tu padre esta vez para impedir vuestra boda?

—Olvidemos a mi padre, y háblame mejor de ti.

Tomas contó veinte años de su vida, con muchos atajos, y Julia hizo lo mismo. Al final de la cena, el dueño del restaurante les obligó a probar su *soufflé* de chocolate. Lo había preparado especialmente para ellos. Lo sirvió con dos cucharillas, pero Julia y Tomas utilizaron una sola.

Se marcharon del restaurante y regresaron atravesando el parque. La luna llena iluminaba el cielo nocturno y se reflejaba en el lago, donde se balanceaban unas barcas amarradas a un pontón.


Julia le contó a Tomas una leyenda china. Este le narró sus viajes pero nunca sus guerras, ella le habló de Nueva York, de su trabajo, a menudo de su mejor amigo, pero nunca de sus proyectos de futuro.

Dejaron atrás el parque y se adentraron en la ciudad. Julia se detuvo al llegar a una plaza.

—¿Te acuerdas? —dijo.

—Sí, aquí encontré a Knapp en medio de la multitud. ¡Qué noche más increíble! ¿Qué ha sido de tus dos amigos franceses?

—Hace mucho tiempo que no hablamos. Mathias es librero, y Antoine, arquitecto. Uno vive en París, y el otro en Londres, creo.

—¿Están casados?

—... y divorciados, al menos esas son las últimas noticias que tengo de ellos.

—Anda, mira —dijo Tomas señalando las luces apagadas de un bar—, es el bar al que íbamos siempre cuando quedábamos con Knapp.

—¿Sabes?, al final encontré esa cifra por la que siempre os peleabais.

—¿Qué cifra?

—La del número de habitantes del Este que habían colaborado con la Stasi como informadores; la descubrí hace dos años, en una biblioteca, un día que leí una revista que publicaba un estudio sobre la caída del Muro.

—Hace dos años ¿te interesaban esas cosas?

—Un dos por ciento nada más, ¿ves?, puedes estar orgulloso de tus conciudadanos.

—Mi abuela formaba parte de ese dos por ciento, Julia, fui a consultar mi expediente en los archivos. Imaginaba que tenía que haber uno sobre mí, por la evasión de Knapp. Mi propia abuela los informaba, leí en ese expediente páginas y páginas tan detalladas sobre mi vida, mis actividades, mis amigos. Vaya una manera de recuperar mis recuerdos de infancia...

—¡Si supieras lo que he vivido estos últimos días! Quizá lo hiciera para protegerte, para que no te molestara la policía.

—Nunca lo supe.

—¿Por eso te cambiaste el apellido?

—Sí, para romper con mi pasado, empezar una nueva vida.

—¿Y yo formaba parte de ese pasado que has borrado?

—Hemos llegado a tu hotel, Julia.

Ella levantó la cabeza, el rótulo del Brandenburger Hof iluminaba la fachada. Tomas la abrazó y sonrió con tristeza.

—Aquí no hay árboles, ¿cómo se dice uno adiós en estas circunstancias?

—¿Crees que la cosa habría funcionado entre nosotros?

—¿Quién sabe?

—No sé cómo se dice uno adiós, Tomas, ni siquiera si tengo ganas de hacerlo.

—Ha sido bonito volver a verte, un regalo inesperado de la vida —murmuró él.

Julia apoyó la cabeza en su hombro.

—Sí, ha sido bonito.

—No has contestado a la única pregunta que me preocupa, ¿eres feliz?

—Ya no.

—¿Y tú, crees que la cosa habría funcionado entre nosotros?

—Probablemente.

—Entonces has cambiado.

—¿Por qué?

—Porque en el pasado, con tu humor sarcástico, me habrías contestado que habríamos ido directos a un fiasco total, que no habrías soportado que yo envejeciera, que engordara, que siempre estuviera por ahí de viaje...

—Pero desde entonces he aprendido a mentir.

—Ahora por fin vuelves a ser tú, tal y como nunca he dejado de amarte...

—Conozco una manera infalible de saber si habríamos tenido una oportunidad... o no.

—¿Cuál?

Julia posó sus labios sobre los de Tomas. El beso fue largo, semejante al de dos adolescentes que se aman hasta el punto de olvidarse del resto del mundo. Lo tomó de la mano y lo condujo hacia el vestíbulo del hotel. El recepcionista estaba medio dormido en su silla. Julia guio a Tomas hacia los ascensores. Pulsó el botón, y su beso continuó hasta la sexta planta.

La piel de ambos reunida, como los recuerdos más íntimos, se confundía entre las sábanas. Julia cerró los ojos. La mano que era caricia se deslizaba sobre su vientre, las suyas se aferraban a su nuca. La boca rozaba el hombro, el cuello, la curva de los senos, los labios se paseaban, indóciles; sus dedos agarraron el cabello de Tomas. La lengua bajaba, y el placer subía en oleadas, reminiscencia de voluptuosidades nunca igualadas. Las piernas se entrelazaban, los cuerpos se anudaban el uno al otro, ya nada podía separarlos. Los gestos seguían intactos, a veces algo torpes, pero siempre tiernos.

Los minutos se convirtieron en horas, y la aurora se levantó sobre sus dos cuerpos abandonados que languidecían entre la calidez de las sábanas.


En la lejanía, la campana de una iglesia dio las ocho. Tomas se desperezó y fue hasta la ventana. Julia se sentó en la cama y contempló su silueta teñida de sombra y de luz.

—Qué hermosa eres —dijo Tomas dándose media vuelta.

Julia no contestó.

—¿Y ahora? —preguntó él con voz dulce.

—¡Tengo hambre!

—Tu maleta sobre esa butaca, ¿ya está hecha?

—Regreso... esta mañana —contestó Julia, vacilante.

—He necesitado diez años para olvidarte, creía haberlo logrado; pensaba haber conocido el miedo en los escenarios de la guerra, pero me equivocaba por completo, no era nada comparado con lo que siento a tu lado en esta habitación, ante la idea de perderte de nuevo.

—Tomas...

—¿Qué me vas a decir, Julia, que ha sido un error? Quizá. Cuando Knapp me confesó que estabas en Berlín, imaginaba que el tiempo habría borrado las diferencias que nos separaron, ¡tú, la muchacha del Oeste, yo, el chiquillo del Este! Esperaba que envejecer nos habría dado al menos algo positivo, eso. Pero nuestras vidas siguen siendo muy diferentes, ¿verdad?

—Soy dibujante, tú, reportero, ambos hemos realizado nuestros sueños...

—No los más importantes, al menos yo, no. Todavía no me has dado las razones por las que tu padre ha hecho que cancelarais vuestra boda. ¿Acaso va a aparecer de pronto en esta habitación para volver a dejarme inconsciente?

—Tenía dieciocho años entonces, y no me quedaba otro remedio que seguirlo, ni siquiera era mayor de edad. En cuanto a mi padre, ha muerto. Su entierro tuvo lugar el día en que debía celebrarse mi boda, ahora ya sabes el motivo...

—Lo siento por él, y por ti también si estás triste.

—Sentirlo no sirve de nada, Tomas.

—¿Por qué has venido a Berlín?

—Lo sabes muy bien, puesto que Knapp te lo ha explicado todo. Tu carta me llegó anteayer, no he podido venir antes...

—Y ya no podías casarte sin estar segura, ¿es eso?

—No hace falta que te pongas desagradable.

Tomas se sentó al pie de la cama.

—He amaestrado la soledad, hace falta muchísima paciencia. He caminado por ciudades de todo el mundo en busca del aire que respirabas. Dicen que los pensamientos de dos personas que se aman siempre terminan por encontrarse, así que me preguntaba a menudo antes de dormirme por las noches si tú también pensabas en mí cuando yo pensaba en ti; fui a Nueva York, recorrí las calles soñando con verte y temiendo a la vez que ese encuentro se produjera. Cien veces creí reconocerte, y era como si mi corazón dejara de latir cuando la silueta de una mujer me recordaba a ti. Me juré no volver nunca a amar así, es una locura, un abandono de sí mismo imposible. El tiempo ha pasado, también el nuestro, ¿no crees? ¿Te hiciste esa pregunta antes de coger el avión?

—Calla, Tomas, no lo estropees todo. ¿Qué quieres que te diga? Escudriñé el cielo de noche y de día, segura de que me mirabas desde arriba... De modo que no, no me hice esa pregunta antes de coger el avión.

—¿Qué propones, que quedemos como amigos? ¿Que te llame cuando esté de paso por Nueva York? ¿Iremos a tomar una copa evocando nuestros buenos recuerdos, unidos por la complicidad de lo prohibido? Me enseñarás fotos de tus hijos, que no serán los nuestros. Te diré que se parecen a ti, tratando de no adivinar en sus rasgos los de su padre. Mientras esté en el cuarto de baño, ¿descolgarás el teléfono para llamar a tu futuro marido, y yo dejaré correr el agua para no oírte decirle «Hola, mi amor»? ¿Sabe siquiera que estás en Berlín?

—¡Calla! —gritó Julia.

—¿Qué le vas a decir cuando vuelvas? —preguntó Tomas volviendo junto a la ventana.

—No lo sé.

—¿Lo ves?, tenía yo razón, no has cambiado.

—Sí, Tomas, claro que he cambiado, pero habría bastado

una señal del destino que me llevara hasta aquí para darme cuenta de que mis sentimientos, en cambio, no han cambiado...

Abajo, en la calle, Anthony Walsh caminaba nervioso de un lado a otro consultando su reloj. Ya iban tres veces que levantaba la cabeza hacia la ventana de la habitación de su hija, e incluso desde la sexta planta se podía leer la impaciencia en su rostro.

—Recuérdame una cosa: ¿cuándo dijiste que había muerto tu padre? —preguntó Tomas cerrando el visillo.

—Ya te lo he dicho, lo enterré el sábado pasado.

—Entonces no digas nada más. Tienes razón, no estropeemos el recuerdo de esta noche; no se puede amar a alguien y mentirle, tú no, nosotros no.

—No te miento...

—Coge esa maleta que está sobre la butaca y vuelve a tu casa —murmuró Tomas.

Se puso el pantalón, la camisa y la chaqueta, y no se molestó en atarse los cordones de los zapatos. Se acercó a Julia, le tendió la mano y la atrajo hacia sí para abrazarla.

—Esta noche cojo un avión para Mogadiscio, ya sé que allí pensaré todo el tiempo en ti. No te preocupes, no te arrepientas de nada, he esperado vivir este momento tantas veces que ya no puedo contarlas, y ha sido magnífico, amor mío. Poder llamarte así una vez más, una sola vez nada más, era algo con lo que ya no me atrevía a soñar. Has sido y serás siempre la mujer más hermosa de mi vida, la que me dio mis recuerdos más bellos, y eso ya es mucho. Solo te pido una cosa: júrame que serás feliz.

Tomas besó a Julia con ternura y se marchó sin mirar atrás.

\* \* \*

302

Al salir del hotel, se acercó a Anthony Walsh, que seguía esperando ante la limusina.

—Su hija ya no debería tardar mucho en bajar —le dijo antes de despedirse.

Se alejó calle arriba.

# 21

En todo el viaje desde Berlín hasta Nueva York, Julia y su padre no intercambiaron una sola palabra; salvo una frase que Anthony pronunció varias veces: «Me parece que he vuelto a fastidiarla», y cuyo sentido su hija no entendió del todo. Cuando llegaron, en mitad de la tarde, llovía en Manhattan.

—¡Bueno, Julia, vas a decir algo al final, ¿sí o no?! —protestó Anthony, entrando en el apartamento de Horatio Street.

—¡No! —contestó ella, dejando su maleta en el suelo.

—¿Viste anoche a Tomas?

—¡No!

—Dime lo que pasó, a lo mejor puedo aconsejarte.

—¿Tú? Vaya, eso sí que sería el mundo al revés.

—No seas cabezota, ya no tienes cinco años, y a mí me quedan menos de veinticuatro horas.

—No he vuelto a ver a Tomas y me voy a dar una ducha. ¡Punto final!

Anthony se interpuso en su camino, bloqueándole el paso.

—¿Y luego, piensas quedarte en ese cuarto de baño durante los próximos veinte años?

—¡Quítate de en medio!

—No mientras no me contestes.

—¿Quieres saber lo que voy a hacer ahora? Voy a intentar recoger los pedazos de mi vida que tú has desperdigado a conciencia durante una semana. Probablemente no tenga el gusto de volver a pegarlos todos puesto que siempre faltará alguno, y no pongas esa cara como si no entendieras lo que te estoy diciendo, no has dejado de reprochártelo durante todo el vuelo.

—No me refería a nuestro viaje...

—Entonces ¿a qué?

Anthony no contestó.

—¡Lo que yo decía! —le espetó Julia—. Mientras tanto, me voy a poner un liguero, un sujetador *wonderbra,* el más sexy que tengo, llamaré a Tomas e iré a que me dé un buen revolcón. Y si consigo mentirle una vez más como tan bien he aprendido a hacerlo desde que estoy contigo, quizá acepte que volvamos a hablar de matrimonio.

—¡Has dicho Tomas!

—¿Qué?

—Es con Adam con quien debías casarte, has vuelto a tener un lapsus.

—¡Apártate de esa puerta o te mato!

—Perderías el tiempo, ya estoy muerto. ¡Y si crees que vas a conseguir escandalizarme hablándome de tu vida sexual, lo llevas claro, querida!

—En cuanto llegue a casa de Adam —prosiguió Julia mirando a su padre, como retándolo—, lo placo contra la pared, le quito la ropa...

—¡Ya basta! —gritó Anthony—. Tampoco necesito saber todos los detalles —añadió, recuperando la calma.

—¿Y ahora me dejas que me duche?

Anthony hizo un gesto de exasperación y se apartó. Pegó el oído a la puerta y oyó a Julia llamar por teléfono.

No, en absoluto quería importunar a Adam si estaba en una reunión, solo avisarle de que acababa de regresar a Nueva York. Si esa noche estaba libre, podía pasar a buscarla a las ocho, ella lo esperaría en la puerta de su casa. Si surgía algún imprevisto, podía localizarla por teléfono.

Anthony volvió al salón de puntillas y se acomodó en el sofá. Cogió el mando para encender el televisor pero se paró en seco, pues no era el adecuado. Observó el famoso mando blanco y sonrió, dejándolo justo a su lado sobre el sofá.

Un cuarto de hora después, volvió a aparecer Julia, con un impermeable sobre los hombros.

—¿Vas a algún sitio?

—A trabajar.

—¿Un sábado? ¿Y con la que está cayendo?

—Siempre hay gente en la oficina los fines de semana, y tengo correo atrasado.

Ya se disponía a salir cuando Anthony la retuvo.

—¿Julia?

—¿Y ahora qué pasa?

—Antes de que hagas una tontería muy gorda, quiero que sepas que Tomas todavía te quiere.

—¿Y eso tú cómo lo sabes?

—Nos hemos cruzado esta mañana, ¡de hecho me ha saludado muy amable al salir del hotel! Imagino que me había visto en la calle desde la ventana de tu habitación.

Julia fustigó a su padre con la mirada.

—¡Vete, cuando vuelva quiero que te hayas ido de aquí!

—Para ir ¿adónde? ¿Arriba, a ese desván horroroso?

—¡No, a tu casa! —contestó ella, cerrando con un sonoro portazo.

\* \* \*

Anthony cogió el paraguas colgado del perchero junto a la entrada y salió al balcón que se erguía sobre la calle. Asomado a la barandilla, miró a Julia alejarse hacia el cruce. En cuanto hubo desaparecido, fue a la habitación de su hija. El teléfono estaba sobre la mesilla de noche. Descolgó el auricular y pulsó la tecla de rellamada automática.

Se presentó a su interlocutora como el asistente personal de la señorita Julia Walsh. Por supuesto que sabía que esta acababa de llamar y que Adam no estaba disponible; era, sin embargo, extremadamente importante que le dijera que Julia lo esperaría antes de lo convenido, a las seis de la tarde en su casa, y no en la calle, puesto que estaba lloviendo. En efecto, era dentro de cuarenta y cinco minutos, por lo que sería mejor interrumpirlo en su reunión, después de todo. Era inútil que Adam la llamara, su móvil se había quedado sin batería y ella había salido a hacer un recado. Anthony le hizo prometer dos veces que entregaría el mensaje a su destinatario y colgó sonriendo, con un aire particularmente satisfecho.

Entonces salió de la habitación, se instaló cómodamente en un sillón y ya no apartó la mirada del mando que descansaba a su lado en el sofá.


Julia hizo girar su sillón y encendió el ordenador. Una lista interminable de correos electrónicos desfiló en la pantalla; echó una rápida ojeada a su mesa de trabajo: la bandeja del correo desbordaba de sobres, y el piloto del contestador automático parpadeaba frenéticamente en la carcasa del teléfono.

Cogió su móvil del bolsillo de su impermeable y llamó a su mejor amigo para pedirle auxilio.

—¿Tienes gente en la tienda? —le preguntó.

—Con el tiempo que hace, ni una rana, la tarde está perdida.

—Y que lo digas, yo estoy empapada.

—¡Entonces ya has vuelto! —exclamó Stanley.

—Hace apenas una hora.

—¡Podrías haberme llamado antes!

—¿Cerrarías la tienda para reencontrarte con una vieja amiga en Pastis?

—Pídeme un té, no, mejor un capuchino, bueno, lo que te apetezca; llego en seguida.

Y, diez minutos más tarde, Stanley se reunió con Julia, que lo esperaba sentada a una mesa al fondo de la antigua cervecería.

—Pareces un perro de aguas que se hubiera caído a un lago —le dijo dándole un beso.

—Y tú, un cocker que lo hubiera seguido. ¿Qué has pedido? —preguntó Stanley sentándose.

—¡Unos huesos para roer!

—Tengo un par de cotilleos jugosos sobre quién se ha acostado con quién esta semana, pero cuenta tú primero; quiero saberlo todo. Deja que adivine, has encontrado a Tomas, puesto que no he sabido nada de ti estos dos últimos días, y a juzgar por tu cara, las cosas no salieron como imaginabas.

—No imaginaba nada...

—¡Mentirosa!

—¡Si querías pasar un rato en compañía de una verdadera idiota, aprovecha, es tu momento!


Julia le contó casi todo de su viaje: su visita al sindicato de los periodistas, la primera mentira de Knapp, las razones de la doble identidad de Tomas, la inauguración de la exposición, la carroza que, en el último momento, el recepcionista del hotel había mandado llamar para conducirla hasta allí; cuando le habló del calzado que había llevado con el vestido de noche, Stanley, escandalizado, apartó su taza de té para pedir un vino blanco seco. Fuera seguía lloviendo, con más fuerza aún. Julia le relató su visita al antiguo Berlín Este, una calle en la que las casas habían desaparecido, el aspecto decadente de un bar que había sobrevivido, su conversación con el mejor amigo de Tomas, su loca carrera hacia el aeropuerto, Marina y, por fin, antes de que Stanley desfalleciera, su reencuentro con Tomas en el parque Tiergarten. Julia prosiguió, describiendo esta vez la terraza de un restaurante en el que se servía el mejor pescado del mundo, aunque apenas lo hubiera probado, un paseo nocturno alrededor de un lago, una habitación de hotel en la que habían hecho el amor la noche anterior y, por último, la historia de un desayuno que nunca había tenido lugar. Cuando el camarero volvió por tercera vez para preguntarles si todo iba bien, Stanley lo amenazó con el tenedor si se atrevía a molestarlos de nuevo.

—Debería haberte acompañado —dijo Stanley—. De haberme imaginado que sería tal aventura, nunca te habría dejado marcharte sola.

Julia removía sin tregua su té. Stanley la miró atentamente, y ella paró.

—Julia, pero si tú no tomas azúcar con el té... Te sientes un poco perdida, ¿verdad?

—El «un poco» sobra.

—En cualquier caso, déjame que te tranquilice, no me pega nada que vuelva con esa Marina, confía en mi experiencia.

—¿Qué experiencia? —replicó Julia sonriendo—. De todas maneras, a estas horas Tomas está a bordo de un avión, rumbo a Mogadiscio.

—¡Y nosotros, en Nueva York, bajo la lluvia! —respondió Stanley, mirando el chaparrón que se abatía sobre los cristales.

Unos viandantes se habían refugiado bajo el toldo, en la terraza de la cervecería. Un anciano estrechaba a su mujer contra sí, como si quisiera protegerla mejor.

—Voy a poner en orden el caos que es ahora mi vida, lo mejor que sepa —prosiguió Julia—. Supongo que es lo único que puedo hacer.

—Tenías razón, estoy compartiendo un rato con una verdadera idiota. Tienes la suerte increíble de que, por una vez, tu vida esté patas arriba, ¿y tú quieres ponerla en orden? Eres tonta de remate, querida. Y, te lo ruego, sécate ya esas lágrimas, no necesitamos más agua con la que está cayendo; desde luego no es momento de llorar ahora, todavía tengo muchas preguntas que hacerte.

Julia se pasó el dorso de la mano por los párpados y sonrió de nuevo a su amigo.

—¿Qué piensas decirle a Adam? —quiso saber Stanley—. Llegué a temer que tuviera que acogerlo en mi casa a pensión completa si no volvías. Me ha invitado mañana a casa de sus padres en el campo. Te lo advierto, no metas la pata: le he puesto la excusa de que tenía gastroenteritis.

—Voy a revelarle la parte de verdad que menos daño le haga.

—Lo que más daño hace en el amor es la cobardía. ¿Quieres darte una segunda oportunidad con él o no?

—A lo mejor es horrible decir esto, pero no me siento con el valor suficiente para estar otra vez sola.

—¡Pues entonces va a sufrir, ahora no, pero tarde o temprano sufrirá!

—Me las apañaré para protegerlo.

—¿Puedo preguntarte algo un poco personal?

—Sabes muy bien que nunca te escondo nada...

—¿Cómo fue esa noche con Tomas?

—Tierna, dulce, mágica, y triste por la mañana.

—Me refiero al sexo, querida.

—Tierno, dulce, mágico...

—¿Y quieres hacerme creer que estás perdida?

—Estoy en Nueva York, Adam también, y Tomas está ahora muy lejos.

—Lo importante, querida, no es saber en qué ciudad o en qué rincón del mundo está el otro, sino qué lugar ocupa en el amor que a él nos une. Los errores no cuentan, Julia, solo lo que uno vive.


Adam se apeó de un taxi y se enfrentó al chaparrón. Las alcantarillas rebosaban agua. Saltó a la acera y llamó con insistencia al telefonillo. Anthony Walsh abandonó su butaca.

— ¡Ya va, ya va, un minuto! —gruñó, pulsando el botón que accionaba la apertura de la puerta en la planta baja.

Oyó los pasos en la escalera y recibió a su visitante con una gran sonrisa.

—¿Señor Walsh? —exclamó este, asustado, dando un paso atrás.

—Adam, ¿qué lo trae por aquí?

Adam, sin voz, no se movió del rellano.

—¿Le ha comido la lengua el gato, amigo mío?

—Pero ¿no estaba usted muerto? —balbuceó.

—Vamos, no sea desagradable. Sé que no nos apreciamos mucho, ¡pero vamos, de ahí a mandarme al cementerio...!

—Pero si yo estuve en el cementerio precisamente el día de su entierro —farfulló.

—¡Vamos, ya está bien, lo suyo ya raya en la grosería! Bueno, no nos vamos a quedar aquí plantados toda la tarde, entre, está usted muy pálido.

Adam avanzó hacia el salón. Anthony le indicó con un gesto que se quitara la gabardina, empapada de agua.

—Disculpe si insisto —dijo, colgando su impermeable en el perchero—, comprenda mi sorpresa, pero mi boda se anuló por su entierro...

—¿También sería la boda de mi hija, no?

—No creo yo que se inventara toda esa historia solo para...

—¿Para dejarlo a usted? No se dé tanta importancia. En nuestra familia somos muy inventivos, pero no la conoce usted bien si piensa que pueda hacer algo tan descabellado. Tiene que haber otras explicaciones, y, si se callara al menos dos segundos, quizá pudiera proponerle una o dos.

—¿Dónde está Julia?

—Por desgracia, va a hacer veinte años que mi hija perdió la costumbre de mantenerme informado de sus movimientos. Si he de serle sincero, la creía con usted. Hace ya tres horas por lo menos que llegamos a Nueva York.

—¿Estaba usted de viaje con ella?

—Claro, ¿no se lo dijo Julia?

—Supongo que habría sido un poco difícil para ella, dado que yo me encontraba al pie del avión que traía de vuelta sus restos mortales desde Europa, y con ella en el coche fúnebre que nos llevó hasta el cementerio.

—¡Es usted cada vez más encantador! ¿Y qué más se va a inventar? ¿No irá a decirme que pulsó usted mismo el botón de la incineradora?

—¡No, pero lancé un puñado de tierra sobre su ataúd!

—Gracias por tan atento gesto.

—Me parece que no me encuentro muy bien —reconoció Adam, cuya tez lucía un color verdoso.

—Entonces siéntese, en lugar de quedarse de pie como un pasmarote.

Le indicó el sofá.

—Sí, ahí, ¿todavía es capaz de reconocer un lugar donde dejar caer el trasero, o ha perdido todas las neuronas al verme?

Adam obedeció. Se dejó caer sobre el cojín y, al hacerlo, tuvo la mala suerte de pulsar un botón del mando a distancia.

Anthony calló al instante, se le cerraron los ojos, y se desplomó cuan largo era sobre la alfombra ante la mirada petrificada de Adam.

—Imagino que no me habrás traído una foto suya, ¿verdad? —le preguntó Stanley—. Con lo que me hubiera gustado ver cómo es. No digo más que tonterías, pero no soporto cuando te quedas tan callada.

—¿Por qué?

—Porque ya no consigo contar todos los pensamientos que pasan por tu cabeza.

Su conversación la interrumpió de pronto Gloria Gaynor, que canturreaba *I Will Survive* en el bolso de Julia.

Esta sacó su móvil y le enseñó a Stanley la pantalla, en la que se leía el nombre de Adam. Su amigo se encogió de hombros, y Julia contestó la llamada. Oyó la voz aterrorizada de su prometido.

—Tenemos muchas cosas que contarnos tú y yo, bueno, sobre todo tú, pero eso tendrá que esperar, tu padre acaba de sufrir un desmayo.

—En otras circunstancias, podría haberme hecho gracia, pero ahora encuentro tu broma de mal gusto.

—Estoy en tu apartamento, Julia...

—¿Qué haces en mi casa, si habíamos quedado dentro de una hora? —le dijo, presa del pánico.

—Tu asistente personal llamó para decirme que querías que nos viéramos antes.

—¿Mi asistente? ¿Qué asistente?

—¿Y eso qué importa ahora? Te estoy diciendo que tu padre está tumbado en el suelo, inerte en mitad de tu salón; ¡ven lo antes posible, mientras yo voy llamando a una ambulancia!

Stanley se sobresaltó cuando su amiga gritó:

—¡Ni se te ocurra hacer eso! ¡Llego en seguida!

—¿Has perdido el juicio? Julia, por mucho que lo he sacudido, no reacciona; ¡ahora mismo llamo a urgencias!

—He dicho que no llames a nadie, ¿me has oído? Estaré ahí dentro de cinco minutos —contestó Julia poniéndose de pie.

—¿Dónde estás?

—Enfrente de casa, en Pastis; no tengo más que cruzar la calle y subir; ¡mientras tanto no hagas nada, no toques nada, sobre todo no lo toques a él!

Stanley, que no se estaba enterando de lo que ocurría, le dijo bajito a su amiga que se encargaba él de pagar la cuenta. Cuando Julia ya cruzaba el café corriendo, le gritó que lo llamara en cuanto hubiera apagado el fuego.


Julia subió los escalones de cuatro en cuatro y, nada más entrar en su casa, vio el cuerpo inmóvil de su padre tendido en mitad del salón.

—¿Dónde está el mando? —dijo entrando en tromba en la habitación.

—¿Qué? —preguntó Adam, totalmente desconcertado.

—Una caja con botones, bueno, en este caso un solo botón, un mando a distancia, ¿sabes lo que es? —contestó Julia barriendo la habitación con la mirada.

—Tu padre está inerte, ¿y tú quieres ver la televisión? Voy a llamar a urgencias para que envíen dos ambulancias.

—¿Has tocado algo? ¿Cómo ha pasado? —lo interrogó Julia, abriendo todos los cajones uno detrás de otro.

—No he hecho nada especial, salvo hablar con tu padre, al que enterramos la semana pasada, lo cual, pensándolo bien, en sí ya es bastante especial.

—Después, Adam, después podrás hacerte el gracioso, ahora tenemos una emergencia.

—No era mi intención en absoluto hacerme el gracioso. ¿Piensas explicarme lo que está pasando aquí? O dime al menos que me voy a despertar y a reírme yo solo de la pesadilla que estoy teniendo ahora...

—¡Al principio yo me dije lo mismo! ¿Dónde narices se habrá metido?

—Pero ¿de qué estás hablando?

—Del mando a distancia de mi padre.

—¡Ahora ya sí que llamo a una ambulancia! —juró Adam, dirigiéndose al teléfono de la cocina.

Con los brazos cruzados sobre el pecho, Julia se interpuso en su camino.

—Tú no das un solo paso más y me explicas exactamente qué es lo que ha pasado.

—Ya te lo he dicho —le contestó Adam, furioso—, tu padre me ha abierto la puerta; tendrás que perdonar mi asombro al verlo, me ha hecho entrar prometiéndome que me iba a explicar el motivo de su presencia aquí. Después me ha ordenado que me sentara, y justo cuando me estaba acomodando en el sofá, se ha desplomado en mitad de la frase que estaba diciendo.

—¡El sofá! Quita de ahí —gritó Julia, empujando a Adam.

Levantó frenéticamente los cojines uno detrás de otro y suspiró de alivio al encontrar por fin el codiciado objeto.

—Lo que yo decía, te has vuelto completamente loca —masculló Adam.

—Por favor, que funcione, por favor —suplicó Julia, cogiendo el mando blanco.

—¡Julia! —vociferó Adam—. ¡Me vas a explicar de una maldita vez a qué estás jugando!

—Cállate —dijo ella, a punto de echarse a llorar—, nos voy a ahorrar a los dos muchas palabras inútiles, dentro de dos minutos lo comprenderás todo. Espero que lo comprendas, porque sobre todo espero que funcione...

Imploró a los cielos con una mirada por la ventana, cerró los ojos y pulsó el botón del mando blanco.

—Ya lo ve usted mismo, mi querido Adam, las cosas no siempre son como parecen... —dijo Anthony volviendo a abrir los ojos, y se interrumpió al ver a Julia en mitad del salón.

Carraspeó y se puso en pie, mientras Adam se dejaba caer sin fuerzas en la butaca.

—Caramba —prosiguió Anthony—, ¿qué hora es? ¿Las ocho ya? Se me ha pasado el tiempo volando —añadió, sacudiéndose el polvo de las mangas.

Julia le lanzó una mirada incendiaria.

—Creo que será mejor que os deje solos —prosiguió Anthony, muy incómodo—. Seguro que tenéis muchas cosas que contaros. Escuche bien lo que Julia tiene que decirle, mi querido Adam, esté muy atento y no la interrumpa. Al principio le resultará algo difícil de admitir, pero, con un poco de concentración, ya verá como todo se aclara. Así que nada, ya me marcho, en cuanto encuentre mi gabardina me marcho...

Anthony cogió la gabardina de Adam que colgaba del perchero, cruzó la habitación de puntillas para apoderarse del paraguas olvidado junto a la ventana y salió.

\* \* \*

Julia señaló primero la caja en mitad del salón y trató después de explicar lo increíble. A su vez, se dejó caer sobre el sofá mientras Adam recorría nervioso la habitación de un extremo a otro.

—¿Qué habrías hecho tú en mi lugar?

—No tengo ni idea, ni siquiera sé ya cuál es mi lugar en todo esto. Me has mentido durante una semana entera, y ahora quieres que me crea este cuento chino.

—Adam, si tu padre llamara a la puerta de tu casa al día siguiente de su muerte, si la vida te diera el regalo de pasar unos momentos más con él, seis días para poder deciros todas las cosas nunca confesadas, para revivir todos los secretos de tu infancia, ¿no aprovecharías esa oportunidad, no aceptarías ese viaje aunque fuera absurdo?

—Creía que odiabas a tu padre.

—Yo también lo creía y, sin embargo, ya ves, ahora me gustaría disfrutar de unos momentos más con él. No he hecho más que hablarle de mí, cuando hay tantas cosas que me gustaría comprender de él, de su vida. Por primera vez, he podido mirarlo con ojos de adulto, liberada de casi todos mis egoísmos. He admitido que mi padre tenía defectos, yo también los tengo, pero eso no quiere decir que no lo quiera. Al regresar me decía que si podía estar segura de que mis hijos mostraran algún día la misma tolerancia hacia mí, entonces quizá me diera menos miedo ser madre a mi vez, quizá fuera más digna de serlo.

—Eres deliciosamente ingenua. Tu padre ha dirigido tu vida desde el día que naciste; ¿no era eso lo que me decías las raras veces que me hablabas de él? Aun admitiendo que esta historia absurda sea verdad, habrá logrado la increíble hazaña de proseguir su obra incluso después de muerto. ¡No has compartido nada con él, Julia, es una máquina! Todo lo que haya podido decirte estaba grabado previamente. ¿Cómo has podido creerte esta

317

trampa? No era una conversación entre ambos, sino un monólogo. Tú que ideas personajes de ficción, ¿permites que los niños hablen con ellos? Por supuesto que no, simplemente anticipas sus deseos, inventas las frases que los divertirán, que los tranquilizarán. A su manera, tu padre ha empleado la misma estratagema. Te ha manipulado, una vez más. Vuestra semanita los dos juntos no ha sido más que una parodia de reencuentro; su presencia, un espejismo. Lo que siempre ha sido se ha prolongado unos días más. Y tú, como siempre te ha faltado ese amor que nunca te dio, has caído en la trampa. Hasta permitir que estropeara nuestros planes de boda, y no era la primera vez que intentaba algo así y lo lograba.

—No seas ridículo, Adam, mi padre no decidió morir justo para separarnos.

—¿Dónde habéis estado los dos esta semana, Julia?

—¿Y eso qué más da?

—Si no puedes confesármelo, no te preocupes, Stanley lo ha hecho por ti. No se lo reproches, estaba borracho como una cuba; tú misma me dijiste que no resistía la tentación de un buen vino, y escogí uno de los mejores. Lo habría encargado desde Francia con tal de encontrarte, con tal de comprender por qué te alejabas de mí, con tal de saber si tenía que seguir amándote. Habría esperado cien años, Julia, para poder casarme contigo. Hoy ya no siento más que un inmenso vacío.

—Te lo puedo explicar, Adam.

—¿Ahora sí podrías hacerlo? ¿Y cuando fuiste a mi oficina a anunciarme que te marchabas de viaje, y al día siguiente cuando nos cruzamos en Montreal, y al otro, y todos los demás cuando te llamaba sin que nunca contestaras a mis llamadas ni a mis mensajes? Elegiste ir a Berlín para volver a ver a ese hombre al que no podías olvidar y no me dijiste nada. ¿Qué he sido para ti?, ¿un puente entre dos etapas de tu vida? ¿Alguien tranquilizador al que te aferrabas mientras esperabas algún día el regreso de aquel al que no has dejado nunca de amar?

—No puedes pensar eso —suplicó Julia.

—Y si llamara a tu puerta, en este mismo instante, ¿qué harías?

Julia se quedó callada.

—Entonces, ¿cómo lo sabría yo, puesto que no lo sabes tú misma?

Adam se dirigió al rellano.

—Dile a tu padre, o a su robot, que le regalo mi gabardina.

Adam se fue. Julia contó sus pasos en la escalera y oyó cerrarse tras él la puerta de entrada.

\* \* \*

Anthony llamó delicadamente con los nudillos antes de entrar en el salón. Julia estaba apoyada en la ventana, con la mirada perdida hacia la calle.

—¿Por qué lo has hecho? —murmuró.

—Yo no he hecho nada, ha sido un accidente —respondió Anthony.

—Accidentalmente, Adam llega a mi casa una hora antes; accidentalmente, le abres la puerta; accidentalmente, se sienta sobre el mando a distancia y, accidentalmente también, acabas tendido en el suelo en mitad del salón.

—Reconozco que todo eso es una sucesión de señales bastante consecuente... Quizá ambos deberíamos tratar de comprender su relevancia...

—Deja de mostrarte irónico, no tengo ninguna gana de reír, vuelvo a hacerte la misma pregunta por última vez: ¿por qué lo has hecho?

—Para ayudarte a confesarle la verdad, para que tú te

enfrentaras a la tuya. Atrévete a decirme que no te sientes ahora más ligera. Aparentemente, quizá más sola que nunca, pero, al menos, en paz contigo misma.

—No hablo solo de tu numerito de esta tarde...

Anthony respiró profundamente.

—Su enfermedad hizo que tu madre ya no supiera quién era yo antes de morir, pero estoy seguro de que en el fondo de su corazón no había olvidado cómo nos habíamos amado. Yo no lo olvidaré. No fuimos una pareja perfecta ni tampoco padres modelos, estuvimos muy lejos de serlo, desde luego. Conocimos nuestros momentos de incertidumbre, de discusiones, pero nunca, ¿me oyes?, nunca dudamos de la elección que hicimos de estar juntos, del amor que tenemos por ti. Conquistar a tu madre, amarla, tener una hija suya, habrán sido las elecciones más importantes de mi vida, las más hermosas, aunque haya necesitado muchísimo tiempo para encontrar las palabras adecuadas para decírtelo.

—¿Y en nombre de ese maravilloso amor has arruinado tantas cosas en mi vida?

—¿Recuerdas ese famoso trocito de papel del que te hablaba en nuestro viaje? Ya sabes, ese que uno conserva siempre cerca, en la cartera, en el bolsillo, en la cabeza; para mí se trataba de esa nota garabateada que tu madre me había dejado la noche en que no pude pagar la cuenta en una cervecería de los Campos Elíseos (ahora comprenderás mejor por qué mi sueño era terminar mis días en París), pero para ti ¿era ese viejo marco alemán que nunca se movió de tu bolso o las cartas de Tomas que tenías guardadas en tu habitación?

—¿Las leíste?

—Nunca me habría permitido algo así. Pero las descubrí al ir a guardar su última carta. Cuando recibí tu invitación de boda, subí a tu habitación. En medio de ese universo que me llevaba a ti, a todo lo que no he olvidado ni olvidaré jamás, no dejé de preguntarme qué harías el día en que te enteraras de la existencia de esa carta de Tomas, si debía destruirla o dártela, si entregártela el día de tu boda era lo mejor que se podía hacer. Ya no me quedaba mucho tiempo para decidirlo. Pero ya ves, como tú misma bien dices, cuando se le presta atención, la vida nos ofrece señales asombrosas. En Montreal encontré parte de la respuesta a la pregunta que me hacía, solo parte; el resto te pertenecía a ti. Podría haberme contentado con mandarte por correo la carta de Tomas, pero habías conseguido tan bien cortar todo lazo entre nosotros hasta que me invitaste a tu boda que ni siquiera tenía tu dirección y, ¿habrías abierto siquiera una carta que te hubiera mandado yo? Además, ¡no sabía que iba a morir!

—Siempre tendrás respuesta para todo, ¿verdad?

—No, Julia, estás sola frente a tus decisiones, y desde mucho antes de lo que piensas. Podías apagarme, ¿recuerdas? Bastaba con que pulsaras un botón. Tenías la libertad de no ir a Berlín. Te dejé sola cuando decidiste ir a esperar a Tomas al aeropuerto; tampoco estaba contigo cuando volviste al lugar de vuestro primer encuentro, y mucho menos cuando lo llevaste al hotel. Julia, uno puede echarle la culpa de todo a su infancia, culpar indefinidamente a sus padres de todos los males que padece, de las pruebas a las que lo somete la vida, de sus debilidades, de sus cobardías, pero a fin de cuentas es responsable de su propia existencia; uno se convierte en quien decide ser. Además, tienes que aprender a relativizar tus dramas, siempre hay una familia peor que la propia.

—¿Como cuál, por ejemplo?

—¡Pues por ejemplo como la abuela de Tomas, que lo traicionaba!

—¿Cómo te has enterado tú de eso?

—Ya te lo he dicho, los padres no viven la vida de sus hijos, pero eso no nos impide preocuparnos y sufrir cada vez que sois desgraciados. A veces ello nos impulsa a actuar, a tratar de iluminaros el camino, quizá sea mejor equivocarse por torpeza, por exceso de amor, que quedarse sin hacer nada.

—Si tu intención era iluminarme el camino, has fracasado, estoy en la más completa oscuridad.

—¡En la oscuridad, sí, pero ya no estás ciega!

—Era cierto lo que decía Adam, esta semana juntos nunca ha sido un diálogo...

—Sí, quizá tuviera razón, Julia, yo no soy ya del todo tu padre, solo lo que queda de él. Pero ¿no ha sido capaz esta máquina de encontrar una solución a cada uno de tus problemas? ¿Acaso una sola vez durante estos pocos días no he sido capaz de responder a alguna de tus preguntas? Era sin duda porque te conocía mejor de lo que suponías, y quizá, quizá eso te revele algún día que te quería mucho más de lo que imaginabas. Ahora que lo sabes, me puedo morir de verdad.

Julia miró largo rato a su padre y volvió para sentarse a su lado. Ambos permanecieron un rato largo callados.

—¿Pensabas de verdad lo que has dicho sobre mí? —le preguntó Anthony.

—¿A Adam? ¿Qué pasa, que también escuchas detrás de las puertas?

—¡Al otro lado del techo, para ser exactos! He subido a tu desván; con esta lluvia no pensabas que iba a esperar en la calle, podría haber pillado un cortocircuito —dijo sonriendo.

—¿Por qué no te he conocido antes? —preguntó Julia.

—Los padres y los hijos tardan a veces años en conocerse.

—Me habría gustado que hubiésemos tenido unos días más.

—Creo que los hemos tenido, cariño.

—¿Cómo ocurrirá todo mañana?

—No te preocupes, tienes suerte, la muerte de un padre siempre es un mal trago, pero tú al menos ya lo has pasado.

—No hagas bromas, no tengo ganas de reír.

—Mañana será otro día, ya veremos lo que pasa.

Cuando ya la noche avanzaba, la mano de Anthony se deslizó hacia la de Julia y por fin la tomó. Los dedos de ambos se entrelazaron y no se separaron. Y, más tarde, cuando ella se durmió, su cabeza fue a apoyarse sobre el hombro de su padre.


Aún no había amanecido. Anthony Walsh tuvo mucho cuidado de no despertar a su hija al levantarse. La tendió delicadamente sobre el sofá y le echó una manta sobre los hombros. Julia masculló algo mientras dormía y se dio media vuelta.

Tras asegurarse de que seguía profundamente dormida, fue a sentarse a la mesa de la cocina, cogió una hoja de papel, un bolígrafo, y se puso a escribir.

Una vez terminada la carta, la dejó bien visible sobre la mesa. Luego abrió su maleta, sacó un paquetito con otras cien cartas atadas con un lazo rojo y fue a la habitación de su hija. Las guardó, con cuidado de no doblar una esquinita de la fotografía amarillenta de Tomas que las acompañaba, y sonrió al cerrar el cajón de su cómoda.

De vuelta en el salón, avanzó hacia el sofá, cogió el mando a distancia blanco, se lo guardó en el bolsillo superior de la chaqueta y se inclinó sobre Julia para besarla en la frente.

—Duerme, mi vida, te quiero.

# 22

Al abrir los ojos, Julia se desperezó sin prisa. La habitación estaba vacía, y la puerta de la caja de madera, cerrada.

—¿Papá?

Pero ninguna respuesta alteró el silencio que reinaba. El desayuno estaba servido en la mesa de la cocina. Contra el tarro de miel descansaba un sobre, entre la caja de cereales y el cartón de leche. Julia se sentó y reconoció la letra.

*Hija mía:*

*Cuando leas esta carta, se me habrán acabado las fuerzas; espero que no me guardes rencor, he preferido evitarte una despedida inútil. Ya es bastante enterrar a un padre una vez. Cuando hayas leído estas últimas palabras, sal de casa unas horas. Vendrán a buscarme, y prefiero que no estés presente. No vuelvas a abrir esta caja, estoy durmiendo en ella, sereno, gracias a ti. Julia mía, gracias por estos días que me has dado. Hacía tanto tiempo que los esperaba, hacía tanto tiempo que soñaba con conocer a la mujer maravillosa en la que te has convertido. Es uno de los grandes misterios de la vida de un padre este que habré aprendido estos últimos días. Hay que saber amaestrar el tiempo en el que uno conocerá al adulto en que se ha convertido su hijo, aprender a cederle paso. Perdóname también por todo lo que no hice o hice mal en tu infancia, solo yo soy responsable. No estuve presente lo suficiente, no tanto como tú deseabas; me habría gustado ser tu amigo, tu cómplice, tu confidente; solo he sido tu padre, pero lo seré para siempre. Dondequiera que vaya ahora, llevo conmigo el recuerdo de un amor infinito, mi amor por ti. ¿Recuerdas esa leyenda china, esa historia tan bonita que narraba las virtudes de un reflejo de luna en el agua? Hacía mal en no creer en ella, también eso era solo cuestión de paciencia; mi deseo se habrá cumplido al final, puesto que esa mujer que tanto esperaba ver reaparecer en mi vida eras tú.*

*Todavía te recuerdo de niña, cuando corrías a abrazarme... Es tonto decirlo, pero es la cosa más bonita que me ha pasado en la vida. Nada me habrá hecho más feliz que tu risa, que esos cariños de niña que me hacías cuando volvía a casa por la noche. Sé que algún día, cuando te hayas liberado de la pena, volverán a ti los recuerdos. Sé también que nunca olvidarás los sueños que me contabas cuando venía a sentarme al pie de tu cama. Incluso en mis ausencias no estaba tan lejos de ti como creías; aunque sea torpe, aunque no se me dé bien, te quiero. Solo me queda una cosa que pedirte: prométeme que serás feliz.*

Tu padre


Julia dobló la carta. Avanzó hasta la caja en mitad del salón. Acarició la madera con la mano y le murmuró a su padre que lo quería. Con el corazón lleno de pena, obedeció su última voluntad, sin olvidar confiarle la llave de su casa a su vecino. Avisó al señor Zimoure de que esa mañana iría un

325

camión a recoger un paquete en su casa y le pidió que fuera tan amable de abrirles la puerta. No le dejó oportunidad de protestar y se alejó calle arriba, rumbo a una tienda de antigüedades.

# 23

Había pasado un cuarto de hora, volvía a reinar el silencio en el apartamento de Julia. Se oyó un tenue chasquido seguido de un crujido, y la puerta de la caja se abrió. Anthony salió, se sacudió el polvo de los hombros y avanzó hasta el espejo para ajustarse el nudo de la corbata. Devolvió a su sitio en la estantería el marco con su foto y paseó la mirada por la habitación.

Salió del apartamento y bajó a la calle. Aparcado ante el edificio lo esperaba un coche.

—Buenos días, Wallace —dijo acomodándose en el asiento trasero.

—Es un placer volver a verlo, señor —contestó su secretario personal.

—¿Están avisados los transportistas?

—El camión está justo detrás de nosotros.

—Perfecto —contestó Anthony.

—¿Lo llevo al hospital, señor?

—No, ya he perdido bastante tiempo. Vamos al aeropuerto, pasando primero por mi casa, tengo que cambiar de maleta. Prepare también su propio equipaje, pues me acompañará: ya no me gusta viajar solo.

—¿Puedo preguntarle adónde vamos, señor?

—Se lo explicaré por el camino. No se olvide de coger su pa-saporte.

El coche giró por Greenwich Street. Al siguiente cruce, se abrió la ventanilla y un mando a distancia blanco fue a parar a la alcantarilla.

# 24

Que pudieran recordar los neoyorquinos, nunca había hecho tan buen tiempo en el mes de octubre. El verano tardío era uno de los más bellos que la ciudad había conocido jamás. Como todos los fines de semana desde hacía tres meses, Stanley se había reunido con Julia para tomar juntos un *brunch*. Hoy la mesa reservada para ellos en Pastis tendría que esperar. Ese domingo era especial, el señor Zimoure inauguraba sus rebajas. Por primera vez, Julia llamó a su puerta sin que fuera para anunciarle una catástrofe, y este aceptó abrirle la tienda dos horas antes del horario oficial.

—Bueno, ¿qué te parece?

—Vuélvete y deja que te mire.

—Stanley, llevas media hora examinándome los pies, ya no aguanto ni un minuto más subida a este estrado.

—Cariño, ¿quieres mi opinión, sí o no? Vuélvete otra vez para que te vea de frente. Lo que yo pensaba, la altura de los tacones no es en absoluto la que necesitas.

—¡Stanley!

—Esta manía de comprar en rebajas me horripila.

—Pero ¿has visto los precios de esta tienda? Perdona si no

tengo más remedio, no me alcanza con mi sueldo de infografista —susurró.

—¡Oh, no empieces otra vez con lo mismo!

—Bueno, ¿qué?, ¿se los lleva? —preguntó el señor Zimoure, agotado—. Creo que le he sacado todos los pares, los dos solos han conseguido poner mi tienda patas arriba.

—No —dijo Stanley—, todavía no se ha probado esos maravillosos zapatos que veo en ese estante, sí, el de arriba de todo.

—Ese modelo ya no me queda en el número de la señorita.

—¿Y en el almacén? —suplicó Stanley.

—Tengo que bajar a ver —suspiró el señor Zimoure antes de desaparecer.

—Este tipo tiene la suerte de ser la elegancia personificada, al menos compensa un poco ese carácter de perros...

—¿Te parece que es la elegancia personificada? —se rio Julia.

—Después de todo este tiempo, podríamos al menos invitarlo una vez a cenar a tu casa.

—¿Estás de broma?

—Que yo sepa, no soy yo quien no deja de repetir que vende los zapatos más bonitos de todo Nueva York.

—Y por eso querrías...

—No voy a seguir viudo toda la vida, ¿o es que tienes algo en contra?

—Nada en absoluto, pero en fin, el señor Zimoure...

—¡Olvida al señor Zimoure! —dijo Stanley, lanzando una ojeada por la ventana.

—¿Ya?

—¡Sobre todo, no te vuelvas, el hombre que nos mira desde el otro lado del escaparate es absolutamente irresistible!

—¿Qué hombre? —preguntó Julia sin atreverse a hacer el menor movimiento.

—El que tiene la nariz pegada al cristal desde hace diez minutos y te mira como si hubiera visto a la Virgen... Que yo sepa, la Virgen no habría llevado zapatos de trescientos dólares, ¡y menos de rebajas! ¡Te he dicho que no te vuelvas, lo he visto yo primero!

Julia levantó la cabeza y no pudo reprimir un temblor en los labios.

—De eso nada —dijo con voz temblorosa—, a ese lo vi yo mucho antes que tú...

Abandonó los zapatos sobre el estrado, abrió el pestillo de la puerta de la tienda y se precipitó a la calle.


Cuando el señor Zimoure volvió a la tienda encontró a Stanley sentado solo en el estrado, con un par de zapatos en la mano.

—¿Se ha marchado la señorita Walsh? —preguntó, estupefacto.

—Sí —contestó Stanley—, pero no se preocupe, volverá, probablemente hoy no, pero volverá.

De la sorpresa, al señor Zimoure se le cayó la caja que tenía en la mano. Stanley la recogió y se la tendió.

—Parece usted tan desesperado... Vamos, lo ayudo a ordenar y luego lo invito a tomar un café, o un té, si lo prefiere.


Tomas rozó los labios de Julia con las yemas de los dedos y le besó los párpados.

—He intentado convencerme de que podía vivir sin ti, pero ya ves, no lo consigo.

—¿Y África, tus reportajes? ¿Y qué dirá Knapp?

—¿De qué me sirve recorrer la Tierra para traer la verdad de los demás si me miento a mí mismo, de qué me sirve ir de país en país cuando la mujer a la que amo no está en ninguno de ellos?

—Entonces no te hagas más preguntas, era la manera más bonita de decirme hola —dijo Julia poniéndose de puntillas.

Se besaron, y fue un beso muy largo, como el de dos personas que se aman hasta el punto de olvidarse del resto del mundo.

—¿Cómo me has encontrado? —preguntó Julia, acurrucada en los brazos de Tomas.

—Te he buscado veinte años, de modo que encontrarte en la puerta de tu casa no era lo más difícil del mundo, créeme —contestó.

—Diecisiete, y créeme, ¡ha sido demasiado tiempo!

Julia volvió a besarlo.

—Pero tú, Julia, ¿qué te decidió a venir a Berlín?

—Ya te lo he dicho, una señal del destino... Fue al ver un dibujo tuyo olvidado sobre la mesa de una retratista callejera.

—Nunca he posado para ningún retrato.

—Claro que sí, era tu rostro, tus ojos, tu boca, hasta el hoyuelo de la barbilla.

—¿Y dónde estaba ese dibujo tan fiel al original?

—En el viejo puerto de Montreal.

—Nunca he estado en Montreal...

Julia alzó los ojos, una nube cruzaba el cielo de Nueva York, ella sonrió al mirar la forma que adoptaba.

—Lo voy a echar mucho de menos.

—¿A quién?

—A mi padre. Y ahora, ven, vamos a pasear, tengo que presentarte mi ciudad.

—¡Pero si estás descalza!

—Eso ya no tiene ninguna importancia, mi amor —contestó Julia.

# AGRADECIMIENTOS

Emmanuelle Hardouin,
Pauline Lévêque,
Raymond y Danièle Levy,
Louis Levy,
Lorraine.
Susanna Lea y Antoine Audouard.
Nicole Lattès, Leonello Brandolini, Brigitte Lannaud, Antoine Caru, Anne-Marie Lenfant, Élisabeth Villeneuve, Sylvie Bardeau, Tine Gerber, Lydie Leroy, Aude de Margerie, Joël Renaudat, Arié Sberro y a todo el quipo de Éditions Robert Laffont.
Katrin Hodapp, Mark Kessler, Marie Garnero, Marion Millet.
Pauline Normand, Marie-Ève Provost.
Léonard Anthony y a todo su equipo.
Christine Steffen-Reimann.
Philippe Guez, Éric Brame y Miguel Courtois.
Yves y Martyn Lévêque, Charles Veillet-Lavallée.

CPSIA information can be obtained
at www.ICGtesting.com
Printed in the USA
JSHW080812230523
42106JS00003B/18

9 788418 623479